연우의
여름

연우의 여름

YEONWOO's Summer

이연우 소설

지난밤, 그녀가 죽었다.
화창해서 더 눈물을 감출 수 없는 아침이었다.

바른북스

참, 오래되었고 낡은 이야기들이다.

차
례

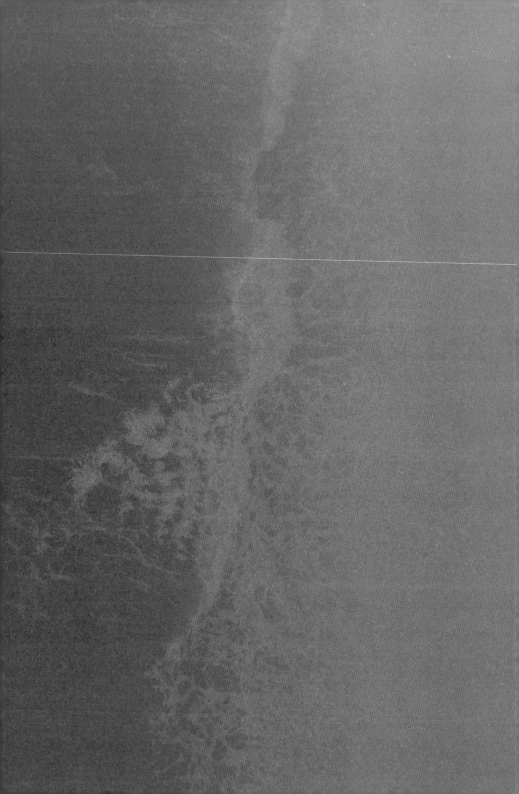

하루

실버택배 로고가 선명한 조끼를 입은 노인이 초인종을 누르고
있었다. 사람이 없는 집인데 택배라니. 집을 잘못 찾았나 싶어 의
뢰서를 꺼내 보았다. 맞게 찾아왔다. 사람이 없을 거라며 여유 있
는 승자의 표정으로 말했더니 노인은 작은 어깨를 움찔했다.

"사람이 없다니요?"

가까이서 보니 60대 초반으로 보이는 여자 택배 기사였다. 택
배 기사는 당연히 있어야 할 사람이 왜 없느냐는 듯이 물었다.

"죽었으니까요."

주인과의 친분이라도 있었는지 놀라는 표정을 감추지 못했다.
하고자 하는 말을 짧고 정확하게 전달하는 것이 몸에 밴 탓에 내

연 우 의 여 름

대답은 간단하고 명료했다. 경험상 이런 식의 표현에는 수식이 필요 없었다는 것을 잘 알고 있었다. 경비실에서 받아 온 열쇠를 열쇠 구멍에 넣고 돌리자 탈칵. 자물쇠 특유의 마찰음을 내면서 현관문이 열렸다. 택배 기사는 확인하려는 듯 열린 문틈으로 안을 살폈다.

"저기요. 물건 받으실 분이 돌아가셨으니까 그만 돌아가 주세요."

문틈을 기웃거리는 택배 기사를 몸으로 가로막으며 말했다. 택배 기사를 돌려보내야 일을 시작할 수 있을 것 같았다. 그런데도 택배 기사는 돌아가려는 기미를 보이지 않았다.

"근데, 누구세요? 이 어르신 지난주에도 멀쩡하셨는데."

사람의 죽음을 너무 담담하게 말해서였을까? 택배 기사는 고인과의 친분을 드러내듯 지난주라는 단어에 힘을 주면서 경계하듯 물었다. 질문을 받았으니 내가 누구인지 설명을 해주어야 한다. 순간이지만 머릿속에서는 수많은 단어를 조합했고, 이삿짐센터 직원이라는 단어를 토해 냈다. 늘 직업을 이야기해야 할 때가 되면 상대방이 가장 쉽게 이해할 수 있는 단어를 고르는 일이 무척 힘들었다. 일을 하는 나도 직업이 무엇이라고 설명하기 어려운데 이런 직종에 대해 생판 모르는 사람을 이해시키는 것은 쉬운 일이 아니었다. 이 일을 시작하고도 일에 대해 이해를 하는 데 한 달은 족히 걸렸다. 일을 시작하고 얼마 되지 않아 친구들과의 술자리에서 이런 일을 하고 있다고 말한 적이 있다. 친구들의 반응은 머리에 꽃을 꽂은 채 웃음을 짓는 여인을 보는 그 눈빛이었다.

그 후로 내 직업을 말해야 할 기회가 오면 질문을 한 상대에게 가장 잘 어울릴 만한 직업을 찾아 이야기해 주었다. 상대방에게 내가 어떤 직종의 사람인지로 기억되는 것보다 그 사람의 질문에서 가장 빨리 벗어나는 방법이 필요했고, 그게 가장 편했다.

첫 출근을 하던 날, 정장 차림의 사장은 고독사(孤獨死)에 대해 아느냐고 물었다. 나는 고독사를 강독사(講讀事)와 비슷한 말로 지레짐작했다. 한 시절을 풍미했던 직업. 강독사가 변사로, 변사가 MC로 탈바꿈하며 인기를 유지하고 있는. 그와 유사한 일이거나 다르더라도 그 테두리를 같이하는 일일 것이라는 생각에 은근한 기대를 했다. 거기에 오늘 하루 일을 해보고 마음에 들지 않으면 나오지 않아도 좋다며 사장이 건넨 하루 치 일당은 은근한 기대를 확실한 기대로 만드는 데 큰 몫을 했다. 마음에 들지 않으면, 이라는 단서가 마음에 걸리긴 했지만, 하루 일당으로 그렇게 큰돈을 만져 본 적이 없었기 때문에 마음에 걸리더라도 큰 문제는 되지 않았다. 횡재였다.

돈 봉투를 건넨 사장은 더 이상의 설명도 없이 따라오라며 먼저 나갔다. 손으로 느껴지는 돈 봉투의 두툼한 감촉에 쾌재를 부르며 급하게 따라 나갔다. 사장이 운전하는 차를 타고 가면서 해야 할 일에 대한 궁금증보다 일하면서 생기는 소득의 관리에 대한 생각으로 머릿속이 바빴다. 달걀은 바구니에 나눠 담아야 한다는 말이 제일 먼저 떠올랐고, CMA니 CMA-RP니 하는 말들이 펀드라는 말과 함께 뒤섞였다. 이동하는 내내 나는 아무것도 묻지 않았고, 사장은 해야 할 일에 대해 어떤 말도 하지 않았다. 차 안에서는 서먹서먹한 기운과 라디오 소리만 살아 있었다. 그날 사장이 다시 보지 않을 사람을 대하는 것처럼 아무 말 없이 운전만 했던 이유가 지금 와서는 다 이해가 되었다. 아마 내가 사장이라도 그랬을 것이다.

사장은 차에서 내리면서 작은 가방 하나를 건넸다. 가방 안에 무엇이 들었는지 따위의 설명도 전혀 없었다. 가방을 메고 사장을 따라 도착한 낡은 아파트에는 한자로 음각된 문패까지 있었다. 아파트에서는 무척 보기 힘든 광경이었다. 요즘에야 알게 된 일이지만 그렇게 혼자 노년을 보내는 노인들은 자신의 존재에 대한 집착이 강하다. 그래서 어느 것 하나라도 자신의 이름을 붙이고 소유를 주장하고 싶어 한다. 죽을 때 가지고 가지 못하는 것임을 알면서도.

문 앞에 선 사장은 가방에서 흰 장갑과 마스크를 꺼내 건넸다. 사장을 따라 마스크를 쓰고 장갑을 끼었다. 정장 차림에 흰 장갑과 마스크. 어울리진 않았지만 영화에서 보던 과학수사대 같은 느낌이 들었다. 사장은 자기 집을 들어가듯 초인종도 누르지도 않고 열쇠를 꺼내 잠긴 문을 열었다. 열쇠가 돌아가자 도둑질하다 들킨 사람처럼 나를 보고 머쓱한 눈웃음을 짓더니 이제부터 반말해도 되냐며 반말로 물었다. 내가 승낙하지 않아도 벌써 시작된 일이기에 마지못해 고개를 끄덕였다.

"단단히 각오해! 처음이라 힘들 거야."

현관문 손잡이를 돌리면서 사장의 목소리가 커졌다. 그 어조가 매우 단호했기에 나는 한발 뒤로 물러났다-밀려났다고 해도 과언이 아닐 듯 - 문이 열리는 것과 동시에 사장은 빠르게 뛰어 집 안으로 들어갔다. 열린 문으로 새어 나오는 냄새가 역했다. 안에 들어간 사장은 쿵쾅 소리를 내며 뛰어다니는가 싶더니 이내 뛰어나왔다. 짧은 순간이었는데도 사장의 몸에 밴 냄새가 복도에까지 역하게 풍겼다. 마스크를 벗은 사장은 심호흡을 길게 하고는 담배를 꺼내 물었다. 들어갈 때와는 다르게 얼굴이 많이 일그러져 있었다. 불길했다.

"사장님! 전 뭘 하죠?"

일의 성격이나 요령은 전혀 알려주지 않는 것이 기분 나빠 따지듯 물었다. 사장은 대답 대신 담배 한 개비를 건넸다.

"사장님! 제가 해야 하는 일이 법을 어기거나, 다른 사람한테 말해서는 안 되는 일인가요?"

여전히 말 없는 사장에게 은근히 불쾌한 감정을 드러내려고 호칭에 악센트를 넣어 가며 말했다. 의도가 통한 것일까? 사장은 담배연기를 길게 한 모금 뿜어내더니 나를 돌아보고 웃었다. 조금 전에 문을 열면서 내게 보였던 눈웃음과 비슷한 뉘앙스였다.

"급하긴. 나쁜 일도 아니고, 지금 자네한테 설명해 준다고 해서 이해할 수 있는 일도 아니야. 조금만 기다리면 알아. 내가 알려 주는 것보다 그게 더 빠를 테니까 기다려 봐."

사장이 말을 마치자 엘리베이터의 문이 열리면서 구부정한 70대 노인이 우리 쪽으로 걸어왔다. 이미 사장과 노인이 알고 있는 사이인 듯 사장은 노인을 향해 인사를 했고, 노인은 사장을 향해 손을 들어 보였다. 사장과 악수를 한 노인은 열린 현관문 틈으로 집안을 들여다보다가 인상을 찡그리더니 이내 코를 막고 돌아섰다. 사장이 가방에서 마스크를 꺼내 노인에게 건넸다. 노인은 집안으로 들어가는 걸 포기했는지 마스크를 받지 않고 처리하는 대로 연락을 달라며 왔던 길을 되돌아 나갔다. 뒤돌아 가면서 뒤도 돌아보지 않고 손을 들어 흔들며 인사를 했다.

"누굽니까?"

노인이 시야에서 사라진 것을 확인한 후에 작은 소리로 사장에게 물었다.

"의뢰인이자 집주인의 형님이지. 자 들어가자."

의뢰인이라는 단어에는 뭔가 모르게 불길한 느낌이 들어 있었다. 좀 전의 노인처럼 그냥 돌아서 갈까 잠시 망설였다. 사장은 따라 들어오라는 말도 없이 안으로 들어갔다. 잠시 주춤하던 내가 걱정됐는지, 사장은 다시 나와서 내 손을 잡고 끌다시피 하면서 안으로 들어갔다. 사장의 손에 끌려들어 간 집안은 악취와는 상반되게 말끔했다. 말끔한 집안선 여전히 악취가 났지만 처음 복도에서 무방비로 맡았던 냄새보다는 참을 만했다. 힘들어하는 나를 본 사장은 베란다가 이쪽보다는 냄새가 덜 심할 테니 베란다 쪽으로 가자고 했다. 베란다는 밖에서 불어오는 바람에 악취가 덜했다.

"이게 무슨 냄샙니까?"

악취로 말미암아 머리까지 아파져 오는 것 같았다. 어차피 맡아야 할 냄새라면 무슨 냄새인지는 알고 맡아야겠다는 생각이 들어서 물었다. 사장은 2주 전에 뿌려 둔 오존 냄새라고 했다. 나는 오줌 냄새라고 알아듣고 확인하듯 사장에게 물었다. 사장은 어이없다는 듯 피식 웃더니 한 글자씩 또박또박 말하며 오존이라고 다시 일러 주었다. 오존? 지구를 둘러싸고 있는 오존층을 말하는 거냐고 물었더니 사장은 또 한 번 피식 웃었다. 저 높은 곳에 있는 오존을 왜 이 집 안에 뿌려 놓았을까. 오존이라는 말이 만들어 내는 의문은 더 커졌다. 내 의문에 대답하려는 듯 사장은 가방에서 서류철을 꺼내더니 뒤적이기 시작했다.

집주인은 P 씨이고, 사망 당시의 나이는 65세. 대기업에서 간부로 정년퇴직했고, 퇴직 후에는 연금으로 생활했다. 특별하게 일을 하거나 취미 생활을 즐기진 않았고, 소일거리 삼아 프리랜서 개념으로 약간의 일을 했다. 그가 소일거리로 한 일이 무엇인지는 유족도 정확하게 모른다고 했다. 그는 작년 11월 중순 아파트에서 숨진 뒤 20일 이상 방치된 후에 발견되었다. 자동차로 1시간 30분 거리에 사는 형님이 혹시나 하고 찾아왔다가 P 씨의 주검을 발견했다. 사장은 샐러리맨처럼 매일 직장에 출근하는 것도, 자영업자처럼 며칠 가게 문을 닫으면 남들이 궁금해하는 것도 아니었기 때문에 20일이라는 시간이 너무 늦거나 너무 빠른 시간은 아니라고 했다. 적당하다는 말을 하지는 않았지만, 사장은 적당한 시간이라는 투로 말을 했다. 그때는 시체가 발견되는 데 적당한 시간이 있다는 게 놀라웠지만, 지금이라면 나는 사장보다 더 적극적으로 적당하다는 단어를 썼을 것이다. 날이 추워 창문을 전부 닫아 둔 덕분에 시취(屍臭)로 온 동네에 부음을 전하는 최악의 상황은 면했다. 경찰은 외상(外傷)과 침입 흔적이 없는 점, 고인이 당뇨 합병증을 앓은 점, 부패 정도와 편의점 도시락 영수증 등을 토대로 20여 일 전 '고독사'했다는 결론을 내렸다-나는 이 대목에서 고독사의 '사' 자가 '일 사(事)'가 아니라 '죽을 사(死)'임을 알았다. 사장의 말에 따르면 우리가 하는 일은 고독하게 죽은 사람의 마지막 길을 배웅하는 일이라고 했지만, 그렇게까지 거창하게 말할 필요는 없다. 간단하게 고독하게 죽은 사람의 뒷수습을 해주는 일이었다. 모든 것을 알았을 때 아침에 받았던 봉투가 두툼했던 이유와 내일 다시 나오지 않아도 된다는 단서를 달았던 사장이 이해가 되었다. 강독사와 변사를 MC와 고독사의 같은 라인에 놓고 큰 기대를 하며 펀드와 달걀 바구니를 저울질했던 내가 더없이 우스워졌다-장의사가 시신을 수습한 뒤 시취를 분해하기 위해서 사장이 손수 집안 가득 오존을 뿌렸다. 그러니 사장과 내가 아파트를 찾은 것은 오존 살포 후 20일이 지나 어느 정도 냄새가 빠졌을 때라는 거였다. 20일 전에는 이보다 더 심했으니 엄살은 그만 떨라는 말로 들렸다. 오존으로 시취가 없어지기는커녕 한여름 하수구 같은 악취에 숨이 턱 막혔다. 사장이 "시취가 아니라 오존 냄새"라고 또박또박 발음하며 나를 다독거렸지만, 오존 냄새와 시취가 어떻게 다른

지 알 길이 없어 위로는 되지 않았다. 귀까지 멍해졌는지 사장의 "오존 냄새"라는 정확한 발음이 자꾸 "오줌 냄새"라는 말로만 들렸다.

실내는 얼핏 보면 말쑥했다. 거실에는 어른 가슴팍까지 오는 대형 스피커 2대가 있었고, 옷장에는 가죽점퍼가 걸려 있었다. 주차장에는 BMW 오토바이가 덮개를 쓴 채 주차되어 있다고 했다. 날씨 좋은 날 가죽점퍼를 입고 무리 지어 한적한 국도를 달리는 오토바이 동호회라면 남자들에게 로망이다. 한때는 고인도 그렇게 화려한 싱글이었던 것 같았다. 화려함의 이면에는 항상 그것에 의해 감춰진 부분이 있다고 공자님? 맹자님? 예수님? 하여튼 누가 말했던가. 명제가 참인지 거짓인지는 부엌에서 그대로 증명되었다. 부엌에는 일상의 민얼굴이 고스란히 들어 있었다. 음식물 찌꺼기가 말라붙은 냄비, 두텁게 녹슨 식칼, 기름에 찌든 개수대, 추운 날씨에도 곰팡이가 군락을 이룬 도마, 무엇을 흘리고 닦아내지 않았는지 식탁 주위로 끈적끈적한 바닥……. 당뇨를 앓았다면 화려한 싱글의 로망을 즐기는 것보다 음식 조절이 매우 중요했을 텐데 냉장고는 텅 비어 있었다. 사장이 쓰레기통에서 편의점 도시락 포장지를 찾아냈다. 사장은 독신 남성이 고독사한 현장은 대개 이렇다고 했다. 가족도 손님도 없다 보니 집 안에 먼지가 쌓여도 무심해지고, 그런 집 안을 보여 주기 싫어 외부인의 방문을 점점 피하게 되면서 자기 관리에도 허술해진다는 거였다. 거실에 놓인 헬스용 사이클은 한 번도 사용하지 않았는지 페달에 비닐 포장지가 그대로 붙어 있었다. 서재 한쪽 구석에는 P 씨 부친으로 보이는 노인의 영정 사진이 걸려 있었다. 망자가 된 아버지가 눈에 넣어도 아프지 않을 아들의 마지막을 지켜봤으리라는 생각에 섬뜩했다. 공과금 영수증, 행사 안내장 등을 담아 둔 박스 속에선 환하게 웃는 고인의 모습이 담긴 오래된 사진이 사진관 봉투에 담겨 있었다. 앨범에 정리하지 않고 사진관에서 받은 대로 쌓아 둔 듯 보였다. 최근에 찍은 사진은 한 장도 보이지 않았다. 잡지도, 신문도, 책도 마찬가지였다. 오래전의 소식을 전하는 것들이 서재 한쪽 구석에 가지런히 정리되다시피 쌓여 있었다. 불과 한 달 전까지 사람이 살던 방이지만 방 안의 시간은 훨씬 전에 멈춰 버린 듯했다. 사장이 사진과 함께 공과금 고지서를 잘 추려서 봉투에 담으라고 했다.

"그나마 이름이 인쇄돼 있으니까."

의아해하며 고지서도 유품이냐고 묻자 사장은 이름이라는 말에 강세를 두어 말했다. 호랑이는 죽어서 가죽을 남기고 사람은 죽어서 이름을 남긴다는 말이 딱 들어맞는 상황이었다.

방 구석구석에서 나오는 유품들은 연관성이 없는 것들이 많았다. 고인의 취미라던가 직업에 관련된 것들은 대부분 연관성이 있어야 할 텐데 P 씨의 집에선 오토바이와 관련된 물품 외에는 서로 연관 지을 수 있는 물건이 전혀 없었다. 단지 그가 즐겨 먹었던 도시락이라던가, 그의 독서 습관을 유추해 볼 수 있는 책들과 친구 관계를 보여 줄 수 있는 사진뿐. 여행에서 찍은 것으로 보이는 사진도 대부분 바다나 산이 배경이어서 정확하게 어느 지명을 여행했는지조차 알 길이 없었다. 발견되는 책도 종류가 다양해서 그저 잡다한 것에 관심이 많은 사람이라는 것밖엔 유추해 낼 수 없었다. P 씨가 프리랜서로 했다는 일이 무엇일까 궁금해서 사장에게 물었더니 유족들도 모르는 일을 자신이 어찌 아느냐며 통명스럽게 대답했다. 의뢰와 직접 관련이 없는 일은 묻지도 않고, 궁금해하지도 않는 것이 제 일의 원칙이라는 말도 덧붙였다. 금기라도 건드린 사람 대하듯 사장의 반응은 날카로웠다.

오후 한 시쯤 되어서 한 무리의 사람들이 도착했다. 폐기물 회사 직원들이었다. 마스크를 쓰고 들어오던 사람들은 '헉.' 하고 현관에서 물러났다. 잠시 후, 책임자로 보이는 사람이 마스크를 쓴 채 입을 가리고 들어왔다. 사장과 그 사람은 이미 안면이 있는 듯 익숙하게 악수를 하더니 폐기할 것과 재활용할 것에 관해 이야기를 했다. 현관에서 멈칫멈칫하던 사람들이 다 들어오고 난 후에 사장은 점심을 먹으러 가자며 먼저 복도로 나갔다. 점심이 목구멍으로 넘어갈지는 모르겠지만, 배가 고팠기에 따라나섰다. 사장과 안면이 있는 듯한 사람이 등 뒤에다 대고 맛있게 먹으라고 소리쳤다. 마스크를 벗던 사장은 웃으면서 손을 흔들어 보였다. 맛있게 먹을 수 있을지는 모르겠지만 벗어나는 게 기뻐서 나도 마스크를 벗고 웃었다. 기억하고 싶지는 않지만, 일하게 된 첫날 그렇게 하루는 얼버무리며 지나갔다. 고독사가 강독사와는 다른 것임을 정확하게 알았고, 오존 냄새를 온몸으로 맡아 볼 수 있었던 것이 소득이라면 소득이랄까. 왜 계속 일을 하게 되었는지는 말하지 않아도 되지만, 돈 때문이었다. 속주머니에 넣으면 한쪽 어깨가 처질 만큼 두툼한 일당의 유혹 때문에. 오존 냄새와 오줌 냄새를 아직도 구별해 내지 못하면서도 새로 오는 직원에게 시취가 아니라 오존 냄새이니 겁먹지 말라는 여유까지 부리고 있다.

　이삿짐센터 직원이라는 말이 미심쩍었는지 택배 기사는 돌아가지 않고 한참을 주뼛거리고 서 있었다. 현관 안으로 들어서서 문을 닫을 때가 돼서야 포기하듯 물러갔다. 현관문을 닫고 나니 첫날 '고인의 이름이 있으니까' 유품이라고 했던 사장의 말이 떠올랐다. 급하게 밖으로 나가 택배 기사를 불러 세웠다. 택배 기사는 본인이 아니기에 물건을 줄 수가 없다고 했다. 명함과 신분증을 보여 준 후에야 물건을 건네받을 수 있었다. 명함을 받아 든 택배 기사는 명함의 문구가 이상했던지 "고독사 처리 대행"이라는 문구를 소리 없이 입으로 따라 읽으며 고개를 갸웃거렸다. 택배 포장지에는 품목이 속옷이라고 적혀 있었다. K씨의 사인은 돌연사였다-대부분의 고독사가 돌연사이긴 하지만-그러니 홈쇼핑을 통해 자신이 입을 속옷을 사는 것이 전혀 이상하지 않았다. 택배 기사는 아무것도 묻지 않고 수심이 가득한 얼굴로 돌아서 갔다. 아마 고독사의 의미를 명확하게 알고 있었던 것 같다.

　현관으로 들어서자 혼자 사는 남자 특유의 냄새가 코로 들어왔다. K 씨는 죽고 난 후 금방 발견된 이유로 오존을 뿌려 시취를 없애지 않아도 되었다. 오랫동안 혼자 살아온 내겐 무척 익숙한 냄새이기도 했다. 익숙하다 못해 친숙했다. 그래서 더 쾌적한 업무 환경이었다. 혼자 살기에 딱 좋은 평수의 실내 공간에 햇빛도 적당하게 들고, 엘리베이터가 고장 나더라도 걸어서 오르내릴 수 있는 높이에 있는 아파트는 노년을 혼자 보내기엔 적당해 보였다. 들고 들어 온 택배 박스를 소파 위에 던져 놓고, 환기를 시키기 위해 베란다 문을 여는데 베란다 한쪽 구석에 쌓여 있는 박스들이 보였다. 자세히 다가가서 살펴보니, 조금 전 택배 기사에게서 건네받은 박스와 같은 것들이었다. 모두 하나같이 홈쇼핑에서 배달된 박스들. 자세히 살펴보니 품목들도 모두 하나같이 속옷이었다. 50개는 족히 되어 보였다. 속옷에 대해 무슨 결벽증이라도 있는 사람인가. 상자들도 고인의 이름이 있는 것들이니 유품으로 분류해야 하나 고민했다. 내용은 없고, 이름만 있는 것들인데.

유품이 되어야 할 물건들과 폐기해야 할 물건들, 그리고 재활용이나 자선단체로 보내져야 할 물건으로 분류하기 위해 현관에서 시작해서 시계방향으로 실내를 돌았다. 하나라도 빠트리지 않기 위해서 정해진 규칙이었다. 고인을 위해 우리가 할 수 있는 일은 유품이 될만한 것을 하나도 빠트리지 않는 것이었으므로. 한 번은 옷장 깊숙이 있는 고인의 신발을 빼먹고 재활용 센터로 보낸 적이 있었다. 며칠 후 의뢰인의 꿈에 고인이 나와서는 발이 시리다는 하소연을 했다는 연락을 받고 재활용 센터에서 신발을 찾아 건네준 일이 있었다. 그 이후로 발이 시리다던 고인이 꿈에 다시 나타났는지는 모르지만, 고인의 유품과 살아남은 사람들에게 필요한 물품을 분리하는 일에 매우 신중해졌다. 그때쯤 내게도 이 일에 대한 사명감 비슷한 것이 생긴 것도 같다.

고인은 검소하게 노년을 보낸 것 같았다. 그 흔한 옥장판도 하나 없었다. 나이가 들면 몸에 좋다는 것은 다 갖추고 싶은 욕심이 생길 법도 할 텐데. 냉장고에 건강 보조 식품도 하나 없었고, 구입 후 일주일이 지나면 빨래 걸이로 변신하는 운동 기구도 하나 없었다. 실내에는 가죽을 흉내 내서 번들번들한 천으로 마감된 소파와 노인 혼자도 들어 옮길 수 있을 만한 크기의 텔레비전과 작은 수족관이 전부였다. 수족관에는 금붕어 여섯 마리가 사이좋게 헤엄을 치고 있었다. 주인이 떠난 후로 먹이를 먹지 못했던지 나를 보자 물 위로 올라와서는 입을 뻐끔댔다. 수족관 옆에 있는 먹이를 몇 알 뿌려 주자 금붕어들은 첨벙첨벙 물소리를 내며 먹이를 먹어 치웠다. "3초 이내에 먹어 치울 수 있을 만큼만 먹이를 줄 것" 노인이 써놓은 주의 사항인지 수조 옆면에 붙어 있는 글씨가 물속을 통과해 번져 보였다. 금붕어를 어떻게 처리해야 할지 고민에 빠졌다. 유품도 아니고, 어디 내다 팔 수 있는 것도 아니고, 그렇다고 재활용할 수 있는 것은 더욱 아니고. 궁리 끝에 임시방편으로 수조의 옆면에 있는 주의 사항 밑에 고인의 이름을 써넣기로 했다. 고인의 이름이 있으니 유품이고, 그 이후의 일은 먼 친척이 되겠지만, 고인의 유품을 건네받은 그들이 알아서 처리할 문제이니. 그렇게라도 하는 편이 나을 것 같았다.

다시 베란다에 들어서서 많은 택배 박스들을 어떻게 해야 할까 고민에 빠졌다. 박스를 그대로 유족에게 전달할까도 생각해 보았지만, 부피가 엄청날 것 같아 엄두가 나지 않았다. 그래서 택배 송장만 떼어 내서 유족에게 전달하기로 마음먹었다. 이름이 있으니 유품인 것이 되고, 택배 송장도 영수증으로 사용 가능하니 고지서나 영수증과 별반 다르지 않고. 박스의 송장을 떼어 박스 하나에 담았다. 박스 겉면을 테이프로 잘 봉하고 매직으로 "유품 1"이라고 큼직하게 적어서 현관 입구에 던져 놓았다. 베란다의 박스가 쌓여 있는 곳 맞은편에는 아래쪽을 향해 망원경이 설치되어 있었다. 망원경이라면 대부분 지상의 먼 곳을 향하거나 밤하늘의 어느 한 별을 향해 맞춰져 있는 것이 정상인데, 좀 특이한 방향을 바라보고 있었다. 고인이 살아 있을 때 보았을 시선이 궁금해져 조심스레 들여다보았다. 아파트 아래에 지나다니는 사람들의 모습이 보였다. 초점이 정확하게 맞아 있는 걸 보니 마지막으로 고인이 보았던 곳이 맞는 것 같았다. 방금 택배를 건네고 갔던 실버택배의 택배 기사가 망원경 안으로 들어왔다가 사라졌다. 이쪽을 쳐다보는 건지 한참 동안 망원경 안에서 택배 기사와 나는 얼굴을 마주하고 있었다. 잠시 후, 택배 기사가 사라지고, 지나다니는 사람들이 망원경 안으로 들어왔다가 나갔다. 여기서 사람 구경을 하셨구나. 얼마나 외로웠으면. 고인에 대한 어떠한 감정도 있어서는 안 된다는 것을 잘 알고 있으면서도 괜히 측은한 마음이 들었다.

주방으로 발을 옮기려는데 거실 중앙에서 '팟' 하는 느낌의 소리와 함께 찌릿한 느낌이 전해졌다. 섬뜩해서 움직이지 못하고 있는데 갑자기 텔레비전에서 말소리가 들려 왔다. 홈쇼핑인 듯 "주문 폭주"라는 말과 "마감 임박"이라는 여성의 말이 번갈아 가며 반복해서 들려 왔다. 혼자 스스로 켜진 텔레비전. 처음에 이런 일이 있을 때는 엄청나게 당황했었는데, 몇 번 이런 일을 겪고 나니 그러려니 하는 여유마저 생겼다. 고독사하는 사람들은 텔레비전이나 라디오를 자동으로 켜지고 꺼지게 해놓고 생활하는 경우가 많았다. 이승에서의 모든 시간을 텔레비전과 라디오의 타이머에 맡기고 사는 사람들처럼. 그런 사람들의 대부분은 꺼지고 켜지는 시간이 취침 시간이나 기상 시간에 맞춰져 있었는데 K 씨의 경우는 좀 달랐다. 기상 시간도 훨씬 지났고, 아침이나 점심을 먹기엔 어중간한 시간. 그렇다고 잠을 자기 위한 시간은 더더욱 아닐 테고. 왜 이 시간일까? 텔레비전을 끄기 위해 리모컨을 찾다가 홈쇼핑 사회자의 말소리에 멈칫했다. 여성용 속옷만 파는 홈쇼핑. 텔레비전에는 늘씬한 여성들이 속옷만 입은 채 패션쇼를 하듯 워킹을 하고 있었다. 순간 택배 기사로부터 받은 박스가 떠올랐다. 보내는 사람이 텔레비전과 같은 홈쇼핑이었다. 박스를 열자 여성용 속옷 한 세트가 가지런히 들어 있었다. 풍광이 좋은 봄날 양지에 핀 할미꽃 솜털 같기도 하고, 작은 바람에도 나풀거리는 민들레 홀씨 같기도 한 속옷이 내 들숨과 날숨에도 하늘거릴 듯 예쁘고 가지런히 들어 있었다. 페티시즘인가? 고독을 참기 힘든 노인 중 남성의 대다수가 성적인 욕구를 발산하는 것으로 고독을 위로하려고 한다는 기사를 본 일이 있다. 그 기사에 비추어 보면 K 씨의 습관도 어느 정도 이해될 일이었다. 경제적 사정이 넉넉한 사람 중에는 여성 모양의 인형을 집안 구석진 곳에 숨겨 두고 스스로를 위로하는 일도 간혹 있었다. 그렇지 못한 사람들의 집에선 샛노랗게 물든 화장지 조각들이 휴지통에서 발견되곤 했다. 그것은 고인의 치부이기 때문에 감추어 주는 것이 예의였다. K의 집에선 화장실과 주방 어디에서도 휴짓조각 하나 발견되지 않았다. 이런 일이 있을 걸 알았다는 듯 휴지통은 깨끗이 비워져 있었다. 대수롭지 않게 생각하면 전혀 대수롭지 않은 일이었다. 우표 수집이나 고서를 모으는 것이 취미이듯, 여성용 속옷을 수집하는 특이한 취미를 가진 사람일 수도 있으니까. 다른 사람들과 좀 다른 것뿐이지 전혀 틀렸다는 것은 아니니. 리모컨을 찾을 수 없어 텔레비전의 스위치를 눌러 끄려 하였으나 스위치가 눌리지 않았다. 채널도 바뀌지 않고, 볼륨도 커지거나 작아지지 않았으며 전원 스위치도 말을 듣지 않았다. 뭔가 이상해 자세히 보니 강력 접착제로 텔레비전에 붙어 있는 스위치를 일부러 고정해 놓았다. 텔레비전이 항상 같은 시간에 켜져서 같은 시간에 꺼지면서 같은 음량과 같은 채널만 반복하게 되어 있었다. 그것도 하필 여성 속옷 홈쇼핑 채널에. 하는 수 없이 전원 콘센트를 뽑아 텔레비전을 껐다. 텔레비전이 꺼지는 순간의 정적. 왜 텔레비전이 켜져 있어야 하는지를 알 것 같았다. 고독한 사람에게라면 정적은 치명적인 고요일 것 같았다.

　　정해진 순서대로 주방에서 싱크대와 냉장고를 살펴본 후, 안방에 들어갔다. 날씨가 따뜻한데도 반듯하게 정리된 방안에서는 한기가 느껴졌다. 안방에는 작은 침대 하나와 옷장이 전부였다. 침대 시트의 머리맡에는 고인의 것으로 보이는 머리카락이 많이 빠져 있었고, 언제 빨았는지 모를 시트는 군데군데 누렇게 물이 들어 있었다. 집을 들어설 때 나던 혼자 사는 남자 특유의 냄새의 근원이 시트인 듯했다. 침대 시트를 걷어서 돌돌 말아 현관 쪽으로 던졌다. 유품이라기보다는 고인의 치부로 생각되었기 때문에 폐기할 요량이었다. 침대 옆에 있는 작은 서랍장 위에는 『선물』이라는 표제의 시집이 반쯤 펼쳐진 채 보라색 꽃잎이 가득 피어 있는 표지가 천장을 보고 놓여 있었다. 놓여 있는 상태 그대로 시집을 펼쳐 들었다. 마지막까지 고인이 보았던 시의 제목은 「세상에 인연이 아닌 것은 없다」였다. 시집의 제일 앞부분에는 "숨 쉴 때마다 행복"하라는 작가의 친필 사인이 K의 이름과 함께 굵은 사인펜 자국으로 남아 있었다. K의 이름이 있으니 일단은 유품으로 분류하기로 했다. 작가가 친필로 K의 이름을 적었다는 이유만으로 유품으로 분류한다는 것이 웃기긴 했지만, 침대에서 발견된 고인의 주검을 염두에 두면 시집은 가장 마지막까지 고인이 곁에 두었던 인연이기도 했다. 세상에 인연이 아닌 것은 없다고 했으니 책과 사람도 인연일 수 있지 않을까? 너무 억지스럽다면 K의 이름이 있으니 유품으로 분류한다는 기본 원칙에 따라 유품으로 분류했다 치자.

옷장에는 특별히 정리할 것이 없었다. 고인이 평소 즐겨 입었을 것으로 보이는 몇 벌의 옷만 챙기고 방을 나왔다. 마지막으로 안방 맞은편에 있는 작은 방을 들어가려고 하는데 문이 걸려 있었다. 부엌칼을 가지고 문틈으로 넣어서 문을 열었다. 한참을 낑낑거리다가 열었다. 이런 일이 가끔 있어서 부엌칼을 이용해 걸린 문을 따는 법을 배워 두었던 건데 실제로 해보기는 처음이어서 그랬는지 쉽지 않았다. 방안을 들어서는 순간 놀라서 문을 닫고 뛰쳐나왔다. 사람의 형체를 본 것 같았다. 잠시 숨을 고르고 조심스레 문을 열어 방안을 살폈다. 방안에는 작은 침대가 하나 놓여 있었고, 침대 위에는 사람이 이불을 덮고 누워 있는 것처럼 이불이 불룩하게 튀어나와 있었다. 한참을 뚫어지게 보아도 움직임이 없는 것을 보니 사람은 아닌 듯했다. 조심스럽게 이불을 걷어내자 베개만 덩그러니 놓여 있었다. 한숨을 쉬고 가슴을 쓸어내렸다. 누군가 잠을 자다가 몸만 빠져나간 것처럼 불룩한 이불. 한 사람이 누워 있다가 몸만 빠져나갔다면 이런 흔적이 남았을 것이다. 일부러 해놓지 않는다면 불가능한 일이었다. 고인의 작품인 듯했다. 고독사라는 제목의 설치 미술로 인정해도 될만했다. 조심스럽게 이불을 다시 덮었다. 아니, 덮어 주었다는 표현이 맞을 것이다. 처음의 모양을 유지하기 위해 애를 쓰면서 조심조심.

방을 나와 시계를 보니 폐기물 회사 직원들이 오기로 한 시간까지는 조금 여유가 있었다. 폐기해야 할 물품과 재활용해야 할 물품을 나누고, 유품을 챙기기에는 충분한 시간이었다. 현관에 던져 놓은 유품마다 번호를 매겨 가면서 유품의 리스트를 작성하다가 순간 뭔가 빠진 듯한 기분이 들었다. 여성용 속옷이었다. 그 많은 택배가 왔는데, 내용물은 집안 어디에도 없는 것이 이상했다. 어디서든 발견된다면 그것은 고인의 치부가 될 수도 있는 상황이었다. 시간이 촉박하지만 찾아보기로 했다. 그냥 놓아두었다가 폐기물 회사 직원들이 보기라도 한다면 고인은 어느 술자리에서든 술안주가 되기에 충분했다. 노망든 노인네나, 음흉스러운 노인네로 비칠 수도 있는 문제였다. 만약 정말로 K 씨가 그렇다고 해도 나만 알고 있거나, 내가 감추어 주어야 하는 것이 맞는다는 생각이 들었다. 거실 중앙에 서서 시계방향으로 사방을 훑었다. 찾아보지 않은 곳이 없나 하나하나 되짚으면서 저기에는 뭐가 있고, 저기에는 뭐가 있었는지를 꼼꼼히 기억해 냈다. 순간 눈에 들어온 것이 쌀통이었다. 쌀통에는 으레 쌀이 들었을 것이라는 짐작에 열어 보지 않았다. 고독사한 노인들이 아니어도 노인들의 대부분은 중요한 물건을 그 용도와 전혀 상관없는 곳에 보관하기도 한다. 냉동실에 금반지를 넣어 둔다든가, 신발장 제일 안쪽에 있는 신발에 쌈짓돈을 넣어 두는 식으로. 기대하면서 쌀통을 열었다. 쌀통엔 쌀이 반쯤 들어 있었다. 쌀통 속으로 손을 집어넣자 쌀알이 손끝에서 돌았다. 느낌이 좋았다. 손가락 끝을 조물거려 파고 들어가자 바닥이 손끝에 만져졌다. 무엇이든 만져지길 기대하면서 손을 휘저었다. 실망스럽게 아무것도 만져지지 않았다. 일말의 기대를 했었는데 기대가 처참히 무너졌다.

한참을 찾다가 폐기물 회사 직원들이 오는 바람에 포기했다. 무엇을 들킨 사람처럼 허둥지둥 일을 맡기고 유품으로 전해질 몇 가지 물품을 들고 복도로 나왔다. 한숨이 올라왔다. 한숨을 잠재우려 담배를 꺼내 물었다. 띵동. 휴대 전화가 짧은 신호음을 울리며 문자 메시지가 도착했음을 알렸다. 사무실로부터 온 문자 메시지였다. 이번 달 목표를 30% 초과했으니 상여금이 지급될 거라는 문자 메시지였다. 하루가 또 이렇게 지나갔다는 생각을 하니 내려갔던 한숨이 다시 올라왔다. 담배를 끄고 내려가려는데 폐기물 회사 직원이 불렀다. 들어올 때 실버택배로부터 받은 홈쇼핑 속옷 상자였다. 열어보고 소파에 던져두었던 것을 깜빡하고 누고 나왔다. 어떻게 분류해야 하느냐고 묻는데 아차 싶었다. 이미 내용물을 본 모양이었다. 내 것이라고 할 수도 없고 난처했다. 멋쩍게 받아 들고는 고인의 이름이 있는 송장을 떼어 내고 박스를 잘 여몄다.

경비실에 열쇠를 반납하고 나서려는데, 경비가 불러 세웠다. 재활용 차가 왔으니 내놓을 것이라도 있으면 얼른 내려다 놓으라고 했다. 평소 고인은 2, 3일에 한 번씩 재활용 옷을 내다 놓았다면서 고인을 추억하듯 말했다. 경비실 앞에 설치된 재활용 의류 수거함에서 한 무더기의 옷이 수거 차량 위로 던져지고 있었다. 일이 잘 끝났다는 인사를 하고 경비실을 나서는데, 재활용 의류 수거 차량이 지나가고 난 자리에 여성 속옷 한 벌이 떨어져 있었다. '결국엔 다 저렇게 가는 건가.'

K 씨의 집안에서 찾아내지 못한 속옷도 그리로 저렇게 갔을 것이라고 믿기로 했다.

아파트 단지를 막 빠져나가려는데 K 씨의 집 앞에서 보았던 실버택배 기사가 아파트 위를 올려다보는 것이 보였다. 아직도 이 아파트 단지를 벗어나지 못한 걸 보니 여기에 고객이 많은가 보네. 무심히 그냥 지나치면서 택배 기사의 시선이 향한 곳을 올려다보는데, 내 시선의 끝이 K의 아파트 베란다로 향해 있었다. 갑자기 지상을 향해 초점이 잘 맞춰져 있던 베란다의 망원경이 생각났다. 저거였구나. 나도 모르게 웃고 말았다. 고인에 대한 무례인 줄은 알았지만, 무엇인가 수수께끼를 풀었다는 기분이랄까. 택배 기사에게 달려가서 유품으로 분류하기가 망설여졌던 택배 박스를 건넸다. 택배 기사는 박스를 받아 들고 어리둥절한 표정을 지으며 반품이냐고 물었다.

"주소도 아무것도 없으니 알아서 반품하세요."

어떤 말을 하고 건네야 좋을까 고민하던 차에 택배 기사는 반품이라는 단어를 먼저 꺼냈고, 나는 반품이라는 말을 받아 건네고는 서둘러 자리를 피했다. 이승의 사람과 저승의 영혼이 눈을 맞추고 있는 시간을 방해하고 싶지는 않았다. 하루가 또 그렇게 갔다.

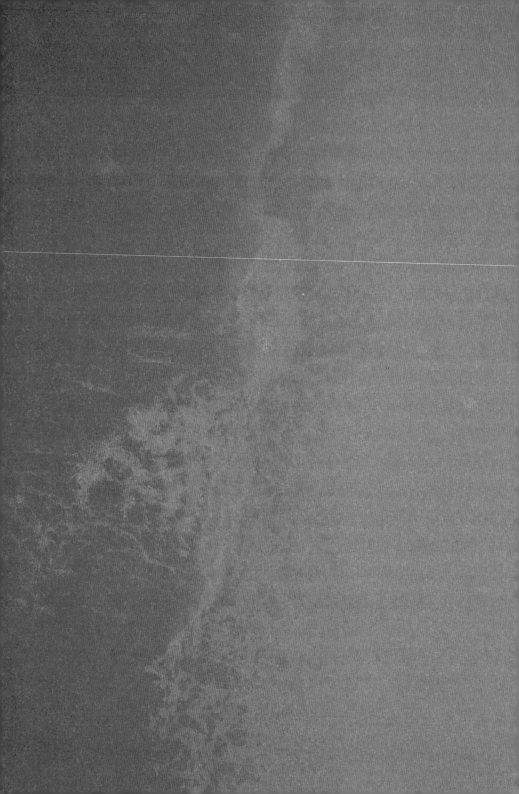

트렁크

지난밤, 그녀가 죽었다.

화창해서 더 눈물을 감출 수 없는 아침이었다. 허둥대며 운전하는 나와 다르게 택시 밖의 풍경은 기계의 톱니처럼 아귀가 착착 맞아 돌아갔다. 정확한 타이밍에 신호등이 바뀌었고, 차들은 교차로를 빠져나갔다. 버스는 정해진 정류장에서 태우고 내리는 일을 주저하지 않았다. 나는 경황이 없는 와중에도 습관적으로 인도 쪽을 주시했다. 택시 기사들만의 직업병이었다. 손 흔드는 사람을 보면 움찔하긴 했지만, 차를 정차하거나 목적지를 물어보지는 않았다. 그럴 여유가 없었다. 온 신경이 트렁크에 가 있었다. 몇 달 동안 살을 비비고 살던 여자. 그 여자가 트렁크에 타고 있었다. 정

연 무 의 여 름

확히 말하면 트렁크에 실려 있었다. 지난밤의 일들을 정리하지 못한 상태로 무작정 거리에 나왔다. 나에겐 하루 십육만 원의 사납금보다 트렁크에 있는 그녀의 문제가 더 간절한 일이었다. 그런데도 시선은 인도 쪽으로 향하고만 있는 걸 보면 확실히 직업병이었다. 젠장.

급체한 명치끝 같던 택시 안의 긴장을 깬 것은 무전기 소리였다. "승차거부 집중단속기간"이라는 안내가 일 분에 한 번꼴로 이어졌다. 무전기 소리에 정신을 차리고 보니 터미널 근처까지 와 있었다. 사람이 많은 곳은 피하려고 마음먹었는데 습관이 터미널 쪽으로 이끌었던 것 같았다. 이것 역시 직업병이다. 생각할 시간이 더 필요했다. 트렁크에 있는 그녀의 죽음을 받아들일 준비가 필요했다. 또한, 나의 알리바이도.

재빨리 터미널을 벗어나려는데 그만 횡단보도 신호에 걸리고 말았다. 손님이 없을 때는 무시하던 신호였다. 물론 손님이 타고 있을 때는 법규 준수를 철칙으로 삼았다. 택시 운전기사의 기본자세이기도 했다. '트렁크에 누워 있는 그녀를 손님으로 생각한 것일까? 다른 날 같으면 빈 차로는 쳐다보지도 않던 신호가 나를 잡아 세웠으니.' 횡단보도에는 지나가는 사람이 하나도 없었다. 보행자 신호는 컵라면 기다리는 시간만큼 길기만 했다.

신호가 막 바뀌면서 한 사람이 헐레벌떡 횡단보도를 뛰어 건넜다. 출발하려다 움찔하고는 다시 차를 세웠다. 동시에 벌컥, 뒷문이 열렸다. 그 소리가 트렁크 열리는 소리로 들려 온몸이 찌릿했다. 놀란 눈으로 돌아보니 노부부가 차 안으로 몸을 들여놓고 있었다. 하품하는데 파리 한 마리가 입 안으로 들어올 때의 기분이랄까. 아차 싶었다. 깜빡하고 앞 유리에 "쉬는 차" 팻말을 붙이지 않았다. 깜빡이라기보다는 그것을 붙일 정신이 없었다는 게 정확했다. 트렁크에 그녀가 누워 있는 채로 운행한다는 건 너무 가혹했다. 엄연히 말하면 이건 합승이었다. 물론 합승은 불법이다.

"P시로 갑시다."

남편은 단호하게 말을 툭 던졌다. 나는 귀를 의심했다. P시. 때를 맞춰 무전기에서는 "승차거부 집중단속기간"이라는 말이 반복되고 있었다. 급하게 무전기를 껐다. P시라면 장거리였다. 택시 기사들에겐 장땡보다 높은 삼팔광땡. 하루 치 사납금에 저녁 식사를 근사하게 해도 넉넉하게 돈이 남을 만큼의 일감이었다. 하지만 나는 손사래를 쳤다. 누워 있는 그녀를 두고 밥벌이를 할 만큼 여유 있는 상황이 아니었다. 남편은 엄연한 승차거부라며 전화기를 꺼내는 시늉을 했다. 승차거부라는 단어를 듣는 순간 전의를 상실했다. 여기서 더 실랑이를 벌여 봐야 일만 커질 게 분명했다. 그러면 나만 손해였다. 내겐 숨겨야 할 그녀가 있었기 때문이다. 하는 수 없이 그들의 목적지를 향해 출발했다.

P시는 나의 고향이었다. 고향이 과거형으로 정의되는 것이 의아할 수 있겠으나 'P시는 나의 고향이었다.'는 과거형의 문장은 정확하다. 보통의 사람들이 가진 고향에 대한 향수 따위는 전혀 없는. 어릴 적 버리고 온 고향이었고, 그 후 한 번도 찾지 않은 고

향이었다. 그런 그곳엘 가게 되었다. 뒷자리에 탄 노부부는 들릴 듯 말 듯 한 소리로 연신 "아이고- 아이고-." 하는 곡소리를 냈다. 그들의 신음에 가까운 곡소리가 트렁크에 실린 그녀를 위로하는 것 같아 기분이 묘했다. 문상객을 이런 식으로 맞아야 하는가. 불쾌하기까지 했다. 그들의 소리가 들리지 않게 라디오 볼륨을 높이고, 룸미러를 밀어 뒷좌석이 보이지 않게 했다. 왠지 노부부의 등 뒤로 그녀가 불쑥 머리를 내밀 것만 같았다.

실수였다. 전염병으로 살처분되는 가축을 생생하게 중계하는 뉴스가 끝나고, 소는 누가 키우느냐는 개그맨의 웃지 못할 개그가 막 시작될 무렵, 그녀가 쉽게 숨을 놓았다. 그 시작은 분명 놀이였고, 장난이었다. 욕조에 들어가서 텀벙텀벙 물을 튀기다가 그녀가 먼저 내 머리를 눌렀다. 짧은 시간이었지만 긴 숨을 참았다. "하푸- 하푸-." 잠시 후 물 밖으로 나온 내가 쏟아 낸 말이었다. 그녀는 웃고 있었다. 열린 욕실 문으로 들려오는 텔레비전 개그 프로그램 때문이었는지, 장난이 좋아서였는지는 알 길은 없었다. 어쨌든 그녀는 웃고 있었다. 그 웃음이 끝나기 전에 내가 그녀를 물속으로 밀어 넣었다. 물속에 들어간 그녀는 팔을 허우적댔다. 잠시 후 물 밖으로 나온 그녀는 물을 먹었는지 재채기를 했다. 나는 웃었다. 이전에 그녀가 왜 웃었는지 알 수 있을 것 같았다. 다음번엔 그녀가, 그 다음번엔 내가. 그렇게 차례를 바꿔가며 허우적댔고, 웃었다. 회를 반복할수록 물속에서 숨을 참아야 하는 시간이 길어졌다. 누군가는 먼저 끝냈어야 했는데 나도 그녀도 끝낼 생각이 없었다. 마지막으로 물속에 들어간 그녀의 입에서 공기 방울이 조르르 올라왔다. 그녀는 무슨 말인가 했던 것 같다. 안녕이라는 짧은 인사였을까? 그렇게 결국 그녀가 먼저 숨을 놓았다. 머리가 들어 올려진 그녀는 웃지 않았다. 손을 놓으면 저절로 다시 물속으로 들어갔다. 열린 욕실 문으로 끝나지 않은 개그 프로그램의 웃음소리가 들려왔다.

실수를 만회할 길은 전혀 없었다-만회할 수 있는 일이어야 실수라고 할 수 있다면, 실수였다는 나의 변명은 비겁하다. 하지만 나는 그렇게 할 수밖에 없었다-내가 할 수 있는 일이라곤 그녀의 죽음을 알리거나 감추는 일만이 남아 있었다. 그런데 막상 닥치고 보니 어떤 일을 해야 상식적인지조차 판단할 수 없었다. 어머니의 주검을 보았을 때와 마찬가지로 단지 그 자리를 도망치고 싶었다. 욕조에서 나와 물기가 뚝뚝 떨어지는 채로 옷을 걸치고 집을 뛰쳐나왔다. 집 앞을 서성거릴 뿐, 할 수 있는 일이 없다는 걸 알았을 때는 자정이 다 될 무렵이었다. 무엇이든 해야 했다. 나를 위해서건, 그녀를 위해서건. 다시 집 안으로 들어갔다. 그녀는 부레가 터진 물고기처럼 물속에 파묻혀 있었다. 욕조의 물은 아직 따뜻했다. 중력에 가까워지려는 듯 그녀는 평소보다 무거워져 있었다. 몸에 묻은 물기를 닦고, 스스로 벗었던 옷을 가까스로 입혔다. 눈을 감고, 숨을 쉬지 않을 뿐, 지난밤 살을 비비며 함께했던 그녀와 다르지 않았다. 여러 번 시도 끝에 간신히 둘러업고 나와 택시에

연 우 의 여 름

태웠다. 무거워진 만큼 몸을 지탱해 주던 힘이 빠져나갔는지 예측하지 못하는 방향으로 쓰러졌다. 안전벨트를 채웠다. 몸이 고정되자 이번엔 머리가 따로 놀기 시작했다. '생각이 없어지면 저럴 수 있을까.' 하는 수 없이 좁은 트렁크에 눕혔다. 침대에서처럼 새우잠 자듯 잠들어 있는 것으로 보였다. 침침한 트렁크에서도 그녀의 하얀 발은 두드러졌다. 양말을 신기지 않길 잘했다는 생각이 들었다. 소리 나지 않게 트렁크 문을 닫았다. 그녀의 깊은 잠을 위한 배려였다.

※

종호가 집을 떠나던 날에도 아버지는 실수였다는 고백만 했다. 하지만 종호는 믿지 않았다. 아버지는 호상이라는 말도 덧붙였다. 술에 만취한 아버지가 경운기를 제때 멈추지 못했고, 앞에 있던 종호와 어머니를 치고 말았다. 어머니가 마지막 순간까지 종호를 감싸는 바람에 종호는 살았지만, 어머니는 끝내 깨어나지 못했다. 남편의 경운기에 치여 유명을 달리하는 불운한 아내가 된 것이다. 하마터면 자식까지 먼저 보낼 뻔한 아버지는 호상이라는 말로 자신의 죄를 덮으려 했다. 종호는 호상이라는 말을 들으면서 구토를 했다. 어머니의 장례가 끝나자 첩으로 들어와 본처 노릇을 하던 초록색 대문집 여자도 아버지를 버리고 떠났다. 종호는 어머니의 죽음을 호상이라고 버젓이 말하고 다니는 아버지가 무서웠다. 그래서 집을 나왔다. 열일곱 어린 나이였지만 그래야만 자신을 지킬 수 있을 것 같았다. 벌써 15년이나 된 이야기였다.

✳

어느새 택시는 시내를 벗어났다. 할증 버튼을 눌렀다.

"여기부터는 지역 할증입니다. 할증요금이 붙습니다."

라디오 볼륨을 낮추고 지역 할증이 시작됨을 알렸다. 잠깐이지만 노부부의 대화에서 '죽음'과 '천벌'이라는 단어가 적당히 섞여 들려왔다. 도둑이 제 발 저리다는 말이 어떤 의미인지 안 것처럼 귀가 한껏 예민해졌다. 라디오 볼륨을 올렸다. 다시 그들의 대화는 라디오 속으로 빨려 들어갔다.

15년 전 어머니를 실수로 먼저 보냈다던 아버지도 이랬을까 생각해 보았지만, 아버지가 불안하거나 초조해하는 모습을 기억해 낼 수 없었다. 어머니가 죽던 날, 아버지는 울고 있는 나를 곁에 두고 면사무소 직원을 불렀다. 초록색 대문집 여자도 내 옆에서 울고 있었다. 면사무소 직원은 어머니의 지병에 관한 이야기를 들으며 울고 있는 내 머리를 쓰다듬었다. 아버지의 입에서는 술주정인지 슬픔인지 알 수 없는 언어가 덜 깬 술 냄새와 함께 풀풀 풍겨 나왔다. 아버지의 슬픔을 누구도 의심할 수 없을 정도였다. 면사무소 직원이 돌아가고 나서 장례는 마치 예정되었던 일인 양 일사천리로 치러졌다. 평소 아버지를 형님이라고 부르며 따라다니던 장의사 아저씨가 염을 했다. 염을 하는 내내 장의사 아저씨는 어머니에게도 형수, 초록색 대문집 여자에게도 형수라 부르며 전혀 슬퍼하지 않았다. 장례 기간 내내 나는 울기만 했고, 문상객들은 그런 나를 보고 효심이 깊다며 칭찬을 아끼지 않았다. 하지만 나는 무서워서 울었다. 너무도 태연한 아버지가 무서웠고, 어머니가 곁에 없다는 것이 무서웠다. 지금에 와서 생각해 보니 모든 죽음은 예정된 것이 맞다. 그때 어머니의 장례가 일사천리로 치러졌던 것도 당연한 일인지 모른다. 나 혼자만 예정하지 못했던 일이었을 수 있다. 지금 그녀의 죽음을 두고 어찌할 줄 모르는 것처럼.

몇 번을 돌이켜 생각해도 그것은 실수였다. 그녀의 생일을 기념해 근사한 레스토랑에서 저녁을 먹었다. 그녀는 음식이 짜다며 연거푸 물을 마셔 댔고, 집으로 돌아와서는 욕조에 물을 받았다. 욕실에 들어가면서도 갈증이 난다며 냉장고의 생수를 반병쯤 마셨다. 이제 와보니 그렇게 그녀는 예정된 죽음을 향해 한 발씩 나아가고 있었다. 우리의 장난은 횟수가 늘어날수록 물속에 머무는 시간이 길어졌다. 나는 물속에서 눈을 떴다. 뽀얗고 하얀 그녀의 속살이 눈부시게 빛났다. 그녀도 눈을 떴을까 해서 물어보았지만, 그녀는 갈증이 나서 물을 마셨다고 했다. 농담이라고 생각했는데, 아마 그녀는 물을 많이 마셨던 것 같다.

내 근심을 조롱하듯 택시는 강물처럼 시원하게 강변을 달렸다.

노부부의 죽음과 천벌에 관한 이야기는 계속 이어지는 듯했지만, 귀에는 전혀 들어오지 않았다. 1시간 남짓을 그렇게 달렸을까 한산하던 길이 갑자기 정체되기 시작했다. 라디오는 주파수가 맞지 않는지 잡음이 심하게 섞이기 시작했다. 라디오 볼륨을 줄이고 주파수를 다시 잡으려 한참을 씨름했다. 그러는 사이에도 앞차는 움직이지 않았다. 정체되어도 택시 요금은 올라가고 있으니 상관할 바 아니었다. 뒤에 타고 있던 남편이 답답했는지 차에서 내렸다. 주파수를 바꾸어도 라디오는 선명한 소리를 잡지 못했다.

"구제역 방역하는구먼. 기사 양반. 이런 추운 날씨엔 앞 유리가 얼지 않게 워셔액 먼저 뿌려 주는 게 좋아."

차에 탄 남편이 내 어깨를 툭툭 치며 어서 하라는 듯 손짓했다. 하얀 방역복을 입은 사람들의 수신호에 따라 차들이 가다 서기를 반복하는 모습이 섬뜩했다. 마치 수의를 입은 사람들같이 보인 것은 왜였을까. 방역 초소를 넘어가면 죽음이 기다리고 있는 것처럼. 무표정한 사람들의 모습에서 죽음이 보였다. 낮춘 라디오 볼륨 탓에 노부부의 목소리는 커졌고, 나는 그제야 노부부의 대화를 조금이나마 엿들을 수 있었다. 구제역이 사람까지 잡았다는 이야기가 죽음과 천벌에 덧붙여서 들려왔다.

✳

천벌이라는 단어는 아버지에게 어울리는 말이었다. 종호의 고

조부는 통정대부라는 벼슬을 했고, 증조부는 사헌부의 말단 벼슬
아치였다. 그 자리가 망해 가는 나라에서 돈으로 샀다는 것을 마
을 사람 모두가 알고 있었지만, 아버지는 아랑곳하지 않았다. 남
잘되는 거 못 보는 시기라며 족보를 자랑스럽게 생각했다. 대대로
선비의 집안이니 자신도 선비로 살아야 한다는 것이 아버지의 일
관된 삶의 방식이었다. 그것은 아버지의, 아버지의, 아버지로부터
내려오는 전통과도 같았다.

　아버지의 한량 생활은 선대에 걸쳐 내려온 시행착오 덕분에 진
화하고 있었다. 서재에 책은 늘 가득했으나 읽은 책은 전혀 없었
다. 항상 책을 옆에 끼고 다니기만 했지 전혀 읽지 않았고, 책 표지
가 너덜너덜해지면 다른 책으로 바꾸었다. 일해서 가정을 책임지
는 가장의 역할을 하는 것이 아니라 유산으로 물려받은 땅을 팔아
가면서 부족한 생활비를 충당했다. 스스로 관리해 본 적 없는 자
신의 농토를 파는 일에는 매우 적극적이었다. 관리하기 어렵다는
이해하기 힘든 핑계를 들어 집에서 먼 땅부터 처분하기 시작했다.
그렇게 마련한 돈은 일부만 최소한의 생활비로 들어왔고 대부분
은 유흥비로 지출되었다. 아버지가 유일하게 땀을 흘릴 만큼의 열
량을 소비하는 일이 음주 가무였으니 그것은 당연한 소득의 분배
였다. 술을 마시면 집에 들어오지 않는 일은 기본이었고, 집을 비
우는 날이 한 달을 넘기는 일도 잦았다. 마치 생활비만 건네주면
모든 가장의 역할을 다 한다는 것처럼. 종호가 중학교에 들어가면
서부터 아버지는 아예 집에 들어오지 않았다. 종호의 중학교 진학

을 기다렸다는 듯. 자연스레 종호는 가장이 되었다. 그 무렵 종호는 가정환경조사서에 아버지의 직업을 '건설업(리비아 출장)'이라고 썼다.

집을 나갔던 아버지가 들어올 때는 땅을 팔기 위해서였다. 아슬아슬하게 이어 오고 있는 가문의 종손이 보고 싶어서도 아니었고, 사랑스러운 아내가 보고 싶어서도 아니었다. 오랜만에 본 가족들에게 살가운 말 한마디 하는 법이 없었다. 쌀통에 쌀이 남아 있는지, 집수리할 곳은 없는지 따위의 가장이 가져야 할 걱정은 조상의 무덤에 술 한 잔씩 뿌리는 것으로 대신했다. 딴에는 입에 달고 다니던 뼈대 있는 가문이라는 말을 실천에 옮기는 순간이었다. 그런 후에는 바로 땅문서를 들고 집을 나갔다. 어머니에게 몇 푼의 돈을 쥐여 주는 일도 빼먹지 않았다. 아버지에게는 하루 치 술값 정도 되는 최소한의 생활비였다. 종호가 중학교 졸업할 때까지 아버지는 값이 좋다는 바닥논부터 팔아치웠고, 바닥논이 다 끝나자 둔덕에 있는 논으로 손을 뻗었다. 뒷산 밑에 있는 자갈밭까지 처분하는 데 3년이라는 시간은 늦지도 빠르지도 않았다. 종호가 중학교를 졸업할 무렵이 되자 남은 것이라고는 뒷산과 집터가 전부였다.

✳

목적지가 가까워지면서 편도 1차선의 좁은 길에 접어들었다.

길옆으로 현수막이 빼곡했다. 방역을 철저히 해서 구제역 확산을 막자는 말과 구제역 확산을 막기 위해 지역 축제를 하지 말아야 한다는 말들이 두서없이 나부꼈다. 잠시 말이 끊어졌던 노부부의 신음에 가까운 말들은 목적지가 가까워지자 죽은 이에 대한 연민으로 바뀌었다. 어머니가 돌아가셨을 때 누구 한 사람이라도 이런 연민을 보여 줬다면 나는 아버지를 신고했을 것이다. 그러나 누구도 어머니의 죽음에 감정을 드러내지 않았다. 그 사고를 겪은 내 기억에만 꿈처럼 존재하는 감정이었다.

1킬로미터는 족히 되는 거리를 지나고야 만장 같던 현수막은 사라졌다. 현수막이 만장 같다는 생각을 하니 트렁크에 누워 있는 그녀의 장례식이 그려졌다. 이것이 그녀를 위한 장례식이라면. 그녀라면 이 정도의 호사쯤은 누려도 괜찮다는 생각이 들었다. 택시의 속도를 조금 늦추었다.

종호가 중학교 2학년 여름 방학이 끝날 무렵이었다. 종호의 친구는 아버지가 바람이 났다는 말을 했다. 아버지가 처음 보는 젊은 여자와 국밥집 뒷골목으로 들어가는 것을 보았다고 하면서, 어른들이 바람난 거라고 하는 소리를 들었다고 했다. 종호도 대충 짐작은 하고 있었지만, 그 이야기를 친구에게서 듣는 것은 불쾌했다. 어린 나이지만, 아버지는 리비아에 가셨다고 힘주어 말하려

했지만, 저도 모르게 말끝이 흐려졌다. 인정하기 싫었지만 인정하게 된 꼴이라 무작정 뛰어 집으로 돌아왔다.

장날이면 종호를 데리고 읍내에 나간 어머니는 어느 골목 입구에 서서 골목 끝을 바라보는 일이 잦았다. 어느 날은 큰마음을 먹었는지 골목 안의 초록색 대문 집을 가리키며 누가 있나 보고 오라고 시킨 적이 있었다. 어머니는 골목 입구에서 서성거리고 아무것도 모르는 종호는 갔다 와서 호떡 사 먹자는 말에 급하게 뛰어갔다. 종호가 안을 기웃거릴 때마다 예쁜 여자가 마당을 왔다 갔다 하는 모습만 보였을 뿐. 종호는 저렇게 예쁜 여자가 엄마였으면 좋겠다는 철없는 생각을 하기도 했다. 그 후로도 여러 번 그런 일이 반복되었지만, 어머니는 늘 누가 있나 보고 오라고만 했다. 어머니가 말했던 '누가'가 아버지라는 것은 조금 시간이 흐른 후에 초록색 대문집 마당에서 아버지를 본 후에야 알게 되었다. 그 후로도 종종 어머니는 골목을 서성거렸고 종호는 아버지가 그 집에서 보이지 않기를 더 바랐다. 아니, 아버지를 보았어도 어머니에게는 계속 못 보았다고 하려 했다. 그게 혼자 남은 어머니를 지키는 일이라고 생각했다.

아버지가 마지막으로 남았던 뒷산을 처분하고 시작한 일은 소장사였다. 어머니는 어렵게 마음먹고, 소 키워서 남는 건 소똥뿐이라는 사람들의 말을 빌려 잔소리도 해봤지만 소용없었다. 아버지는 농촌에서는 소가 재산이라며 시내 사람들 부동산 투자나 별반 다를 게 없다는 식으로 창업을 정당화했다. 생전 처음 일이란

연 무 의 여 름

것을 하게 된 아버지는 소를 사고팔아 벌어들이는 돈보다 소를 사고팔기 위해 사람들과 마시는 술값이 더 많이 나갔다. 소를 팔았다고 한잔, 소를 샀다고 한잔, 비가 와서 우시장이 열리지 않는다고 한잔. 종호는 일이 어찌 되었든 바쁜 아버지가 더는 초록색 대문집을 기웃거리지 않을 거라는 기대를 했다. 아버지는 우시장이 열리는 날이면 집에 들어오지 않았지만, 그다음 날이면 꼬박꼬박 집에 들어왔다. 5일에 한 번이면 어머니도, 종호도 양보할 수 있는 정도였다. 아버지가 그나마 며칠에 한 번씩 집에 들어오는 이유를 알게 된 것은 얼마의 시간이 흐른 후였다.

그나마 행복이라고 생각했던 시간은 오래가지 못했다. 아버지가 일주일간 집에 들어오지 않았다. 예전 같으면 오면 오나 보다 가면 가나 보다 했을 어머니는 안방을 환하게 밝혀 두고 아버지를 기다렸다. 일주일 만에 돌아온 아버지는 술이 거나하게 취해 있었다. 그런 아버지를 두고 안방 문이 채 닫히기도 전에 어머니는 큰소리를 냈다. 처음으로 어머니의 화가 난 목소리를 들은 아버지는 대꾸도 못 하고 멀뚱멀뚱 쳐다만 보았고, 종호는 입만 벌리고 서 있었다. 종호는 당황했고, 아버지는 황당했다.

"이 여편네가 요새 좀 잘해 주니까 눈에 뵈는 게 없나. 소 맬 데가 없어서 들어온 거지. 누군 집구석이 좋아서 들어온 줄 알아?"

짧은 정적이 흐른 후에 아버지는 더 큰소리로 되받아쳤다. 그렇게 딱 한 번 속에 있던 소리를 하고 난 어머니는 죽을 때까지 큰소리 한 번 내지 않았다.

속에 있는 것을 다 토해 낸 듯 그날 이후로 어머니는 힘없이 몸 져누웠다. 그리고 그다음 날 아버지는 소 대신 초록색 대문 집 여자를 데리고 들어왔다. 그때 아버지의 재산은 텃밭 하나에 집 한 채 그리고 소 한 마리로 줄었다. 더는 탕진해 먹을 재산이 없으면 어떻게 될까 궁금했던 종호였다. 아버지는 소를 길들여서 밭을 갈았고, 씨를 뿌렸으며 추수도 했다. 엄청난 변화였다. 어머니는 사람이 갑자기 변하면 죽을 때가 된 거라고 아버지를 걱정했지만, 아버지는 보란 듯이 건재했다. 소는 한 마리에서 두 마리, 세 마리로 늘어났다. 그러던 어느 날엔가 소 한 마리가 경운기로 물물교환되어 돌아왔다. 그것이 이토록 꼬여 버린 가족사의 발단이라면 발단이었다.

어머니가 사랑채로 밀려나고 초록색 대문집 여자가 안방을 차지한 이후, 종호는 늘 어머니 곁에 있었다. 대놓고 아버지와 여자에 대한 반감을 드러내 보았지만, 아버지는 가타부타 이야기가 없었고, 여자는 늘 종호 앞에서만은 안절부절못했다. 한때 저런 여자가 어머니라면 하면서 혹했던 사춘기 시절 자신을 꾸짖듯 종호는 여자에게 늘 매섭고 차가웠다. 여자는 어머니에게 꼬박꼬박 형님이라고 부르면서 병시중을 다 들었다. 아버지가 어머니나 종호때문에 큰 소리를 낼 때면 늘 어머니와 종호 편이 되어 주었던 여자. 그 여자가 아버지를 설득해서 하루에 두 번, 아침저녁으로 사랑채에서 어머니를 보고 가는 것도 종호는 알고 있었지만, 고맙지는 않았다. 어머니 장례식에서 종호보다 서럽게 울었던 것도 여자였고, 일을 다 마치고 고단함에 쓰러진 것도 여자였다. 종호는 다 알고 있었지만, 여자가 싫었다. 아버지에게서 가족을 빼앗은 게 여자였고, 어머니에게서 아버지를 빼앗은 것 또한 그 여자였기 때문이다. 그 여자가 아니라면 어쩌면 종호도 아버지의 대를 이어 조금 더 진화한 한량 놀이를 할 수 있었을지도 모른다. 그래서 더욱 여자가 싫었다.

✳

택시를 막아서는 한 무리의 사람들로 인해 멈추어야 했다. 경운기와 트랙터로 길을 막고 있었고, 경찰차 2대가 그 앞에 서 있었다. 경찰들과 승강이를 벌이는 사람들 사이에서 누군가가 택시를 보고 돌아가라는 손짓을 했다.

"손님. 더는 못 가나 본데 어떻게 할까요?"

고향에 더 가까워지는 것이 꺼림칙했다. 무엇보다 손님을 한시라도 빨리 내려놓고 그녀를 확인하고 싶었다. 대꾸도 없이 노부부의 시선은 시위하는 사람들을 향해 있었다. 잠시 뒤 시위 무리에서 빠져나온 경찰관이 다가왔다. 순간 심장이 쿵 하고 내려앉는 것 같았다. 도망가야 하나. 뒤에도 차가 밀려 있어 차를 타고 도망가는 것은 무리였다. 최대한 태연한 척하자. 심호흡을 했다. 검문이라도 하면 어쩌지.

"아이, 참. 뭐예요 이거. 먼 길 왔는데. 못 가요?"

최대한 태연하게 짜증 섞인 목소리로 물었다. 가까이 온 경찰관은 거수경례를 하더니 차 안을 한번 훑어보았다.

"빨리 좀 갑시다. 한시가 급하구만."

뒤에 있던 남편이 거들었다. 경찰관은 구제역 위험 때문에 농민들이 길을 막았다는 설명만 짧게 하고 돌아갔다. 양해해 달라거나 더는 못 가니 돌아가라거나 그 어떤 말도 없이 자신이 해야 할 말만 했다. 차가 가고 못 가고의 문제가 아니라 경찰관이 돌아갔다는 데 안도했다. 긴장이 풀리자 한숨이 먼저 나왔다. 심호흡을 몇 번 하고 노부부를 돌아보았다. 어찌해야 할지 결정해 달라는 무언의 의사표시였다. 그러나 노부부는 여전히 먼 곳에 시선을 고정하고 있었다.

"저기. 저거 팔촌 형님 아니야?"

남편이 손가락으로 누군가를 가리키며 말했다. 아내에게 묻는 듯했지만, 아내는 대답하지 않았다. 남편은 말이 끝나기 무섭게 차에서 내렸다. 무리 속으로 들어가 그들과 짧은 이야기를 주고받더니 웃으면서 의기양양하게 돌아왔다. 잠시 후 택시 한 대가 간신히 지나갈 수 있을 만큼 길이 열렸다. 그들이 열어 준 문을 통과하는 택시를 향해 모자를 벗어 인사하는 사람이 몇몇 있었다. 그들을 향해 남편은 손을 흔들어 주었다. 아는 사람들이냐고 묻는 아내에게 한 사람 한 사람 손가락으로 가리키며 알려 주는 듯했다. 그들의 대화에서 익숙한 이름이 들리기도 했다. 백미러로 차를 향해 – 정확히는 남편을 향해 – 손을 흔드는 사람들이 보였다.

익숙한 이름에 맞는 익숙한 얼굴은 보이지 않았다. 비슷한 차림새의 평범한 농촌 사람들일 뿐이었다. 그도 그럴 것이 15년이면 익숙했던 것도 낯설어지기 충분한 시간이었다.

　다 잊었다 생각했는데, 고향 마을이 가까워지자 유년의 기억들이 비눗방울처럼 터져 나왔다. 택시가 어머니의 산소가 차려진 산밑을 지날 때는 수많은 기억에 밀려나 있던 그녀가 떠올랐다. 그녀가 마셨던 그 많은 물이 트렁크를 흥건하게 적셨을 것이라는 생각에 온몸이 축축하게 젖어 오는 듯했다. 혹시 그녀가 깨어나지는 않았을까? 확인하고 싶었지만, 손님을 태우고 트렁크를 열어 볼 엄두가 나지 않았다. 밤이 되길 기다렸다가 어머니의 산소 옆에 묻어야겠다고 생각했다. 어머니의 무덤 옆에 아버지, 아버지가 데리고 들어왔던 초록색 대문집 여자가 나란히 묻히는 상상을 하니 끔찍했다. 살아서 지켜 주지 못했던 어머니를 지켜 드리고 싶다는 생각이 순간 간절하게 들었다. 그녀라면, 사랑했던 그녀라면 어머니를 지켜 줄 수 있을 거라는 느낌이 강하게 들었다. 최소한 나의 실수를 그녀도 인정해 준다면.

　누구보다 그녀는 어머니에 대해 잘 알고 있었다. 시간 날 때마다 어머니에 대한 추억을 이야기했고, 그녀는 대꾸 없이 듣는 처지였다. 가끔 과하다 싶을 정도로 많은 추억을 꺼내는 날이면, 자신이 어머니가 된 양 밤이 깊도록 안아 주기도 했다. 그런 그녀이기 때문에 어머니 곁에 있어도 충분하다는 생각이 들었다.

노부부의 최종 목적지는 고향 마을 입구에 새로 생겼다는 장례식장이었다. 큰길에서 안내판이 보이고도 한참을 들어가서 낮은 산 밑에 있었다. 장례식장이 가까워지면서부터 트렁크에 타고 있는 그녀 생각이 짙어졌다. 마치 그녀의 장례식을 위해 운구차가 들어가는 듯한 착각이 일었다. 옛 애인의 차를 타고 장례식장으로 들어가는 그녀와 살인자의 차를 타고 장례식장으로 들어가는 그녀. 두 가지의 생각이 마구 섞여 머릿속을 난도질했다. 그나마 사랑했던 그녀가 타는 마지막 차가 내 택시라는 데 위안을 삼기로 했다. 내가 그녀에게 애인이든 살인자든 그것은 그녀의 문제로 남겨 두기로 했다.

낮이라 그런지 장례식장의 주차장은 한산했다. 입구 가까운 곳에 택시를 세웠다. 혹시라도 아는 얼굴을 마주치지 않을까 최대한 고개를 숙였다. 택시가 멈추기 무섭게 노부부는 수고했다는 말 한마디 없이 바람같이 뛰어갔다. 노부부가 내리고 나자 텅 빈 택시에는 한기마저 들었다. 내 기억이 맞는다면 이곳도 오래전에 아버지가 탕진해 먹은 할아버지의 유산이었다. 겨울이면 친구들과 근처까지 와서 눈썰매를 타던 곳이다. 산 밑으로 난 밭이 경사가 좋아 눈썰매 타기 딱 좋았다. 아버지의 땅이라는 생각을 하니 구토가 날 것 같았다. 한시라도 빨리 떠나고 싶었다. 노부부가 시야에서 사라지기 전에 택시를 돌리려는데 덜컥 시동이 꺼졌다. 나도 모르게 움찔했다. 다시 키를 돌렸지만, 시동이 걸리는가 싶더니 다시 꺼졌다. 몇 번을 반복해도 같은 증상만 보일 뿐 시동은 걸리지 않았다. 계기판을 보아도 특기할 만한 경고등은 들어오지 않았다. 택시는 좀처럼 꼼짝하지 않았다. 장거리 운전에 낡은 차가 무리했나 싶어 잠시 쉬기로 했다. 주위를 둘러보니 한 사람도 없었다. 조심스레 차에서 내려 트렁크를 열었다. 처음 모습 그대로 웅크린 채 누워 있는 그녀. 내 그림자가 그녀의 위에 포개졌다. 얼굴빛이 조금 어두워진 것 말고는 어젯밤의 그녀였다. 허둥대다가 양말을 신기지 못한 맨발이 마음에 걸렸다. '밤이 될 때까지만 여기 있어 줘.' 신고 있던 양말을 벗어 그녀의 발에 신겼다. 나를 만나러 오던 발, 키스하기 위해 까치발을 들던 발, 함께 집으로 들어가던 발. 고단했을 그녀의 발을 천천히 주물러 주었다.

다시 택시에 타려고 앞문을 여는데 뒤에서 '텅' 하는 소리와 함께 닫혔던 트렁크가 열렸다. 불길했다. 주위를 두리번거릴 새도 없이 재빠르게 트렁크를 닫았다. 순식간이었지만, 누가 보지는 않았을까 주위를 둘러보았다. 여전히 주차장은 텅 비어 있었다. 다행이었다. 담배 한 개비를 피우며 놀란 가슴이 진정되길 기다렸다.

고장이 아니고는 저절로 열릴 일이 없는 트렁크가 미심쩍어 다시 열어 보았다. 바닥이 흥건히 젖어 있는 것을 빼고는 큰 문제는 없어 보였다. 이전에 열었을 때는 보지 못했던 흔적이었다. 그녀가 마셨던 물을 다 토해 냈는지, 아니면 슬퍼서 흘린 눈물인지 트렁크 바닥은 물기 가득했다. 내 그림자를 비집고 드는 햇빛에 물기는 윤슬처럼 반짝 빛났다. 그녀가 보는 마지막 햇빛. 트렁크를 닫으려다 주위에 사람이 없는 걸 확인하고는 다시 열어 주었다. 조금이라도 더 햇빛을 보게 해주고 싶었다. 내 나름의 의식이었다. 산 사람이 떠나기 위해서 반드시 거쳐 가야 하는 곳이 장례식장이라면, 그녀에게도 일종의 그런 의식을 갖추는 게 맞겠다 싶었다. 화려한 관보다는 못하지만, 트렁크 안이라도 나쁘지는 않을 것 같았다. 여기가 그 옛날 아버지의 땅이었다는 것이 못마땅했지만, 최대한 경건했으면 했다. 트렁크 문을 열어 둔 채 가만히 눈을 감았다. 그녀와의 지난 일들이 눈앞에서 아른거렸다. 그제야 눈물이 흘렀다.

의식은 오래가지 못했다. 주차장 안으로 차 들어오는 소리가 났다. 그녀를 위해 내어 줄 수 있는 시간이 매우 짧아 안타까웠다. 재빨리 트렁크를 닫는 사이 차는 택시 옆에 섰다. 나를 알아보는 사람이라도 있을까 고개를 비스듬히 숙이고 택시에 탔다. 시동은 여전히 걸리지 않았다. 재차 반복해 봐야 주위 시선만 끌 것 같아서 운전석 깊이 고개를 묻었다. 차를 타고 들어온 사람들이 빨리 들어가길 바랄 뿐이었다. 차에서 내린 사람들은 짐을 챙기는지 주섬주섬 소리가 났다. 상주이거나 상주의 일을 봐주는 인척인 것 같았다. 꽤 오래 문이 열리고 닫히는 소리가 반복됐다. 문 여닫히는 소리가 반복될 때마다 경기하듯 놀라 힐금 룸미러를 보았다. 혹시 그녀가 누워 있는 트렁크가 열리지는 않았을까 하고.

"누가 택시 타고 왔나 보네. 뭐가 급하다고."

택시를 가리키며 하는 말 같았다. 더 깊이 고개를 숙이고 잠든 척했다. 작은 소리 하나하나에도 그들의 움직임이 느껴졌다. '이

러고 있는 사이 택시 트렁크라도 열리면.' 눈으로 보지 않고 소리
만 듣고 있자니 불안함은 더 커졌다.

그들의 소리가 점점 작아졌다. 장례식장 안으로 들어가는 사람
들을 확인하고 룸미러를 보았다. 다행하게도 트렁크는 닫힌 채 그
대로였다. 빨리 자리를 피해야겠다는 마음만 가득했다. 키를 돌렸
으나 택시는 이전과 똑같이 전혀 움직일 생각을 하지 않았다. 재
차 반복해 보아도 마찬가지였다. 큰일이었다. 이동정비를 부르기
도 어려웠다. 만약 트렁크를 열어야 할 일이라도 생긴다면. 생각
만 해도 끔찍했다.

그러고 있는 사이 누군가가 택시 가까이 다가왔다. 떠나는 일
에만 정신을 쏟느라고 알아차리지 못했다. 흠칫 놀라 고개를 핸들
에 파묻었다. '그녀는 아니겠지?' 그녀이길 바랐는지, 그녀가 아
니길 바랐는지 모르겠다. 차라리 그녀였으면 좋았을 것이다.

"맞지? 종호!"

똑똑 창문을 두드린 남자 목소리는 확인하려는 듯 아는 체를
했다. 다행히 그녀는 아니었다. 안심과 두려움이 섞인 얼굴을 들
었다. 그였다. 아버지가 바람났다고 알려 주었던 친구.

"맞네! 얼마 만이냐? 상주가 여기서 울고 있으면 어떻게 해!"

친구는 알 수 없는 이야기를 당연하다는 듯했다. '상주라니.'
손님을 태우고 온 것뿐인데. 트렁크에 누워 있는 그녀의 존재를
아는 것도 아닐 텐데. 섬뜩했다. 상황이 전혀 짐작되지 않았다. 친
구는 택시 문을 열더니 나를 장례식장 안으로 잡아끌었다. 차에

홀로 남겨지게 될 그녀가 걱정됐지만 내색할 수 없었다.

　오랜만에 만나는 사람들이 나눌 법한 전후 사정의 맥락도 없이 화환 가득한 복도를 이끌리듯 걸었다. 나를 잡아끌던 친구는 어느새 뒤에서 나를 따르고 있었다. 복도는 길고, 침침했다. 복도 끝에서 마주한 낯익은 얼굴은 더없이 환하게 웃고 있었다. 웃는 모습이 처참하게 낯설었다. 몇 걸음 뒤로 물러섰다. 저렇게 웃을 줄도 아는 사람이었다니. 낯섦 앞에 주저하고 망설이다가 영정 앞에 섰다. 맨발이었다.

　'아버지, 호상인가요?'

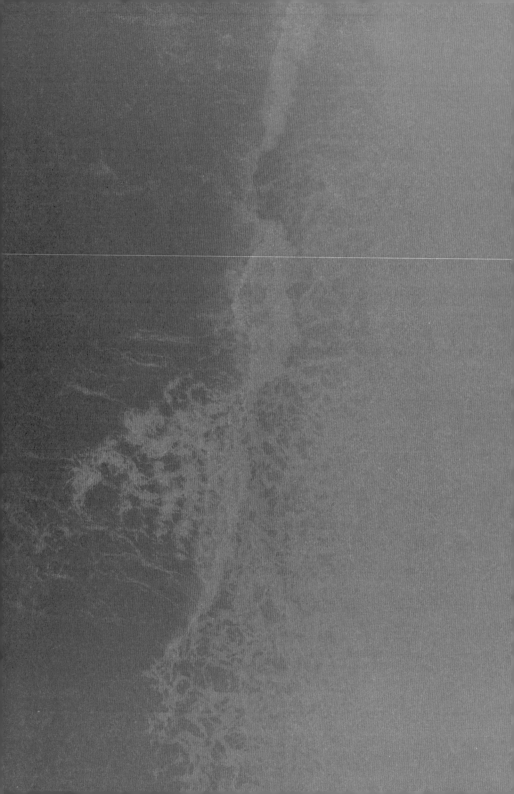

소설을
쓰자

뜨거운 밤을 보내고 있을 때였다. 그녀와는 결혼을 전제하지는 않았지만, 그와 유사한 관계를 맺고 있었다. 그녀가 두 번째 오르 가슴을 느끼려 할 때 휴대 전화가 심하게 울렸다. 그 소리 덕분에 예민한 그녀의 몸은 차갑게 식었다. 다시 불을 지피고 무사히 그 날 밤 두 번째 사랑을 마치기까지는 한참을 더 수고해야 했다. 뜨 거운 그녀가 욕실로 들어가고 나서야 휴대 전화의 부재중 목록을 확인할 수 있었다.

K의 죽음을 듣게 되었다. 내가 알고 지내는 사람 중에서 그나 마 촉망받는 미래를 핑크빛으로 보장받고 있었던 사람이었는데, 너무도 빨리 그 미래를 소진해 버린 탓일까. K는 성공도 빨랐고

그만큼 지구를 떠나는 일에도 남들보다 빨랐다. 그렇게 무엇이든 남달랐다. 2주 만에 만난 그녀를 두 번의 섹스로 이별하고 새벽 첫 기차에 올라탄 후, 아침이 되어서야 그의 장례식에 간신히 도착할 수 있었다. 오랜만에 했던 사랑 탓인지 다리가 풀려서 힘을 조절할 수 없는 허벅지와 팽팽하게 당기는 뱃가죽에는 신경 쓸 틈도 없이 엄숙한 장례식에 참석했고, 한 사람이 하나씩 들어 날라도 다 옮기지 못하는 화환을 보면서 떠나는 마당에 남아 있는 사람들에게 저렇게 짐을 지우지는 말아야겠다고 다짐을 하기도 했다.

장례식이 무사히 끝나고 지난밤에 고스톱을 쳐서 살림살이가 좀 나아졌다는 Y가 술을 사겠으니 친구들은 모두 근처 술집으로 모이자는 달콤한 안내를 깔끔하게 무시하고 기차를 탔다. 지난밤에 탄 기차가 상행선이었으면, 하행선을 탔을 것이고, 지난밤이 하행선이었으면 상행선을 탔을 것이다. 지난밤과 정반대의 순으로 기차는 역을 하나씩 거슬러 갔고, 나는 지불한 금액만큼의 순서를 차례로 짚어 내려갔다.

K의 사인은 교통사고로 말미암아 척추를 지나는 대동맥이 파열되면서 생긴 과다 출혈이었다. 반대쪽에서 달려오던 덤프트럭을 중앙선을 넘으면서 정면으로 들이받았고, 그 순간 모든 상황은 종료되었다고 한다. 죽은 자는 말이 없고, 살아남은 덤프트럭 운전기사가 유일한 목격자이자 피해자가 된 상황에서 K는 억울한 것이 있어도 하소연 한마디 하지 못하고 졸음운전으로 중앙선을 넘어서 달려오던 덤프트럭을 들이받은 가해자가 되었다. 교통사

고가 난 도로마다 영혼이 누웠던 하얀 실선들이 즐비한데 사회적 지위와 명성에 걸맞게 K는 길바닥에 누워서 자신의 영혼의 크기를 재는 일 따위는 하지 않았다고 한다. 즉사였다.

　K는 왜 죽었을까. 교통사고로. K는 왜 교통사고가 났을까. 생명선이라며 외쳐 대던 교통 캠페인을 무시하고 달려들었으므로. K는 왜 중앙선을 무시해야만 했을까. 졸았으므로. 여기까지는 경찰도, 덤프트럭 운전기사도, 장례식장에서 만났던 친구들도 하나같이 하는 이야기였다. 그렇다면 K는 왜 졸음운전을 했을까. 여기서부터가 내가 소설을 쓰는 이유다. 독특한 상상으로 다른 사람의 스캔들을 유추하다 보면 "아예 소설을 써라." 하면서 빈정대는 말투들이 있지 않은가. 그래서 대놓고 소설을 써보기로 했다.

　K는 왜 졸음운전을 했을까.

　지난밤에 충분히 잠을 자지 못했기 때문에. 이것은 개연성에 큰 문제가 있긴 하지만 식곤증이 아니라면 지난밤에 충분한 휴식을 취하지 못했기 때문에 이튿날 졸음이 쏟아지는 것은 당연하므로 크게 문제가 없을 듯도 하다. 육체적 피로이거나 혹은 정신적 피로를 기본 체력이 버텨 내지 못해서, 간단히 말해서 자신의 의지와 무관하게 잠이 쏟아지는 것은 지난밤의 잠이 충분하지 못했기 때문일 것이다. 이렇게 되면 K가 왜 졸음운전을 했는가보다 더 중요한 것은 K에게 충분히 잠을 잘 수 없게 한 육체적이거나 정신적인 피로가 무엇인지를 밝히는 것이 중요한 것이 된다.

그러면 지난밤에 K는 왜 잠을 충분히 못 잤을까.

장례식장에서 본 H가 어젯밤에 K로부터 돈을 빌려 달라는 전화를 받았다고 했다. 나도 지난달엔가 K로부터 돈을 빌려 달라는 전화를 받았다. 성공한 당신이 나에게 부탁을 하기도 하냐면서 비아냥거렸고, 그 부탁이 돈 문제라는 데 놀라면서도 빌려줄 돈이 없어서 미안한 마음이 들었다. 적은 돈이라면 그녀와 만나는 횟수를 줄여서라도 여관비를 모아서 빌려주었을 텐데 K가 요구하는 금액은 내가 지금까지 살아오면서 통장에 입출금했던 금액을 모두 합하더라도 턱없이 모자란 만큼이었다. 빌려주지 못해서 미안하지만, 무엇에 쓰려고 하는지 물어봐도 되느냐고 물었을 때 K는 대답 대신 전화를 끊었다. 그것이 전부였다. 살아 있는 동안 K와 나의 마지막은 그랬다. 서로의 안부도 묻지 못했고, 언제 만나서 밥이나 먹자는 그 흔한 약속도 못 하고 끝났다. 미루어 짐작하건대 K는 돈 때문에 고민하느라 잠을 제대로 못 잔 것이 확실해 보인다.

K는 왜 돈이 필요했을까.

이전에 전제한 잠과 졸음의 관계와 마찬가지로 돈이 필요하다는 것은 충분한 만큼의 돈이 없다는 것과도 일치한다. 내가 알기로 K는 탄탄한 직장에서 촉망받는 젊은 일꾼으로 동기들보다 승진도 빨랐고, 그만큼의 보수도 넉넉하게 챙겼다. 그런 그가 돈이 필요하다는 것은 내가 이해하기는 힘든 일이지만, 자신이 가진 만큼의 물질적인 것들이 충분하다고 느끼는 인간이 얼마나 있을까 하는 의문이 답을 만들기에 충분했다. 결론은 욕심이었다. 가진 것보다 더 가지려는 욕심이 생겼고, 그래서 돈이 필요한 K가 가진 거라곤 몸뚱이뿐인 내게 전화를 걸어 부탁했던 것이다. 전화를 걸기 전에 많이 망설이다가 전화를 했는데, 내가 자신을 조롱하는 듯한 말을 하니 기분이 몹시 상해서 그냥 전화를 끊었을 것이다. 그 지경이 되어서도 알량한 무엇은 지키고 싶었던 것 같다. 무슨 사정으로 나에게까지 그런 전화를 한 것일까.

6개월 전에는 K의 부모님이 고향의 전답을 다 팔고 K가 있는 도시로 주거를 옮긴 일이 있었다. 시골에서 장한 아들을 둔덕에 어깨에 힘 좀 주고 다녔던 양반들이 떠나는 마당에도 아들자식이 잘돼서 이젠 농사 같은 힘든 일 하지 말라며 하도 부탁을 해서 어쩔 수 없이 살러 가는 거라며 끝까지 가오를 잡았다. 그러던 양반들이 두 달 전에는 눈을 감으면 고향이 그리워서 도저히 못 살겠다고 조촐한 살림살이만 꾸려서 고향으로 돌아왔다. 자신들이 고향이 그리워서 돌아왔다는데 그런가 보다 하면 되는 걸 그 무렵 동네에서는 아들 집에서 쫓겨난 부모 이야기가 번지고 있었다. 어느 늦은 저녁에 평소에 말씀도 없으신 아버님이 전화를 하셔서는 친구의 잘못을 고자질하는 초등학생처럼 K의 부모님이 그래서 다시 온 것 같다며 이야기를 해주셨다. 내 귀에도 들릴 정도니 그 좁은 시골 고향에서는 어땠을까. 결국, K의 부모님은 전 재산의 반도 넘게 아들에게 떼어 주고 돌아오셨다. 가진 재산을 다 팔고 조공을 바치는 속국의 사신들처럼 아들의 집으로 갔던 양반들이, 가지고 갔던 것의 절반도 되지 않는 것들만 챙겨 들고 돌아온 사연을 나는 알지 못한다. 자식이 부모를 챙기지 못하면, 부모가 자식을 챙겨야 할 것인데, 그것마저도 힘들어졌다는 것은 그때부터 K에게 무언가 불길한 일이 일어나고 있었다는 것이다.

그때 갑자기 얼마 전에 여름 휴가차 몇십 년 전 탄광촌으로 부흥했던 동네를 다녀온 친구가 그곳에서 K를 보았다고 했던 말이 떠올랐다. 지금은 카지노로 옛 명성에 걸맞은 인지도를 가지게 된 그 동네의 허름한 식당에서 혼자 밥을 먹고 나가는 K와 마주쳤고, K는 일 때문에 왔다며 친구를 본체만체하고 갔다는 것이다. 그때는 일 때문에 간 K보다는 오랜만에 만난 친구를 완전히 무시하고 가는 K를 친구와 함께 씹어 먹기 바빴는데 가만히 생각해 보니 K를 그곳에 머물게 한 일이 짐작되었다. 소문에도 K는 늘 모범이었다. 친구 중에서 가장 먼저 집을 마련했고, 가장 먼저 오너드라이버가 되었으며, 가장 먼저 해외여행도 다녀왔다. 그는 늘 친구들 사이에서 성공의 대명사였다. 그런 그가 그곳에 있었다는 것은 좀 어리둥절하기는 하지만 그 낯선 곳에서 누군가가 아는 사람을 만나고도 바쁘게 자리를 피해야 하는 이유라면 단 한 가지이다. 카지노.

　K가 결국 얻으려 했던 것은 돈이었다. 돈으로 더 많은 돈을 얻으려 했던 욕심. K가 얻으려 했던 돈이 그냥 돈이었을까, 아니면 부모님의 돈이었을까. 생각해 보건대 처음에 K는 그냥 돈이 필요했을 것이다. 자신의 욕심을 채우는 데 필요했던 돈이 인정사정도 없이 감정까지 갉아먹어 가족과 친구들의 돈까지 빼앗아 버릴 줄은 꿈에도 몰랐을 것이고.

　K는 왜 도박에 손을 댔을까.

　도박으로 자신이 가진 모든 것을 탕진하고, 가족까지 같은 처지로 만들어 놓고, 세상을 떠날 정도라면 도박도 보통 수준을 넘어선 중독의 경지라고 볼 수 있다. 무엇에든 빠지면 끝장을 보고야 마는 K의 지난 행적을 미루어 보면 도박을 해도 끝장을 보기 위해서 했을 것으로 짐작되고, 그것이 판단을 흐리게 만들었을 것이다. 그러니 K가 중독자의 수준이었을 것이라는 데에는 별 의문은 들지 않는다. 모아둔 돈을 다 잃고, 물론 잃기만 하지는 않았을 것이다. 따기도 하고 잃기도 했을 테지만 잃은 돈이 딴 돈보다는 훨씬 많았을 것이다. 그 무렵과 일치할 만한 또 다른 친구의 증언이 떠올랐다. 지난해엔가 추석에 모인 친구들이 바쁜 일 때문에 고향에도 내려오지 못한다는 K를 이야기하면서 젊은 놈이 머리가 다 빠져서 우리보다 열 살은 더 먹어 보인다며 K의 청춘사업을 걱정하는 일이 있었다. 내 기억으론 K의 할아버지도, 아버지도 대머리의 유전자는 없는 것으로 아는데 K의 머리숱이 줄어들고 있다는 것은 스트레스에 가까워 보였다. 그 자리에서 친구들도 젊은 놈이 너무 일만 하다 보니까 스트레스 때문에 그리된 것 같다는 말을 하기도 했다. 내 결론도 같았다. K는 무한 경쟁 시대를 헤쳐 나가기 위해 온몸과 마음으로 받은 스트레스를 풀어 버리려고 처음엔 재미 삼아 동양화와 서양화를 밤마다 그렸을 것이다. 재미로 잃고 따던 돈이 판을 키워 갔고, 잃은 돈이 딴 돈보다 많아졌을 때 K 특유의 끝장을 보려는 끈기가 발동했을 것이고, 지난 행적들과 유사하게 다른 사람들보다 빠르고 능숙하게 중독자의 길로 접어들었을 것이다.

'누구보다 유능하고 장래를 보장받았던 K가 스트레스를 풀려고 도박에 손을 댔다가 부모님의 재산까지 다 말아먹고 친구들의 돈까지 빌리면서 마지막 한 방을 위해 밤새 고민하며 뜬눈으로 밤을 새우고 운전을 하다가 졸음으로 말미암아 중앙선을 넘어 마주 오던 덤프트럭을 들이받고 그 자리에서 죽었다.'

이렇게 결론까지 내려 놓고 만약이라는 가정을 붙여 가며 K가 졸음운전을 한 것이 아니라 죽기로 마음먹고 한 행동이라면 나의 소설은 처음부터 다시 쓰여야 한다고 말 그대로 소설 쓰고 앉아 마침표를 찍으려 할 무렵, Y의 살림살이를 축내는 자리에 갔던 H로부터 전화가 걸려 왔다. 밤 기차가 가지는 공명이 그렇게 큰 줄은 처음 알았다. 깜짝 놀라서 전화를 받았더니, 술에 취할 만큼 취한 H는 내가 마지막에 우려했던 가정을 똑같이 하고 있었다. 그 새끼 일부러 뒤진 거래. '소설 쓰고 자빠졌네!'라는 말이 혀끝까지 나왔다가 들어가면서 전화를 끊었고, 나는 다시 소설을 써야 했다. 아직 예정된 역에 도착하려면 기차는 지나온 만큼의 역들을 지나쳐야 했고, 나는 지난밤에 충분히 잠을 자지 못했는데도, 전혀 졸음이 쏟아지지 않았다. 개연성에 약간의 오류가 있을 것 같다고 가정했던 가설을 스스로 확인하는 좋은 기회였다. 어차피 내 소설은 처음부터 틀렸고, 다시 쓰기로 했다. 뭔가 소화가 덜 되고 묵직하게 위에 남아서 불편한 것 같았는데, 속 시원하게 내려가는 기분이었다.

K는 왜 죽었을까. 교통사고로. K는 왜 교통사고가 났을까. 생명선이라며 외쳐 대던 교통 캠페인을 무시하고 달려들었으므로. K는 왜 중앙선을 무시해야만 했을까. 죽으려고. 경찰도, 덤프트럭 운전기사도, 장례식장에서 만났던 친구들도 하나같이 하던 이야기가 공신력이라고는 전혀 없는 친구들의 술자리에서 뒤바뀌었다. 그래서 대놓고 소설을 고쳤다. 다행하게도 가해자와 피해자, 그리고 사고로 말미암아 일어난 K의 죽음과 사인은 바뀌지 않았다.

K는 왜 죽음을 각오했을까.

죽음을 각오하고, 준비하는 사람이라면 그 한 많은 사람을 집어삼키고도 아무 말이 없는 검은 한강 물을 떠올릴 텐데, K는 왜 자동차 사고를 준비했을까. 죽는 그 순간에도 보통의 사람들과는 다르고 싶었던 것일까. 자신이 죽고 난 후의 거추장스러운 일들을 고려해서 남아 있는 생면부지의 사람들에게 조금의 수고를 덜어 주고 싶었던 것일까. 그를 아는 사람들의 일이라는 건 가까운 사이였거나 먼 사이였거나 애도하고, 슬퍼하는 정도의 차이만 가지면 되지만, 그를 알지 못하는 구급대와 경찰들의 수고를 덜고 싶었을 것인지도 모른다. 살아생전에 남을 위한 배려라고는 전혀 없었던 싸가지없었던 그가 마지막에는 처음으로 남을 생각하였을지도 모르니. 확실하진 않지만.

장례식장에서 본 H가 지난밤에 K로부터 돈을 빌려 달라는 전화를 받았다고 했다. 사뭇 비장하게 들렸다고도 했다. 돈을 빌려 달라는 전화의 목소리가 가족을 먼저 보내고 금방 따라가겠노라며 황산벌로 떠났던 백제의 계백 같았다고 했다. H의 전생이 삼국시대 백제의 장수였는지 궁금해지는 대목이긴 했지만, 그냥 그 말을 믿기로 했다. 나도 지난달엔가 비슷한 일이 있었기 때문이다. 일 년에 두 번 있는 명절에도 그 흔한 단체 문자 메시지도 한 번 보내지 않던 K가 느닷없이 전화를 해와서는 어제도 만나서 속 다 빼놓고 놀았던 친구처럼 인사말도 생략하고 다짜고짜 돈 좀 빌려 달라고 했던 적이 있었다. 돌려 말하거나, 말을 조리 있게 하는 법을 전혀 배우지 않은 것은 아니었을 텐데 K는 친구라고 편하게 느껴서 그랬는지, 아니면 그런 부탁을 내게 하는 것이 자존심이 상해서 그랬는지 모르겠지만, 평소의 그와는 전혀 다르게 매우 예의가 없었다. 친구 사이에 무슨 예의냐고 말하면 할 말은 없지만. 아무튼, 그때 나는 그에게 빌려줄 돈도 없었지만, 그보다 빌려주고 싶지 않은 마음이 컸다. 어쩌다가 네가 나한테 부탁을 다 하느냐고, 황송하다고 빈정거렸고, K는 묻지도 따지지도 않는 보험회사 광고 카피처럼 더 이상 듣지도 묻지도 부탁을 하지도 않고 전화를 끊었다. 그게 내가 기억하는 K의 마지막이었으니 나는 당연히 그의 죽음을 돈과 연관 지을 수밖에 없다. K는 돈 때문에 죽을 결심을 했던 것이다.

또 하나 K와 돈이 겹치는 부분이 있다. 두 달 전에 K의 부모님이 고향으로 돌아온 일이 있었다. 6개월 전만 해도 아들이 잘돼서 함께 살러 가는 거라며 고향의 전답을 다 팔고 떠나더니, 두 달 전에는 그 반도 되지 못하는 조촐한 시골 살림만 가지고 1톤 트럭 한 대에 살림살이와 함께 돌아왔다. 마을에서는 K가 사업을 하다가 돈이 모자라서 부모님 재산까지 다 들어먹은 거라고 소문이 났었다. 쫄딱 망하지는 않아서 제 부모 살림살이는 그나마 건진 것이라는 말도 있었다. 짐작하건대 K의 돈에 대한 불운은 최소한 6개월 전부터 일어나고 있었던 것이다.

사업 때문에, 돈 때문에 K는 스스로 죽음을 선택했던 것일까.

K가 무슨 사업을 했고, 사업했었다는 과거를 확인할 길은 없다. 친구들 누구도 K가 살아 있을 때 사업을 한다거나 하는 그의 근황을 알려 준 이가 없었다. 그저 풍문이었지만 그것을 믿기로 한다면 사업이 망해서 집안의 재산까지 싹싹 긁어먹은 K가 마지막까지 해결하지 못한 돈이 있어서 결국엔 죽음을 선택했다는 결론이 나온다.

그러고 보니 H가 얼마 전에 여름 휴가차 몇십 년 전 탄광촌으로 부흥했던 강원도의 두메산골 어느 도시에서 K를 보았다고 했다. 남루한 옷을 입고, 모자를 눌러 썼지만 덥수룩한 머리가 사방으로 삐져나와 있었고, 면도를 며칠째 하지 않았는지 수염도 지저분하게 얼굴을 덮고 있어서 혹시나 했었는데 가까이 가서 보니 K가 맞았다고 했다. 말을 걸려고 했지만, 자신을 알아본 K가 급하게 자리를 피하는 바람에 뒷모습만 쳐다보았지만, 친군데 그거 모르겠느냐고 했던 적이 있었다. 지금은 카지노로 옛 시절의 명성보다 더 큰 인지도를 가지게 된 그 동네까지 가서 친하지는 않더라도 반가울 정도는 되는 고향 친구를 만났는데 아는 체는 고사하고 도망치듯 자리를 피했다면 K는 자신의 모습을 보이고 싶지 않던 것이다. 언제나 완벽하게 차려진 그의 모든 것이 성공을 대변할 만큼 허점이 없던 K였으니, 자신의 그런 모습을 적어도 자신의 과거와 연결되는 사람들에게는 보이기 싫었을 것이다.

'누구보다 유능하고 장래를 보장받았던 K가 사업을 하다가 부모님의 재산까지 다 말아먹고, 친구들의 돈까지 빌리면서 가산을 탕진해 먹고, 더 이상 탈출구가 보이지 않자 죽음을 결심하고, 중앙선을 넘어 마주 오던 덤프트럭을 들이받고 그 자리에서 죽었다.'

이렇게까지 쓰고 보니, 더 궁금해하지 않아도 되는 K의 사업이 무엇이었을까 하는 의문이 들었다. 그냥 잘나가던 직장 계속 다녔더라면 조금은 더 길게 성공한 자의 기쁨을 누릴 수 있었을 텐데 무엇이 급해서 사업이란 걸 하려고 마음먹었을까. 학창시절을 떠올리면 K는 리더십이라고는 전혀 없었다. 그의 곁에는 늘 책과 책상과 선생님만 있을 뿐 도무지 친구들과 어울리거나, 친구들의 이야기를 귀담아들어 주거나, 친구들을 선동하는 일은 전혀 하지 못했다. 그런 천성이 후다닥 손바닥 뒤집듯이 바뀔 수는 없다고 본다. 옛 어른들이 사업은 아무나 하는 거냐며 하던 말들이 허투루 하는 말이 아니었음은 그 똑똑한 K도 알았을 텐데. 처음부터, K가 사업을 해야겠다며 남들이 십몇 년을 죽으라 공부해서도 간신히 선택된 몇 명만 들어갈 수 있다는 신의 직장을 내던질 궁리를 할 때부터 오늘의 일들은 이미 예정된 수순이었고 결과였을 것이다.

K는 무슨 사업을 했을까.

이 대목에 대한 특별한 일화가 떠오르진 않지만, 얼마 전 아버지와의 전화 통화를 주목하기로 했다. 부모님이 계시는 고향집이 오래전에 지어진 시골집이라 겨울을 나기가 여간 불편한 게 아니라서 올겨울에는 전기세 덜 나오는 특허 받은 전기난로라도 하나 보내드리겠노라고 전화를 드렸다. 시골 노인네들 전기세 때문에 난로도 제대로 못 켜고 살 것이 뻔했기에 '전기세 덜 나오는 특허 받은'이라는 상상도 못 할 뻥에 잔뜩 힘을 주어 말했더니 아버지는 K네서 전기장판을 하나 샀다고 했다. K네 부모님을 태우고 왔던 1톤 트럭의 반이 '전기세 적게 나오고 음이온이 많이 나오는 발명 특허 황토 매트'라고 동네 사람들한테는 반값에 팔았다는 말도 하셨다. 그 긴 이름을 외울 정도로 많이 들었다는 건 K의 부모님이 그것을 팔려고 수도 없이 말을 건넸고, 어쩔 수 없이 인정 때문에 하나 사줬다는 말일 것이다. K는 '전기세 적게 나오고 음이온이 많이 나오는 발명 특허 황토 매트'를 팔았던 것 같다. 매트라면 다단계인지 피라미드인지 하는 기업에서 써먹는 필수 아이템이라고 뉴스에서 자주 떠들어 대지 않았던가. K가 신의 직장을 버리고 선택한 사업이란 게 다단계였던 것으로 짐작할 수 있다.

그렇다면 K는 왜 신도 부러워한다는 그 직장을 때려치운 것일까.

신마저도 부러워한다는 그런 직장을 나도 부러워했던 적이 있다. 내가 학창시절 조금만 덜 이성에 관심이 있었다면, 공부에 흥미가 더 있었다면, 어른들 말씀처럼 친구를 잘 사귀었더라면-이건 가정하기가 부끄럽다. 그 친구들도 마찬가지로 친구를 잘 사귀었더라면 이라는 말을 하면???-남들처럼 어깨에 힘 좀 주고 부모님 용돈도 팍팍 드리고 했을 텐데 하면서 그런 나를 상상해 본 적이 있었다. 남들 하는 것처럼 그대로 살려고 이 지구에 온 것이 아니라는 종교와도 같은 내 신념이 늘 그런 후회를 달래곤 했었지만, 부러웠던 것은 사실이다. 그런 직장을 헌신짝처럼은 아니더라도 훌훌 미련 없이 떠난다는 것은 인간으로서 하기엔 너무 어려운 일이므로 K의 자의가 아닌 타의에 의한 실직을 예상해 보기로 했다. 요즘 유행하는 말로 오륙도는 아니어도 사오정에는 가까운 나이이니 이런 예상을 하는 것이 터무니없는 것은 아니다.

지난해엔가 모처럼 명절을 맞아 호프집에 모인 초등학교 동창들이 더 이상 자기 자랑을 늘어놓을 게 없어지자, 자리에 없는 친구들 호박씨를 하나하나 까면서 Y가 K의 머리숱 이야기를 한 적이 있었다. 얼마나 바쁜지 명절에도 고향에 한번 내려오지 않는 싸가지없는 자식이라는 말과 함께 그렇게 일만 좋아하니까 머리가 다 빠졌지 하며 흠집을 내면서 같이 다니면 큰형쯤 되어 보일 것 같다고 키득대기까지 했었다. Y의 큰형이라면 우리보다 열 살은 위인데, K가 벌써 우리보다 10년이나 앞서갔다는 게 놀라웠다. 지금에 와서 생각해 보면 K는 그렇게 모든 게 우리 또래들보다는 한참 빨랐었다. 적어도 10년 이상. 결국, 그 빠른 행보 덕분에 실직도 빨랐을 것이다. 그가 정상을 향해 올라가면서 넘어트렸던 상대들처럼, 그도 그와 똑같이 정상을 향하는 후배들 때문에 넘어졌을 것이고, 실직은 그가 올라간 만큼 빠르게 진행되었을 것이다. K의

연 우 의 여 름

실직이 원하지 않았던 것이거나 자업자득이라는 생각을 하니, 예전에 그를 부러워했던 나를 적어도 6개월 전쯤에는 그가 부러워했을지도 모른다는 생각마저 들었다.

'누구보다 유능하고 장래를 보장받았던 K가 직장에서 잘리고, 아니 실직을 하고, 사업을 하다가 부모님의 재산까지 다 말아먹고, 친구들의 돈까지 빌리면서 가산을 탕진해 먹고, 더 이상 탈출구가 보이지 않자 죽음을 결심하고, 중앙선을 넘어 마주 오던 덤프트럭을 들이받고 그 자리에서 죽었다.'

이렇게 속 시원히 다소 밋밋한 결말을 내고 난 뒤 한숨 붙이려는 찰나, 화장실 다녀와서 손을 안 씻은 것 같은 찜찜한 기분이 들었다. 왜일까, 왜일까, 왜일까. 이쯤 되면 정말 소설 쓰고 자빠져 있는 꼴이 되겠지만,

'만약 K가 누군가에 의해 죽임을 당한 것이라면.'

세 번쯤 왜일까 하는 의문을 품을 때쯤 이런 생각이 머리를 스치고 지나갔다. 아주 짧은 찰나였다. 그렇다. 영화나 드라마에서처럼 누군가에게 원한을 사고 살인을 당한 것이라면.
그렇게 된다면 또 다른 몇 명의 인물 내지는 조직이 필요할 것이고, 내가 알고 있는 사건보다 더 많은 사건이 아귀를 맞춰서 얽

혀 있어야 했다. 예쁘고 젊은 내연녀도 한 명쯤 있어야 했고, K와 관련해서 복잡하게 얽혀 있는 인물이 수없이 많이 필요했다. 가장 중요한 것은 K가 스트레스를 주어야 할 인물이었다. 그러고 보니 내가 가진 K의 에피소드에는 사건만 있지 인물은 몽땅 빠져 있었다. 인물이 빠진 사건이란 바람 빠진 튜브에 불과하지 않은가. 다른 누구보다 더 빠르게 정상을 향해 돌진했던 직장인이라면 그가 밟고 갔어야 했을 인물이 만원 버스 몇 대 분량은 간단히 찰 것이다. 그들 중에서 K를 죽이기까지 해야 했을 인물을 찾을 수 있을까? 그런 인물을 찾아낸다 하더라도 그것이 소설의 끝은 아니고, 그저 발단에 불과할 것이다. 대하소설이 시작되려는 찰나였다.

K의 죽음이 복수극으로 진행되려면, 그와 K의 심리적 긴장감이 밀도 있게 묘사되어야 한다. 또한, 복수를 준비하는 누군가의 과정 또한 치밀하고 섬세하게 잘 그려져야 한다. 만약 이야기가 그렇게 흘러간다면 K는 주인공이 되지 못한다. K는 한순간에 조연으로 그것도 악역의 조연으로 전락하게 된다. 가장 중요한 문제는 주인공이 죽는 이야기가 되고 마는 것이다. 주인공이 죽는 이야기는 매력이 없다. 결국, 나는 시놉시스에까지 흘러갔던 이야기를 파기하기로 했다. 싸가지없는 놈이라고 욕을 할지언정 친구였던 그를 조연으로 만들고 싶지는 않았다. 어찌 되었든 오늘 장례식의 주인공은 그였기 때문이다. K를 주인공으로 남겨 두는 소설이야말로 두둑한 부의금 아닐까.

이렇게 마침표를 찍고 있을 때, 기차가 터널을 빠져나갔다. 터널을 빠져나가긴 했지만, 터널 안에서도, 터널이 아닌 밖에서도 밤 기차는 그 둘을 구분할 수 있는 시야를 주지는 않았다. 커졌다가 작아지는 소리로 직감하기만 할 뿐, K도 그랬다. 명확한 무엇도 하나 보여 주지 않았고, 늘 소문으로만, 짐작으로만 살다가 내가 소설 쓰고 자빠지는 일을 하게 만들었다. 심장이 터질 듯 울려대는 기차의 진동과 소음이 그의 소문과 같은 것이었다면, K도 세상을 설렁설렁 만만하게 살지는 않았을 테지만, 부러우면 지는 것이라는 고사성어가 승리욕을 자극하지 않았어도 세상을 대충대충 남들 다 하는 것만은 절대 하지 않으면서 만만하게 살아가고 있는 나는 그가 전혀 부럽지 않았다.

기차역을 빠져나오면서 지난밤에 무심하게 떠나보내야만 했던 그녀에게 2주 후에나 다시 만날 수 있을 것 같다며, 약속장소와 시간을 말하면서, 그땐 오늘 내가 쓴 소설의 이야기를 해주겠다고 했더니, 그녀는 야한 소설이었으면 좋겠다는 주문을 했다. 그녀다웠다. 야한 장면이 하나도 없어 그녀에게는 재미없을 것 같은 이 소설에 직장 상사의 부인과 사랑에 빠져서 일자리를 잃은 K를 만들까 하는 생각도 해보았지만 이미 세상을 떠나서 어떤 변명도 할 수 없는 친구를 위해 할 짓은 아닌 것 같아서, 그냥 싸가지없는 놈으로만 남겨 두기로 했다. 생각해 보니 지금까지 소설이랍시고 쓰면서 K의 사랑에 대한 상상은 전혀 없는 것 같아서 많은 수의 여인들은 아니어도 사랑했던 여인 한 명쯤은 눈 딱 감고 끼워 넣어 줘도 괜찮았을걸 하는 생각이 들기도 했지만, 그렇게까지 이야기

가 가지를 치게 된다면 예상했던 분량을 훨씬 넘어서는 중편이 될
것 같아 더 이상의 진행은 하지 않기로 했다. 사실은 분량이 많아
지는 것보다 내가 상상해야 할 몫이 너무 많아지는 것이 더 겁났
다. 익숙한 지명들을 지나치기 시작하면서부터 지불에 대한 가치
가 얼마 남지 않았다는 조바심의 방해를 견뎌 내는 게 보통 힘든
일이 아니었다. 지금까지도 충분히 벅찰 만큼 벅찼다.

　기차는 지불했던 만큼의 장소에 예정했던 시간을 내려놓았고,
나를 기다리는 것은 아무것도 없었다. 떠날 때도 그랬으니 돌아올
때 이런 것이 서운하지는 않았지만, 누구에겐지 모르게 측은한 마
음이 들었다. 돌아가도 반겨 줄 이 없는 작은 골방을 다음 순위로
하고, 역 앞에서 꽃단장하고 내 옆구리를 간질이며 꾀어 대는 젊
은 아가씨들에게 귀가 솔깃해서, 발을 옮겼다. 야한 소설은 이제
부터 쓰려 한다.

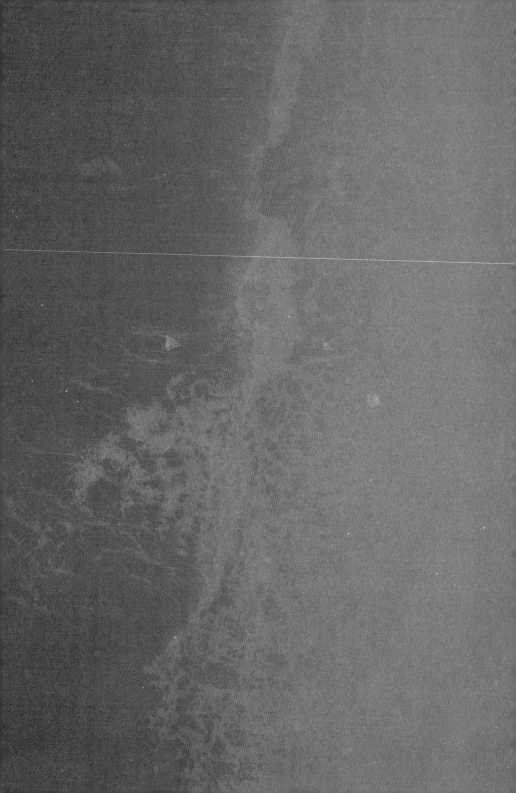

레드 썬

금일휴업. 이유도 없었다. 단지 작은 글씨로 쓰인 일방적인 통보였다. 철제 현관문 손잡이에 작게 붙어 있는 것이 열쇠가게 스티커라고만 생각했으니 쉽게 눈에 띄지 않았다. 그렇다고 그것이 부주의한 나의 실수는 아니었다. 아니었다고 생각할수록 머릿속에서는 나의 실수였다고 각인되고 있었다.

친구의 전화를 받은 건 금일휴업이라는 메모를 확인하고 돌아서서 계단을 다 내려왔을 때였다. 밖으로 나오니 햇볕이 무섭게 따가웠다. 봄 햇살은 미운 며느리 몫이라던 할머니의 말을 떠올리는데 뒷주머니에서 심하게 윙윙거리는 휴대 전화의 진동이 성감대인 엉덩이를 묘하게 자극했다.

"야 김 형이 죽었대. 교통사고래."

은밀히 비밀을 이야기했던 친구에게서 온 전화였다.

"김 형? 대체 누구야?"

최면술사도 같은 이름을 내게 물은 적이 있다. 그리고 자신의 시술이 막바지에 다다랐으니 한 번만 더 만나자는 약속을 했다. 김 형이 누구인지 나는 알지 못했다. 그래서 더더욱 그의 치료가 필요했다. 처음 그를 찾은 이유는 스스로 마음에 병이 깊다고 믿고 있었던 트라우마 때문이었다. 그런데 치료 과정에서 뜻밖에도 김 형이라는 새로운 인물이 내 속에 있음을 알게 되었다. 문제는 최면에 걸린 내가 말을 하고도 기억해 내지 못하는 무엇인가가 있다는 것이었다. 바꾸어 말하면 이미 병이라고 생각하는 문제의 원인을 스스로 알고 있었다는 말이었다. 그렇다면 문제는 의외로 간단했다. 최면술사만 나타나면 되는 문제였다. 그런데…….

대다수 사람들은 실체를 알 수 없는 이 병을 마음의 병이라고 이야기하는데, 심리학에서는 트라우마라고 한다며 유식해 보이는 어떤 안경잡이가 진단해 준 적이 있다. 그때는 무식해 보이지 않으려고 고개만 끄덕이고 부리나케 집으로 달려가서 똑똑하다고 소문이 나 있는 초록색 지식인에게 물어보았다. 집으로 가는 내내 그 어려운 병명을 잊지나 않을까 하는 우려에 쉬지 않고 껌을 씹듯이 입속에서 트라우마를 되새김질했다. 지금 생각해도 얼굴이 화끈거릴 만큼 그땐 심하게 멍청했다. 그 흔한 휴대 전화의 메모장이라는 신기술을 주머니에 넣고도 입으로 군내가 나도록 외고 있었으니 말이다. 요즘엔 그런 나를 비웃기라도 하려는 것인지 '휴대 전화로 전화를 하지 그럼 뭘 하느냐'며 시시덕거리는 CF가 나왔다. 트라우마. 초록색 지식인은 지식인답게, 지식인다운 말투를 써가며 어려운 말로 길게 설명하였지만 나 스스로 간단하게 요약하여 이해한 것은 강박관념이었다. 이렇게 짧은 말로 쉽게 설명할 수 있는데 어려운 말로 장황하게 정의를 설명하는 것은 지식인답지 못한 낭비라는 생각이 들었다. 그때 이후론 초록색 지식인을 별로 좋아하지 않는다. 내가 좋아하든 그렇지 않든 간에 초록색 지식인은 금세기 최고의 지식인임에 틀림이 없으니 이 한마디가 그의 명예에 흠집을 내거나 하는 등의 시빗거리가 되어 명예훼손과 같은 법적 시비에 휘말리지 않았으면 좋겠다-이 대목에서 또 병이 도졌다-어렵고 유식해 보이는 말 트라우마. 보통 큰 사건 이후에 나타나는 증세라고 하는데 살아오면서 크다고 할만한 사건을 몸소 겪은 바가 없으므로 어떤 집착으로 말미암아 이 병이 이토록 깊어졌는지 모르겠다. 우습겠지만 불의를 보면 너무 잘 참아 내고, 인간이 가진 극한의 인내마저 내보이면서 포용과 화해의 제스처를 아주 잘 드러내는 것이 내가 가진 마음의 병이다. 이까짓 것이 무슨 병이냐며 엄살떨지 말라고 따지면서 술이나 한잔 사라고 한다면 변명하거나 설명을 할 마음은 없다. 설명하는 것보다 술 한잔 마시는 것이 내겐 속 편한 일이기 때문이다.

　많은 수의 병원을 들락거리면서, 양방과 한방의 도움을 받고 사람과 기계의 도움을 받아 보았지만, 지극히 온순한 성격은 좀처럼 그 본연의 의도를 드러내지 않았다. 동의보감이라는 몇백 년 전의 의서를 구해서 한자 사전을 옆에 끼고 잘 알지도 못하는 한자에 토를 달아 가며 속병에 좋다는 약재를 국산으로만 어렵게 준비해서 로또 추첨하는 토요일 저녁 8시 45분의 마음처럼 정성을 다해 달여서 먹어 보기도 하고, 민간요법이라며 인터넷에 소개된 대로 배포가 큰 장군의 무덤가 흙을 가져다가 햇살 좋은 가을날 바싹 말려서 물에 타 먹은 적도 있었지만, 못 먹을 것을 먹어서인지 뱃속이 놀라 자지러지기만 할 뿐 병세는 차도를 보이지 않았다. 좋다는 의사도 다 만나 보았지만, 그들도 명의라고 이름 붙여 준 세상의 평판이 무색하게도 속에 감춰진 무엇인가에 대해서는 알아내지 못했다. 어떤 이는 되레 손사래를 치면서 나를 멀리하기까지 했다.

하루는 태어나지도 않은 태아의 영혼과도 접신을 할 정도로 용하다고 소문이 난 무속인을 찾아간 일도 있었다. 이름과 태어난 날의 시를 물어본 무속인은 10분 남짓한 시간 동안 책만 들추며 알아볼 수도 없는 글씨를 마구 적고 나서, 수화하는 듯한 손동작으로 엄지를 다른 네 손가락에 붙였다 떼었다 하기를 반복하면서 혼잣말로 중얼거리고 나더니, 그제야 왜 왔느냐고 물었다. '용하다.'라고 한다면 무엇 때문에 자신을 찾아왔는지 정도는 이미 스스로 알고 있어야 하는 것으로 생각하고 있던 나는 무속인의 물음에 당황해서 말을 더듬으며 병이라고 생각하고 있고, 반드시 치료

하고 싶어 하는 병에 대해 이야기를 했다. 치료하고 싶은 마음이 강했으므로 '반드시'라는 의미를 전달하려고 있는 과거, 없는 과거를 다 꺼내 들고 마치 군중 앞에서 이야기를 풀어 가는 강독사(講讀師)처럼 열과 성을 다해 의지를 전달했다. 내가 하는 이야기를 다 들었는지, 아니면 끝날 때를 기다렸는지 모르겠지만, 말을 마치기 무섭게 무속인은 사주에 마가 끼어서 그런 것이니 부적을 하나 쓰고, 굿을 하면 된다면서 위협하기도 하고, 달래기도 했다. 거부할 수 없게 만들려고 그랬는지 무속인은 눈을 부라려 내 눈을 똑바로 응시하면서 부적과 굿이라는 단어에 힘을 주며 말했다. 왜 찾아왔느냐고 물었을 때부터 무속인을 용한 무속인이라기보다는 먹고살 만큼밖에 되지 않는 무속인으로 여겨졌던지라 무속인의 희망에 찬 눈빛을 피하며 부적과 굿이라는 단어를 흘려들었다. 용하다는 것에 대한 감정(鑑定)을 마치고 일어나 나오는데 무속인은 애원하듯이 그러면 싼 부적 하나라도 해가라며 등 뒤에서 풀이 죽은 목소리로 말을 했다. 그런 무속인이 하도 가엾어서 정말로 싼 부적 하나를 만들어서 몸에 지니게 되었다. 그 부적이 제 효능을 다 하지 못했음은 아직도 내가 불의에 매우 쉽고 관대하게 타협하고 있음을 보면 잘 알 수 있다.

그제는 새벽까지 부어라 마셔라 하며 내 달리던 술자리가 끝나갈 무렵, 술기운이 100미터 달리기 선수보다 빠르게 온몸을 트랙 삼아 돌고 있을 때, 병의 기운이 조금 약해지는 것을 느꼈다. 병을 스스로 인식하고 난 후, 처음으로 느끼는 야릇한 경험이었다.

즉시 이 사실을 옆자리에 앉은 친구에게 말했다. 콜럼버스가 신대륙을 발견했을 때의 기분이 이랬을지는 모르겠지만 아마 이랬으리라고 말한다면 그 당시의 내 기분이 어땠을지는 짐작을 하고도 남을 것이다. 옆자리에 앉은 친구에게 은밀한 비밀 이야기를 하듯이, "이건 비밀인데"라며 운을 떼우고는 "네게만 말하는 건데"라며 이야기를 시작해서 "어디 가서 말하면 안 돼."로 정확하게 말을 끝맺으며 고민을 털어놓았더니 친구는 별 대수롭지 않다는 듯이 거만한 말투로 두 손을 가슴 부분에서 양쪽으로 펼치며 고개를 왼쪽으로 까딱대고는 밑도 끝도 없이 대뜸 최면술사를 만나 보라고 했다. 동작과 대사가 전혀 일치하지 않는 행동을 하는 친구가 그때 처음으로 멋져 보였다. 백설 공주를 독사과로부터 구해준 백마 탄 왕자님만큼은 아니지만, 야구 구 회 말 투아웃 주자 만루에 볼카운트가 꽉 찬 상황에서도 거만한 웃음을 지으면서 직구 스트라이크를 던지는 투수 정도는 돼 보였다. 자세히 생각나진 않지만, 그 친구가 그날 야구 모자를 쓰고 있었던 것 같기도 하다. 최면술사……. 그 네 음절의 말을 듣는 순간 심장 소리가 매년 12월 31일 24시이거나 1월 1일 0시 즈음에 온 집안의 텔레비전을 울렸던 보신각의 종소리보다 더 크게 귀에 들렸고, 술로 말미암아 흐려졌던 눈앞에 치료를 위해 동공을 한없이 열어 놓았던 날에만 경험할 수 있었던 밝고 눈부신 세상을 느꼈다. 눈앞이 밝아지는 것은 술자리로 하룻밤을 보낸 우리에게 또 다른 무기력한 하루를 살아 낼 수 있는 행운이 주어졌다는 새벽의 신호탄인지도 모르지만, 내가 최면술사라는 말에 몹시도 흥분했던 것은 부정할 수 없는 일이다. 지금에 와서 가만히 돌이켜 생각해 보면 최면술사라는 네 음절의 말이 만병통치라는 말로 머릿속에서 인식되었던 것 같기도 하다.

하루를 넘기면서 새벽까지 이어진 늦은 술자리를 끝내고 술이 채 몸에서 빠져나가기도 전에 야구 모자를 썼던 것으로 기억되는 친구가 소개해 준 그를 찾아갔다. 번화가에서 꽤 멀리 떨어져 있어 80년대를 배경으로 하는 영화에나 쓰일 법한 거리의 한쪽 귀퉁이에 그의 사무실이 있었다. 5층 상가 건물의 2층에 자리한 그의 사무실은 간판이라곤 신문 쪼가리만 한 것도 찾아볼 수가 없었고, 현관으로 보이는 빨간색 철문의 은빛 손잡이 부분에는 엄지손가락 마디 하나 정도의 작은 열쇠 집 스티커만 덕지덕지 붙어 있었다. 아마 모르는 사람이 이 앞을 지나간다면 기인열전 같은 곳에나 소개될 만큼 평범하지 않은 가장이 사는 가정집으로 생각했을 것이다. 하지만, 왠지 모르게 나는 평범하지 않은 빨간색 철문 현관이 마음에 들었다. 블랙홀이 시공간을 빨아들이는 심정으로 목구멍에 공기가 턱 하고 막힐 때까지 심호흡을 한 다음 빨간색 현관의 은빛이 나는 손잡이를 있는 힘을 다해 돌렸다. '턱'. 목구멍에 같은 소리를 내며 걸렸던 공기가 일제히 빠르게 빠져나왔다. 현관문의 색과 똑같이 달아올랐던 얼굴이 제 색을 되찾기까지 한참을 멍하게 서 있었다. 평범하지 않을 것으로 추측되는 이 사무실의 주인인 그는 아직 문을 열지 않았다.

좁은 계단을 의자 삼아 아침 공기와 술 냄새를 섞으면서 그를

연 우 의 여 름

애타게 기다렸다. 올림픽을 목전에 둔 운동선수가 트레이닝을 하듯이 쪼그리고 앉았다 일어났다 하기를 수십 번쯤 반복했고, 세 개비가 남은 담배를 다 피우고 옆 건물에 있는 편의점을 한 번 다녀왔으며, 건물 1층에 있는 화장실에서 두 번이나 지난밤에 마신 술의 냄새를 확인한 후에야 빨간색 철제 현관문의 은빛 손잡이에 열쇠를 가져다 대는 중년의 남자를 볼 수 있었다. 내 귀에 만병통치라고 들렸던 그였다. 시계를 보니 9시였다. 금방이라도 그의 허벅지가 베여 피가 배어 나올 것처럼 말끔하게 다려 잔뜩 날을 세운 갈색 정장에 군대에서 휴가 일주일 전부터 물광에 불광까지 더하며 생쇼를 했던 전투화보다도 훨씬 아름다운 빛을 반사해 내는 구두를 신고 있었다. 이발소라도 다녀왔는지 머리에서는 촉촉한 윤기가 흘렀고, 이발소 특유의 냄새가 코끝을 갉았다. 평범할 것 같지 않으리라고 생각되었던 그의 겉모습은 뜻밖에 평범했다. 그래서 조금은 실망을 했다. 현관 앞까지 두 계단을 남겨 두고 은빛 손잡이를 잡고 돌리는 그를 불러 최면술을 받으러 왔다고 말하자 그는 늘 있는 일이라는 듯이 뒤도 돌아보지 않고 퉁명스럽게 따라들어오라는 말을 했다. 하마터면 최면술이라는 말 대신 만병통치라고 말할 뻔했다. 그만큼 치료 욕구가 절실했다. 아침이고, 첫 손님인데 상냥한 말투에 진심을 담지 못한다 하더라도 살짝 입꼬리를 올려 주는 정도의 센스라도 있으면 좋았을 텐데, 그는 얼굴도 보여 주지 않고 먼저 사무실로 들어가 버렸다.

그의 사무실은 사무실이라고 할 만큼 넓지는 않았지만 넓은 창으로 들어오는 햇살에 먼지가 떠다니는 것이 보일 정도로 밝았다. 사무실의 집기라고는 조심스럽지 못한 어떤 사람의 담뱃불 때문에 구멍이 숭숭 뚫린 보라색 3인용 소파 하나에 색이 전혀 어울리지 않는 갈색 티 테이블이 전부였다. 그는 들어서자마자 엉거주춤 따라 들어온 나를 보더니 소파를 향해 손짓하고는 출입문을 마주 보고 있는 문으로 들어갔다. 그의 손짓과 행동을 유심히 관찰하던 나는 그제야 소파에 앉아서 기다리라는 것을 알아듣고 소파에 다소곳하게 앉았다. 넓은 창으로 들어오는 햇살에 조금 전 움직였던 그와 내가 일으킨 먼지가 하루살이 떼처럼 날아올랐다가 가라앉는 것이 보였다. 나는 한 손으로 입을 가리고 최대한 움직임을 줄이려고 꿰다 놓은 보릿자루처럼 눈동자만 움직였다. 그렇게 한참 동안 보릿자루 시늉을 하고 난 후, 먼지가 다 가라앉자 그가 아까 들어갔던 문을 열고 나왔다. 다시 먼지가 허공으로 치솟았다. 양손에 커피 한 잔씩을 들고 나타난 그는 한 잔의 커피를 내밀면서 내 옆에 앉았다. 그는 붉은 테 안경을 쓰고 있었다. 전체적으로 그의 취향은 붉은색 계열인 것 같았다. 안경 너머로 보이는 그의 눈동자는 사무실 분위기와는 전혀 어울리지 않게 맑았다. 맑다는 표현보다 열 배쯤 더 맑다는 것을 뜻하는 단어가 투명하다라면 안경 너머로 보이는 그의 눈동자는 투명했다. 그의 눈동자를 보고 만병통치에 대한 강한 믿음이 생겼다. 그가 먼저 커피를 마셨다. 나도 손에 들린 커피를 한 모금 마셨다. 커피믹스를 대충 종이컵에 타서 내온 듯했지만, 술기운이 덜 가신 때라서인지 커피는 입에 착

달라붙었다. 입에 착 달라붙었던 커피가 밤새 알코올에 소독된 속을 아카시아 잎을 손으로 훑어 내는 것처럼 싸하게 훑고 내려갔다. 그렇게 커피를 몇 모금 마시면서 속이 싸해지는 오르가슴에 빠져 있을 때까지 그는 한마디 말도 없었다. 목마른 사람이 우물을 파야 한다는 속담이 생각난 것은 그때였다. 답답한 내가 먼저 입을 열어 최면을 받으러 왔다고 하자 그는 가타부타 말도 없이 독심술을 하는 사람처럼 한참 동안 내 눈을 뚫어지게 한참 바라보더니 술 마신 사람에게는 최면을 시술하지 않는다며 단호한 어조로 눈에 힘을 주며 말했다. 스스로 시술이라는 용어를 쓰면서까지. 대단한 자부심을 품은 듯했다. 아침부터 오랫동안 기다린 것에 괜한 오기가 생긴 나는 시술이라는 단어에 강한 악센트를 주어 가며 그의 눈을 정면으로 응시하고 최면을 시술해 달라고 최대한 정중한 어투로 부탁했다. 어쩌면 그 순간엔 내가 그에게 최면을 걸고 있었던 것인지도 모르겠다. 그는 안경 너머로 보이는 미간을 살짝 찌푸리더니 정중한 부탁을 단호히 거절했다. 커피 한 모금을 더 마신 나는 술 마신 사람에게 최면을 시술하지 않는 이유를 내게 설득시키라고 했다. 지금 생각해 보면 그땐 오기였다. 그의 시술이 절실했던 것은 분명히 나였는데 그를 협박하듯이 대했으니 오기가 아니라면 절실함이었을까. 몇 번 입술을 달싹거리던 그는 한마디 말도 하지 못하고, 결국 나를 설득시키지 못했다. 그는 흔쾌히는 아니지만 마지못해도 아닌 듯이 최면을 시술해 주기로 하였다.

"시술을 시작합니다."

짧고 굵은 목소리로 지금까지 그와 나의 신경전이 일어나던 시간과 경계를 만들더니 그는 시술을 시작했다. 그의 목소리는 이전에 들었던 짧은 대사와는 사뭇 다르게 지하 10층 정도의 목욕탕에서나 나올 법한 울림을 가지고 있었고, 경칩을 막 넘긴 햇살이 좋은 봄날 겨울잠에서 막 깨어난 개구리 울음소리보다 몇 배는 더한 나른함이 배어 나왔다. 라이터를 든 손을 내 눈앞으로 가져온 그는 엄지손가락 하나만 움직여서 붉은색 지포 라이터의 뚜껑을 열고 불을 켰다. 물이 반쯤 찬 유리컵에 티스푼을 부딪치는 소리 같이 지포 라이터의 뚜껑 열리는 소리가 그렇게 경쾌하고 아름답다는 것을 그때 처음 알았다. 뚜껑 열리는 소리의 아름다움에 정신을 차리지 못하고 있을 때 그는 주문을 걸기 시작했다. 이상하게도 그 순간 이후부터 나는 의지를 스스로 확인할 수 없을 만큼 무기력해졌으며, 그의 모든 주문을 무방비로 받아들였고, 또 내뱉었다. 지포 라이터의 불빛을 똑바로 바라보라는 그의 말에 눈은 불빛에 초점을 맞췄고, 온몸이 나른해지면서 눈이 시큰해질 것이라는 그의 주문에 한 치의 주저함도 없이 그대로 따랐다. 온몸은 이미 안락의자에 앉을 때부터 나른해졌으니 눈만 시큰거리면 되는 일은 그리 힘든 것도 아니었다.

"레드 썬!"

레드 썬, 태양은 붉다. 아니다. 실제로 보면 태양은 붉은 것이 아니고, 눈이 부시다. 굳이 색으로 표현하자면 그것은 흰색에 가까워 보인다. 그 본래의 색이 어찌 되든 간에 지구에서 보이는 태양은 흰색이다. 그런데 그가 썬은 레드라는 그 본질을 들고나오니 어찌할 바를 모르겠다. 그저 레드 썬이라는 구호에 맞춰 눈을 감는 것뿐. 내 눈이 감기자 그가 라이터 뚜껑을 닫는 소리가 들렸다. 뚜껑이 열릴 때와 다르게 닫히는 소리는 둔탁하고 서늘하게 다시는 빠져나올 수 없는 공간에 갇히는 소리로 들렸다. 무서웠다.

머리 위에 있던 따뜻한 기운이 그의 말을 따라 머리끝에 닿았다가 온몸 구석구석을 오글오글하게 만들더니 발끝에 모였다가 흩어졌다. 그렇게 여러 번을 반복해서 나를 들었다 놓았다 하던 그는 손과 발이 거대해질 것이라며 주문을 걸었다. 여지없이 주문에 걸려든 나는 손과 발을 거대하게 만들었고 그럴 때마다 온몸의 나른함은 깊이를 더해 갔다. 시술이라는 말에 강세를 두며 자부심을 비췄던 그의 자신감이 새삼 오롯하게 느껴졌다. 그는 시종일관 낮고 굵은 음성으로 같은 말을 반복하며 몸과 정신을 흩어 놓았으며, 나는 아무 거리낌 없이 그의 말들을 온몸으로 받아들였다가 내뱉었다. 그의 말이 몸과 정신을 농락하게 내버려 두어야만 하는 무기력함에 시간 감각마저도 몽롱해질 즈음 그는 유년 시절로 돌아가자고 했다. 말이 떨어지기가 무섭게 나는 유년 시절을 향해 달려가기 시작했다. 생각이 돌고 돌면서 무지갯빛으로 가득 찬 길고 가느다란 터널을 한참 지나더니 머릿속에 초가지붕이 낮게 내려앉은 작은 마을 하나가 생겨났다. 천천히 이끌던 그가 머릿속에 생긴 마을이 익숙해질 시간도 주지 않고 갑자기 질문을 던졌다.

그 순간 온몸이 나른하게 늘어져 무기력증에 빠져 있던 몸이 들썩거리며 반응을 하기 시작했다. 입술이 그의 의지대로 움직였다.

　창호지 방문을 어른거리며 지나가는 횃불 때문에 겁에 질려 잠에서 깼다. 부모님은 이미 이불까지 개서 윗목에 가지런히 쌓아 두시고 어디로 나가셨는지 방안에는 나 혼자밖에 없었다. 잔뜩 겁을 집어먹은 채로 방문을 열고 마당에 나가서야 어제 잠자리에 들기 전에 부모님이 하시던 이야기가 생각났다. 내일이 정월 대보름이라 마을 회관에서 윗마을 어른들과 무슨 대결이 있을 것이라는 이야기를 듣긴 한 것 같은데, 그 대결을 위해서 이렇게 새벽부터 마을이 분주해질 줄은 몰랐다. 채 동이 트지도 않았는데 마을 사람들이 익숙한 발길을 길잡이 삼아 저마다 손에 횃불을 들고 떼로 몰려다니며 분주히 움직이고 있었다. 높은 산에서 내려다본다면 마을에 불이 난 것으로 착각할 정도로 횃불은 마을 곳곳을 가득 채우고 있었다. 냄새 고약한 횃불이 하늘을 그을려서 아침 해가 뜨지 않으면 어쩌나 하는 고민을 하고 서 있는데 담 너머에서 중학교 다니는 옆집 형이 내 이름을 불렀다. 이렇게 일찍 일어나 본 적이 없어서 이 시간에 무엇을 해야 할지도 몰랐는데 마침 옆집 형이 내 이름을 불러 주었으니 얼마나 다행스러웠던지. 나는 내 허리보다 조금 높은 돌담을 뛰어넘어 옆집 형네 집 마당에 내려섰다. 지금 저 아저씨들이 무엇을 하는 것인지 아느냐며 으슥해서 묻자 옆집 형은 내겐 눈길도 주지 않고 지나다니는 마을 사람

　　연　우　의　여　름

들만 쳐다보면서 모른다며 넌 아느냐고 오히려 물어 왔다. 기다리던 대답이기도 했다. 신이 나서 내 질문과 내 말에는 전혀 관심도 없어 보이는 옆집 형에게 어젯밤 잠자리에 들기 전에 부모님으로부터 주워들은 이야기에 상상력을 조금 보태서 설명을 해줬다.

날이 밝아 오고 나니 그 분주했던 마을의 실체가 드러났다. 마을 회관 앞에 지난여름 아버지가 마루 밑에서 잡은 구렁이보다 몇천 배는 더 커 보이는 거대한 뱀의 모양을 한 새끼줄 2개가 서로 마주 보고 있었고, 윗마을 사람들과 우리 마을 사람들이 그 새끼줄을 좌우에 놓고 줄지어 서 있었다. 한쪽에는 소여물을 끓여주는 데 쓰는 줄만 알았던 큰 가마솥 여러 개가 화덕 위에 걸려 있었고, 무엇을 삶는 일이 그리 바쁜지 아들이 와도 쳐다보지 않는 엄마와 마을 아주머니들이 분주하게 지나다녔다. 그 반대쪽에는 염라대왕도 그들의 소리를 들으면 좋아 죽는다며 장터에서 자신들을 소개하던 읍내 풍물패가 삑삑 소리를 내며 장단을 맞추고 있었다. 중학교에 다니는 옆집 형은 그것이 어른들의 운동회라고 알려주었다. 그 어른들의 운동회를 보기 위해 군수님도, 경찰서장님도, 면장님도, 우체국장님도 와 있었다. 윗마을 아이들도 아침 일찍 벌어진 분주함에 잠을 설쳤는지, 밤새 누런 코가 흘러나온 자국을 수염자리에 그대로 달고, 뻗친 머리를 해서는 마을 회관 앞마당에 모여 있었다.

모일 사람들이 다 모여서인지, 시간이 다 되어서인지 군수님이 사람들 앞으로 나왔고, 마을 사람들이 손뼉을 쳤다. 나도 덩달아 어깨까지 들썩거리며 손뼉을 쳤다. 어른들이 차렷, 열중쉬어하더니, 군수님은 연설을 하기 시작했다. 나는 그때야 어른들도 차렷, 열중쉬어를 한다는 것을 알았다. 군수님의 연설이 길어지자 운동회 때 교장 선생님이 말할 때처럼 어른들도 몸을 비틀기도 하고 하늘을 쳐다보기도 했다. 뒤에 서 계신 어른들은 서로 잡담을 하기도 했다. 마을 회관 뒷집 개가 큰 소리로 짓기 시작한 것은 군수님 연설이 거의 끝나 갈 즈음이었다.

"저 쌍놈의 개새끼, 조용히 안 해!"

뒷줄에 서 있던 윗마을 아저씨가 큰 소리로 개를 욕했다.

"야, 저거 우리 갠데. 내가 왜 쌍놈이야?"

마을 회관 뒷집에 사는 아저씨가 더 큰소리로 개를 욕한 윗마을 아저씨에게 따지는 것처럼 물었다. 그러자 뒷줄에서 한바탕 웃음소리가 들렸고, 군수님은 연설을 마쳤다. 군수님의 연설이 끝날 때가 되어서 개가 짖은 것인지, 개가 짖어서 군수님의 연설이 끝난 것인지는 모르겠지만, 마을 회관 뒷집 개를 그날부터 우리는 '쌍놈의 개새끼'라고 불렀다. 군수님이 내려가자 경찰서장님, 면장님, 우체국장님, 이장님이 순서대로 앞에 나와서 큰 소리로 이야기를 했다. 앞에 나와서 이야기하는 사람이 바뀔 때마다 마을 회관 뒷집의 '쌍놈의 개새끼'는 계속 짖어댔고, 그럴 때마다 신기하게 연설이 끝났다.

윗마을 사람들과 우리 마을 사람들이 새끼줄 옆으로 바짝 다가서며 하나, 둘, 셋 하는 번호를 뒤로 넘겼고, 뒤에선 사람은 그다음

번호를 받아넘겼다. 그렇게 20이라는 숫자가 다 차자 새끼줄 옆에 쪼그리고 앉았다. 의자에 앉아 있던 이장님이 앞으로 걸어 나와서 새끼줄의 중간 매듭에 오른 다리를 올려놓더니, 왼손 검지로 왼쪽 귀를 막고 오른손으로 화약총을 주머니에 꺼내서 높이 추어올렸다. 그러자 쪼그리고 앉아 있던 마을 사람들이 일제히 새끼줄을 두 손으로 말아 쥐었다. 이장님은 높이 든 오른팔을 오른쪽 귀에 바짝 가져다 대고 얼굴을 심하게 찡그리면서 공중에 대고 화약총을 쐈다. 이장님이 화약총을 쏘리라는 것을 미리 안 아이들은 양손으로 귀를 막고 멀리 도망갔다가 돌아왔다. 총소리를 들은 마을 회관 뒷집의 '쌍놈의 개새끼'가 또 짖어 댔지만 아무도 그 소리를 뭐라고 하는 사람은 없었다. '으쌰, 으쌰.' 하는 구호에 따라 윗마을과 우리 마을이 주고받으며 새끼줄을 당겼다 놓았다 했고, 염라대왕의 애간장을 녹였던 풍물패는 개가 제 꼬리 물듯이 마을 회관 마당을 빙글빙글 돌면서 흥을 더했다. 아이들은 풍물패의 꼬리에 붙어서 웃길 일도 없는데 날아가는 참새 배꼽을 본 것처럼 시시덕대며 뛰었다. 서로 조금씩 주고받으면서 팽팽하게 당겨지던 새끼줄이 점심때가 다 되어가자 윗마을 사람들 쪽으로 끌려가기 시작했다. 정자에 앉아서 구경만 하던 우리 마을 할아버지가 '아이고야. 아이고야.' 하며 안타까워하자, 중학교 다니는 옆집 형네 아주머니가 의자에 앉아서 구경만 하는 군수님에게 우리 편 좀 들어 달라며 달라붙었다. 처음엔 웃으면서 거절만 하던 군수님은 그 아주머니가 끈질기게 달라붙어서 말하자 함께 온 직원 몇 명을 시켜 아랫마을 사람들의 새끼줄을 당겨 주라고 했다. 그러자 순식간에 전세가 역전되어 돼지의 꼬리만큼만 남았던 아랫마을 사람들의 새끼줄이 다시 길어지기 시작했다. 처음 줄다리기가 시작되던 가운데를 넘어 당겨지던 새끼줄은 어느 순간엔가 한 뼘 정도만 남기고 아랫마을 쪽으로 끌려 왔다. 윗마을 사람들도 지켜보던 면장님과 경찰서장님에게 와서 좀 당기라며 언성을 높였고, 면장님과 경찰서장님은 자신과 함께 온 직원들을 시켜서 윗마을의 새끼줄을 당겨 주라고 했다. 우체국장님은 누가 말하지도 않았는데 직원을 부르더니 새끼줄을 당겨 주라고 시켰다. 줄다리기는 다시 처음의 자리로 돌아갔다. 지켜만 보던 아주머니들과 풍물패가 가세했고, 아이들은 마을에 남은 아이들과 노인들까지 불러 모아 새끼줄을 당겨 줄 것을 호소했다. 가마솥에서 소여물처럼 끓고 있는 점심을 먹을 생각도 하지 않고, 어른들은 점점 큰 소리로 사람들을 불러 모았다. 줄다리기가 길어지자 지루해진 아이들은 가마솥을 열어보며 그 안에서 끓고 있는 음식을 꺼내 먹었고, 풍물패가 손에서 놓은 악기를 들어 손으로 두드리고, 입으로 불면서 지루함을 달랬다.

아들이 구경 온 것도 모르게 할 정도로 엄마의 정신을 쏙 빼놓았던 놀이는 횃불이 세 번 켜졌다 꺼진 후에야 지켜보던 군수님, 면장님, 경찰서장님, 우체국장님이 화를 내면서 뜯어말린 후에 끝이 났다. 마을 회관 뒷집의 '쌍놈의 개새끼'는 컹컹거리며 짖어 댔고, 이장님은 다시는 이 놀이를 하지 않겠다는 선서를 했다. 이장님이 시키는 대로 어른들은 서로 악수를 하고 나서 마을 회관의 창고 깊숙한 곳에 지난여름 아버지가 마루 밑에서 잡은 구렁이보다 몇천 배는 더 커 보이는 거대한 뱀의 모양을 한 새끼줄을 처박아 두고, 문을 굳게 걸어 잠갔다. 창고 앞에는 마을 회관 뒷집에 사는 '쌍놈의 개새끼'의 집이 옮겨졌다. 집이 옮겨진 개는 사나워져서 아이들이 그 근처만 지나가도 무섭게 짖었다. 덩치는 넉 달 된 황송아지만큼 큰데, 개를 묶고 있는 줄은 너무 가늘어서 언제 줄을 끊고 달려들지 몰라 그 앞을 지날 때면 가장 빠른 달리기로 지나갔다.

개가 짖는 소리가 무서워 안마 의자에 앉아 최대한의 기능을 즐기는 사람보다 더 심하게 의자에 앉은 내가 온몸을 떨었다. 그러자 그는 빛의 속도를 알 길 없는 내게 빛의 속도로 그곳을 빠져나오라고 주문을 했다. 그는 말을 했을 뿐인데, 그 말 한마디가 알지 못하는 빛의 속도를 알려 주었다. 빠른 속도로 빠져나오느라 아직 몸이 따라오지 못했는지 의자가 덜덜 소리가 날 것처럼 몸에 붙어서 같이 떨었다. 그는 겁에 질린 나를 달래려 했는지, 만난 이후로 가장 많은 말을 했다. 그의 말을 따라서 몸의 떨림이 폭을 줄여 가더니, 이제까지 들리지 않던 시계 초침 움직이는 소리가 들렸다. 어떤 식으로인지 모르겠지만, 시간은 흐르고 있는 것이 확실했다. '쌍놈의 개새끼'가 짖는 소리가 얼마나 무서웠던지 손바닥이 땀으로 축축하게 젖어 있는 것이 느껴졌다.

나른함이라든가, 평온이라는 단어를 몸으로 느낄 만큼의 여유가 생겼을 때, 그 순간을 휴대 전화가 정시 알림음을 소리내기 위해 시간을 찾아내는 것보다 정확하게 찾아낸 그는 또다시 과거로의 여행을 주문했다. 무서움에 떨던 나를 달랠 때보다 더 낮고 굵은 목소리로 느리게 같은 말을 몇 번씩 반복해 가면서 몸과 정신을 이끌었다.

"당신은 이제 겨우 네 살입니다."

한번 해보았기 때문에 익숙해진 과거여행 탓이었는지 조금 전보다 더 빠르게 그가 주문하는 곳으로 나를 옮겨 놓을 수 있었다.

나는 간신히 느리게 하는 말을 알아들을 수 있고, 먹고 싶은 음식의 이름을 또박또박 말할 수 있게 되었다. 엄마는 그래서 네가 미운 네 살이라고 말해 주었지만 다섯 살인 뒷집 형도 나와 비슷하게 말을 하는 것을 보면 네 살은 다섯 살과 다른 게 없는 것 같기도 했다. 엄마는 나를 미워하지 않으면서 왜 미운 네 살이라고 말했는지. 참.

마을 입구에 마을 사람들이 모여 있었다. 윗마을 사람들도 아랫마을 사람들도 모두 모여서 깨끗한 옷을 입고 돌무더기 위에 있는 서낭당이라고 불리는 작은 집 앞에서 절을 했다. 두 번씩. 어른이 되면 무릎이 돌처럼 단단하게 굳어지는지 돌 위에 무릎을 대고 절을 하면 무릎이 매우 아플 텐데 아무도 아프다고 말하는 사람이 없었다. 빤빤 대머리인 호호 할아버지가 위로 길쭉하게 큰 모자를 쓰고 무슨 편지 같은 것을 중얼중얼 읽더니 그 종이에 불을 붙였다. 불이 붙은 종이를 손바닥 위에 놓고 뜨거워서 자꾸만 쳐 냈다. 호호 할아버지는 뜨겁다는 말을 하지는 않았지만, 불이 붙은 종이를 손바닥 위에 올려놓으면 뜨겁다는 것을 나는 알고 있었다. 불장난하면 엄마가 오줌을 싼다고 했으니 호호 할아버지도 그 날 밤 분명히 이불에 오줌을 쌌을 것이다. 불장난이 다 끝나자 호호 할아버지는 작은 집 옆에 있는 큰 나무 앞으로 가서 나무에 절을 했다. 두 번씩. 세배할 때와는 다르게 두 번씩 절을 했다. 옆집 형한테 물어보니 그것은 제사를 지내는 것이라고 했다. 제사를 지낼 때는 절을 두 번씩 하는 거라며 귀에 대고 작게 말해 주었다. 귀가 간지러워 웃음이 나오려 했지만, 참았다. 호호 할아버지가 절을 다 하고 일어서서 옆으로 비켜서자 그 뒤에 있던 할아버지들이 똑같이 절을 했다. 두 번씩. 그렇게 거기 모인 사람들이 다 절을 할 때까지 아무도 떠들거나 맘대로 움직이지 않았다. 신기해하는 나와 친구들의 눈동자 돌아가는 소리가 꺼걱대고 들렸다. 마을 아주머니들이 한 분도 보이지 않는 것이 이상하기도 했지만, 나중에 엄마께 물어보기로 했다. 그러고 보니 엄마도 없었다.

그 많은 사람의 절이 다 끝나자 뒷산에 사는 무당 아줌마가 하얀 한복을 입고 나와서 춤을 추었다. 음악이 없어서 춤추기가 심심했는지 무당 아줌마는 징도 치고, 꽹과리도 치고, 북도 치고, 방울도 흔들고, 칼도 휘두르면서 춤을 추었다. 방울을 흔들면서 춤을 출 때는 뭐라고 하면서 몸을 막 떨었는데 아빠가 오줌을 누고 몸을 부르르 떠는 것처럼 그렇게 오랫동안 떨었다. 무당 아줌마가 춤추다가 오줌이 마려워서 몰래 오줌을 싼 것이라고 생각했는데 마을 사람들이 그런 아줌마를 보고 허리를 숙이며 인사를 하는 걸 보고 그게 아니란 걸 알았다. 그렇지만 그게 무엇인지는 정확히 모르겠다. 사람들은 몸을 떨면서 방울을 흔드는 무당 아줌마를 보고 인사를 여러 번 했다. 방울 흔드는 춤하고, 칼 휘두르는 춤을 빼면 무당 아줌마의 춤은 우리 집 강아지 복순이가 꼬리 흔드는 것보다 예뻤다. 무당 아줌마는 마을 사람이긴 한데 마을 뒷산에서 혼자 떨어져 살고 있어서 평소에 내가 무척 무서워하는 사람이었다. 그 무서운 사람이 그렇게 아름다운 춤을 출 줄이야. 처음 보는 춤이었지만 매우 예뻐서 입을 반쯤 벌리고 구경했다. 윗마을 사는 철수가 옆에서 무엇을 하는 것이냐고 자꾸 귀찮게 물어서 춤추는 것이라고 대답하고 꿀밤을 먹였다.

무당 아줌마의 춤이 끝나자 아저씨들이 톱, 낫, 도끼를 들고 마을 회관으로 모였다. 무서워서 그곳엔 가지 않으려고 했는데, 철수가 겁쟁이라고 놀리는 바람에 겁쟁이가 아니라는 것을 보여 주기 위해서 아저씨들을 따라 마을 회관으로 갔다. 마을 회관 마당에는 아저씨들 말고 엄청나게 굵은 통나무가 자빠져 있었다. 마을 회관 마당에 모인 아저씨들은 아빠 심부름할 때면 몰래 한 모금씩 마시던 막걸리를 한 그릇 떠서 바닥에 뿌리면서 고수레라고 말했다. 그런 다음 돌아가면서 한 잔씩 마셨다. 내 입에서 군침이 넘어갔다. 철수도 군침을 흘렸다. 막걸리는 달달하고 맛있다. 막걸리를

연 우 의 여 름

다 마신 아저씨들은 집에서 들고 온 톱과 낫과 도끼를 들고 회관 앞에 자빠져 있는 굵은 나무를 마구 패기 시작했다. 윗마을 아저씨가 우리를 보고 애들은 저리 가라며 손짓을 했지만 나는 가만히 있었다. 왜냐하면, 나는 애들이 아니라 미운 네 살이기 때문이었다. 멀리 도망갔던 철수가 어디서 들고 왔는지 장승을 만들고 있는 것이라고 말해 줬다. 장승이 저기 2개나 서 있는데 무서운 얼굴을 왜 또 만드느냐고 묻자 바보 같은 철수는 그걸 또 이장 아저씨께 물었다. 이장 아저씨는 지금 서 있는 장승은 낡아서 마을을 지킬 힘이 없으니 새로 만드는 것이라고 했다. 장승이 늙었다는 말이었을 것이다. 사람이나 장승이나 늙으면 힘이 없어지는 걸 알았다. 나는 절대 늙지 말아야겠다고 다짐했다. 그래야 윗마을 철수를 계속 괴롭힐 수 있기 때문이다.

나는 한참을 웃었다. 소리를 내며 웃기도 하고, 몸을 들썩이며 웃기도 했다. 몸에 길고 가느다란 더듬이가 생긴 것도 아닐 텐데 이상하게 눈을 감은 채 몸과 정신을 다른 곳에 빼놓고 있어도 체면 상태의 외부에서 일어나는 일을 감지할 수 있다. 나와 그의 호흡이 만드는 바람을 따라 공기가 흐르는 것을 느낄 수도 있고, 그가 눈을 깜빡이는 순간까지도 섬세하게 느낄 수가 있었다. 바보 같은 철수를 괴롭힐 생각에 너무 즐거운 웃음을 쏟아내서 그런지 마음이 편안해지고, 머리가 맑아졌으며, 온몸의 힘이 있는 대로 다 빠져서 하마터면 의자 밑으로 흘러내릴 뻔했다. 그가 그런 모습에 샘이 났는지 아까와 같은 속도로 빠져나오라는 주문을 걸었다. 그 목소리가 조금은 음흉하게 들렸다. 그의 음흉한 주문은 조금 전과 같이 알지 못하는 빛의 속도로 나를 빼냈다. 조금만 더 있고 싶은 마음은 기억 어디도 붙잡지 못하고, 담배연기가 촘촘한 방충망을 빠져나가듯이 소리도 없이 빠져나왔다.

다시 나의 모든 육감은 음흉한 그의 목소리에 집중됐다. 바보 같은 철수 때문에 너무 웃어서 힘이 많이 빠진 것을 안 그는 나를 바로 세우려는 듯이 딱딱하고, 강한 어조로 말을 걸었다. 해야 할 것도 없고, 무엇을 하려는 의지도 없는 백수가 택배 상자 안에서 회심의 미소를 지으며 우연히 발견한 뽁뽁이 포장지를 손끝으로 터트리듯이 단어를 하나씩 끊어가면서 말했다. 그의 말과 말 사이에서 뽁뽁이 포장지 터지는 소리가 났다. 날이 선 그의 말들이 귀에 와서 박히는데 찬 아이스크림을 허겁지겁 먹다가 터져나는 두통만큼 머리가 아파졌다. 내가 소리가 나지 않게 입까지 벌려가며 인상을 쓰자 그는 마지막 여행을 위한 주문을 걸었다.

"레드 썬!"

그러나 이상하게도 전처럼 그의 최면에 빠져들지 못하고 자꾸 헛기침만 나오는 것이었다. 도무지 집중을 할 수가 없어 조금만 쉬었다 하자고 하자, 최면술사는 아무 말도 없이 밖으로 나갔다. 따라 나가야 하는 것인지, 그냥 앉아 있는 것이 정상인지 판단하기 어려워 그냥 누워 있었다. 한참 후, 기척이 없는 나를 이상히 여겼는지 그가 들어왔고, 그는 무엇을 달라고 보채는 아이의 표정으로 손바닥을 위로 향하게 내밀었다. 그 순간 내 손에 돋보기가 있었다면 그의 손금을 보며 미래에 대한 이야기를 1박 2일 동안 진지하게 나누었을지도 모르겠다. 그의 이상한 행동을 빤히 올려다보자 그는 다시 손을 뒤집어 손등을 내보였다. 지켜보던 내가 엉겁결에 그의 손동작을 따라 하자 그는 내일 다시 하자고 했다. 굳은 얼굴로 내일은 김 형에 대해서 더 많은 이야기를 해보자며 일방적인 약속을 했다.

'김 형? 누구지?'

급하게 택시를 잡아탔다. 김 형이라는 인물에 대한 의문을 풀 기회를 놓칠 수 없었다. 처음 의문을 던진 것은 최면술사였지만, 그가 없는 상황에서 유일하게 풀어낼 기회는 장례식장이라는 생각에서였다. 택시는 한적한 시 외곽으로 벗어나더니 시원스레 속도를 내기 시작했다. 봄 햇살이 보닛 위에 쏟아졌다가 택시 안으로 그 열기를 내뿜었다. 작은 창으로 들어오는 햇살을 손바닥에 담았다가 뒤집었다. 햇살이 쏟아졌다. 그러는 사이 택시 기사는 장례식장에 다 왔음을 알렸고, 그제야 정신을 차렸다.

야트막한 산 중턱을 깎아서 만든 3층짜리 장례식장이었다. 1층 로비의 안내 데스크에서는 김 형의 존재를 확인할 수 없었다. 내가 이름을 잘못 알고 있었던 것일 수도 있겠다는 생각이 들어 친구에게 전화를 걸었지만, 친구는 전화를 받지 않았다. 하는 수 없이 3층까지 일일이 찾아보았다.

3층 마지막 분향소에서 낯익은 얼굴을 보고 소름이 돋아 몸서리를 치고 말았다. 금일휴업을 내걸었던 최면술사가 영정 사진으로 내 앞에 있었다. 그에게 최면이 걸릴 때처럼 한동안 움직일 수가 없었다. 이명처럼 '레드 썬!'이라는 말이 들리는가 싶더니 온몸이 따뜻해지면서 그 자리에 주저앉고 말았다.

　신성하다는 국방의 의무를 지루하게 마치고 막 전역하는 날. 낡은 장승이 더는 마을을 지킬 것 같지 않은 서낭당 터 돌무더기를 지나자 한 무리의 아이들이 한 남자를 뒤따라 쫓으며 형사와 도둑놀이를 하는 것처럼 떼로 몰려다녔다. 형사가 된 아이들이 쫓기는 그 남자를 향해 "거지새끼", "반푼이", "박쥐"라고 소리치며 돌을 던지기도 했고, 악을 박박 쓰면서 고래고래 소리를 지르기도 했다. 아이들과 그 남자의 쫓고 쫓기는 놀이 같은 추격전은 그 남자가 다리를 건너 윗마을로 넘어가면서 끝이 났고, 다리 중간까지 쫓아갔던 아이들은 바람이 다 빠진 풍선이 허공에서 제자리를 찾지 못하고 아무 곳에나 꽂히듯이 그 남자를 쫓을 때와는 사뭇 다른 모양새로 각자 집으로 흩어졌다. 옆집 형의 아들이 군복을 입은 나를 발견하고는 "단결"이라고 하면서 경례하는 손동작을 취했고, 나는 그 아이의 이등병 같은 절도 있는 동작을 예비군 훈련에서 돌아온 예비역처럼 엉거주춤하게 맞받아 주었다.
　집에 들어가서야 그 남자가 내가 군대 간 이후에 마을에 나타난 노숙자임을 알았다. 노숙자라는 말이 어려우니 당연히 아이들은 거지라고 불렀을 테고, 그 남자의 지능이 조금 떨어지니 어른들은 반푼이라고 불렀을 것이다. 그렇게 부르는 어른들의 말을 듣고 배운 아이들이 무슨 뜻인 줄도 모르면서 따라 불렀을 것이고. 그럼 박쥐라는 말은 무엇일까. 아이들에게 물어보지 않아 정확한 의미는 알 수 없으나 필요할 때 짐승도 되었다가, 새도 되는 우화에 나오는 박쥐를 그 남자에게 빗대서 부르는 것 같았다. 오래전 2박 3일 동안 먹지도 않고, 잠도 자지 않은 채 윗마을과 우리 마을이 줄다리기를 벌인 이후로 두 마을은 왕래하지 않고, 원수처럼 지냈다. 그런데 거지라고 불리는 그 남자는 오랫동안 지켜져 온 은밀한 법도를 깨고 우리 마을에서도 동냥하고, 윗마을에서도 동냥한다고 하니, 아이들에게는 박쥐로 보였을 것이다. 그 남자의 이름은 '김 형'이라고 했다. 김 형은 아무렇지도 않게 다리를 건너다니면서 윗마을 잔치에서 얻어먹고, 아랫마을 초상집에서도 얻어먹었다고 했다. 어른들은 그런 김 형에게 음식을 조금씩 나누어 주면서 아랫마을에서 윗마을로, 윗마을에서 아랫마을로 심부름을 시켰다. 두 마을의 사이가 좋지 않은 것이 오래된 일이긴 하지만 서로 다른 마을에 친척도 있고, 친구도 있는 어른들은 김 형을 통한 왕래를 쉬쉬하며 묵인했다. 어른들에게 김 형은 비공식적인 특사였던 셈이었다. 좀 멋을 부려 뉴스에나 나올 법한 말로 말하자면 비밀특사 정도. 아버지도 김 형의 많은 별명 중에서 유독 반푼이라는 말을 즐겨 사용하는 걸 보면 김 형의 비밀스러운 행동을 눈감아 주려고 일부러 그렇게 부른 것 같기도 했다.

윗마을 철수의 소식이 궁금해 집 밖으로 나서는데 아이들과 김 형이 자연 다큐멘터리의 주요 배경이 되는 세렝게티 초원에서나 볼 수 있는 사자와 초식동물 떼의 추격전을 재현하다가 사라졌다. 사자의 수가 초식동물의 수보다 훨씬 많다는 것이 다른 점이긴 했지만 쫓고 쫓기는 모양새는 딱 그만큼의 긴장감이 들었다. 나도 아랫마을 사람인지라 다리를 건너 윗마을로 갈 수 없으니 김 형에게 철수의 소식을 물어볼 생각으로 그 무리가 사라진 쪽을 향해 따라갔다. 처음 보는 김 형을 김 형이라고 불러야 할지, 반푼이라고 불러야 할지 고민하며 걷고 있는데, 김 형이 아랫마을과 윗마을 경계인 다리 중간에 서서 똥 싼 바지를 입은 아이보다 더 엉거주춤하게 서 있었고, 다리의 양편에는 윗마을과 우리 마을 아이들이 서 있었다. 온 마을 아이들이 총출동했는지 아이들의 수가 제법 많았다. 아버지의 친절한 설명을 기억해 보면 김 형은 자신이 뚫고 가기에 유리하다고 생각되는 쪽을 향해 돌파를 시도하거나, 가까운 시일 내에 잔치나 제사가 있는 마을 쪽의 아이들을 향해 제법 어른스러운 동작으로 겁을 주며 도망갈 길을 만들었을 텐데 각자 자신의 진영이라고 생각하며 다리를 막고 있는 아이들의 수가 많아서인지 꼼짝도 못 하고 다리 중간에 서서 아이들의 말이 들릴 때마다 말하는 아이에게 시선을 주고 있었다. 웃기지도 않게 불길하고, 어울리지 않게 팽팽한 긴장감. 신성한 국방의 의무를 다하기 위해 어깨에 총을 메고 있던 그때도 경험해 보지 못한 긴장감이었다. 갑자기 윗마을 아이 중 우두머리로 보이는 아이가 김

연 무 의 여 름

형을 향해 주먹만 한 돌을 던지며 너는 왜 우리 마을 사람도 아니면서 이쪽으로 오느냐고 소리를 질렀다. 그러자 그때까지 으르렁거리며 소리로만 반푼이 같은 초식동물을 위협하던 새끼 사자 같은 아이들이 김 형을 향해 일제히 돌을 던졌다. 급한 마음에 김 형이 아랫마을 쪽으로 오려 하자 아랫마을 아이들이 합세하여 김 형에게 돌을 던지며 너희 마을로 돌아가라고 소리쳤다. 다리 위에서 오도 가도 못하는 신세가 된 김 형은 아이들이 던진 돌에 맞아 죽었다.

누군가 박쥐가 죽었다고 소리쳤고, 다리를 경계로 하여 윗마을 사람들과 아랫마을 사람들이 웅성거리며 모였다가 사라졌다. 아직 임무가 많이 남은 비밀특사가 객사했는데 아무도 가엾게 여기거나 슬퍼하지 않았다.

누군가 흔들어 깨우는 기척에 눈을 떴다. 최면술사의 영정이 마주 보이는 작은 마루 위에 누워 있었다. 나를 깨운 이는 괜찮으냐는 말만 되풀이했다. 뜬 눈으로 사방을 둘러보는 것으로 대답을 대신 한 후 일어나려는데 어지러워 다시 주저앉았다. 한참 앉아서 최면술사의 영정을 바라보는데, 이상하게도 장례식장이 조용했다. 상주도 없었고, 아무도 그 앞에서 슬퍼하는 사람이 없었다. 두리번거리며 영정 앞에 절을 하고 내려오는데 경찰이라고 자신의 신분을 밝힌 한 사내가 팔을 잡으며 물었다.

"김 형과는 어떤 관계십니까?"

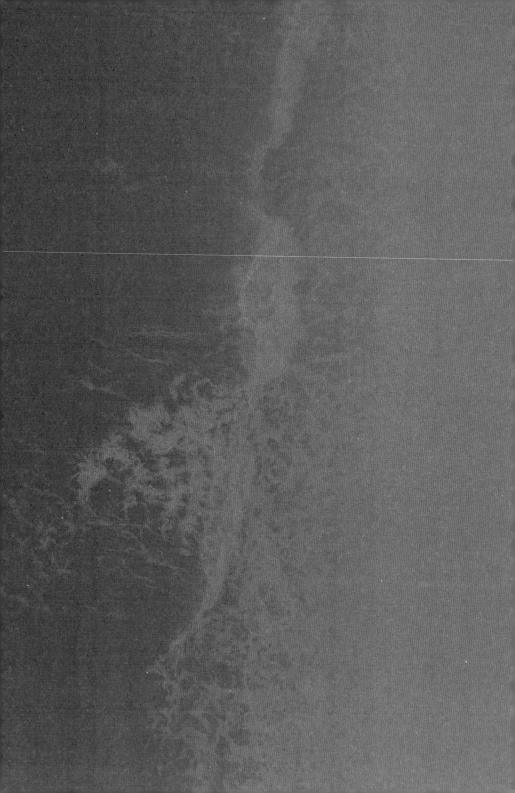

거리
에서

교통카드의 결제완료를 알리는 신호음을 듣는 순간, 아차 싶었다. 상계역 주변에서 만나고 싶다던 의뢰인의 요구를 거절하거나 수정을 권유했어야 했다. 하지만, 이미 늦었다. 이미 상계역에 도착한 이상 기억은 기억으로 끝내야 할 뿐, 약속 시간은 과오를 자책할 만큼 충분히 남아 있질 못했다. 빠른 걸음으로 걸어야 의뢰인과 약속한 장소에서 시간을 맞춰 만날 수 있을 것 같았다. 항상 약속장소에 10분 이상 먼저 도착해서 의뢰인을 기다리는 것이 우리 직종의 예의이자 내가 철저하게 지키려고 하는 습관이었는데, 오늘은 전철이 연착을 했다. 택시를 타지 그랬느냐고 묻는다면 딱히 할 말은 없지만. 변명을 하자면 충분히 변명이 가능한 불가항

력이었다. 러시아워처럼 전철이 밀려서 늦었다면 첫 만남에서 상대방이 가질 수 있는 첫인상을 실없는 사람으로 만들기에 충분했겠지만, 실제로 그랬다. 전철은 연착을 했고, 그 이유를 늦게 도착한 전철의 안내 방송을 통해서 들을 수 있었다. 이 전 역에서 30대 중반으로 보이는 한 여성이 역으로 들어오는 전철을 향해 몸을 던졌다고, 기관사는 매우 건조한 음성으로 아무렇지 않게 말했다. 아니, 아닐지도 모른다. 기관사가 눈물을 뚝뚝 흘리면서 슬픈 목소리로 말을 했는데 최첨단 방송 시스템이 그 축축한 슬픔을 걸러서 스피커로 내보냈을지도 모른다.

"30대 중반 가량의 꽃다운 여인이 미처 향기가 다 바라지도 않은 꽃잎이 바람에 떨어지듯 가볍게 허공을 향해 몸을 던졌으나, 허공에 길을 내려 한 본 기관사의 메마른 욕심은 그만 꽃잎을 짓이기는 우를 범하고 말았습니다."

이랬을지도 모른다는 것이다. 이 세상에서 표면으로 드러나는 것이 얼마나 가식적이었던가. 어쨌든 전혀 예상하지 못했던 일로 인해 계획은 틀어졌고, 나답지 않게 머리를 써서 의뢰인에게 해야 할 변명을 생각해야 했다. 가끔 쓰는 머리지만 난감한 상황을 잘 둘러댈 정도의 잔머리는 언제든 즉시 사용 가능한 상태로 반짝반짝 윤이 나도록 기름칠이 되어 있었다.

역을 나서자 싸늘한 겨울바람과 함께 과거에 완료된 낯익은 핑크빛의 풍경들이 눈으로 들어왔다. 지금은 구경조차 하기 어려운 성냥갑을 대중 가수의 노랫말 가사처럼 "손대면 톡 하고" 정말 손대면 톡 하고 무너질 도미노처럼 빽빽하게 세워 놓은 아파트 단지를 울타리 삼아 그 너머로 보이는 산. 사방을 왕궁의 호위 무사처럼 지키고선 그 산들의 이름이 뭔지 아느냐며 내게 묻던 자칭 '상계동 심은하'. 오래도록 고민하며 산의 이름을 생각해 내려고 애쓰는 나를 보며 깔깔거리고 뒹굴더니 허무하게도 '먼 산'이란 이름을 말해 주던 그녀. 그녀를 기다리던 자전거 거치대 옆에 전봇대. 횡단보도 건너에 그녀가 나타나면 전봇대 뒤에 숨기도 했었는데, 그럴 때마다 그녀는 나를 못 찾는 척하면서 내가 '짠' 하고 나타날 때까지 주위를 빙빙 돌기만 했었다. 바닷가에서 나 잡아 보라며 슬로우 모션으로 사력을 다해 뛰는 어설픈 고전적 연인 놀이와 별반 다르지 않게 식상한 놀이지만 무엇이 그렇게도 재미있었는지 '짠' 하고 나타난 나, '어머나' 하고 놀라는 그녀나 배를 쥐고 눈물이 나도록 웃기 일쑤였다. 전봇대를 돌아 횡단보도 하나를 지나서 왼쪽으로 서너 발만 더 걸어가면 그녀가 컵에 담긴 물을 버리듯 "넌 물이야." 하면서-드라마 '청춘의 덫'에서 심은하가 거칠 것 없이 무엇이든 진짜 부숴 버릴 듯 표독스러운 눈빛으로 내뱉던 "부숴버릴 거야."보다 더 멋진-명대사를 폼 나게 하고 나를 버리고 떠났던 배스킨라빈스 앞 인도. 서른한 가지나 되는 아이스크림을 판다며 한 달 동안 매일 여기서 만나서 하루에 한 가지씩만 먹으면 다 맛을 볼 수 있을 거라고 입맛을 다시던 그녀였다. 그러던 그녀가 서른한 가지 맛을 다 보기도 전에 이별을 이야기했을 때 나는 아이스크림이 아직 남았다는 핑계를 대보기도 했지만, 그

연 우 의 여 름

녀는 남은 건 자신이 아닌 다른 여자와 먹어 보아도 좋다며 애써 관대한 척했다. 자신보다 더 예뻐도 괜찮고, 똑똑해도 괜찮고, 더 착한 여자였으면 좋겠다는 말도 했다. 용서를 바라지는 않는다며 자신은 온라인 게임에 중독되었다고, 한 달 동안 매일 다른 맛을 볼 수 있는 아이스크림보다, 그것을 매일 함께 먹어 줄 애인보다, 온라인 게임이 더 좋다는 말도 진지하게 했다. 떠나는, 아니 나를 길바닥에 버리고 가는 그녀에게 "너는 걸음걸이가 예뻤어." 이렇게밖에 말해 주지 못했다. 싸게 나온 무적 갑옷을 사러 가야 한다며 귓등으로 듣고 떠나가던 그녀는 "내 캐릭터는 이제 걷지 않아도 돼. 날아다닐 수 있거든." 그러면서 유유히 걸어갔다. 여전히 걸음걸이가 예뻤다. 별다른 핑곗거리를 대지 못하고 단지 서른한 가지 아이스크림에 그녀를 가두어 두려고 했었던 내가 더없이 황당하고 부끄러워져 나도 모르게 걸음걸이가 빨라졌다. 기억이지만 장소가 오롯하면 시간은 거꾸로도 갈 수가 있다는 것을 알았다.

배스킨라빈스를 뒤로하고 전철역 1번 출구의 계단 아래를 지나서 작은 상가 골목으로 들어갔다. 분위기가 너무 예스러워서 그녀와 나 말고는 항상 손님이 없었던 가파른 나무 계단 위의 2층 카페 앞을 지나, 골목 사거리의 모퉁이 떡집을 지나, '원조'라는 글씨가 상호보다 크고 또렷하게 기억되었던 춘천 닭갈비를 지나, 횡단보도 앞에서 숨을 고르다가, 자제하려 했건만 느닷없이 머릿속에서 기어 나오는 기억. 데이트를 하기 위해 배를 채우자며 닭갈비를 먹기로 했는데, 닭갈비가 다 익는 시간이 귀찮기도 하고 해서 미래엔 아마 이런 것들이 다 캡슐로 나올 거야. 닭갈비 맛 캡슐, 떡볶이 캡슐 뭐 이런 식으로 말이지. 그런 세상이 오면 얼마나 좋을까. 사람이 일생 동안 먹는 데 낭비되는 시간도 어마어마할 거야. 대충 이렇게 농담 삼아 되지도 않는 예언을 했더니 그녀가 정색을 하면서 그럼 제사상에 캡슐만 올려놓고 절을 하냐며 면박을 주었던 기억에 횡단보도의 가로로 굵은 줄처럼 나도 모르게 입이 가로로 길게 벌어지며 웃었다. 사람들이 없었으니 망정이지 다른 사람들이 웃는 나를 보았다면 아마 실성한 사람이라고 생각했을 것이다. 좋았던 기억과 나빴던 기억이 모두 자칭 '상계동 심은하'로부터 상계역에서 시작되고 끝난다는 것이 우스웠다. 내 기억 속엔 나는 없고 그저 함께했던 과거 완료형의 시간만 존재하고 있었다.

기억에서 채 빠져나오지 못하고 허우적거리고 있을 때 이명처럼 주머니에서 전화벨이 울렸다. 의뢰인일 것이라는 생각이 들어 전화를 받기 전에 시계를 먼저 보았다. 늦었다. 이제 다 왔다고 말해야 하나, 조금만 더 기다려 달라고 해야 하나 두 문장 사이에서 고민했다. 분명히 의뢰인은 전철이 연착했다는 말을 믿으려 하지 않을 것이고, 또한 그 이유를 설명하려면 허공에 욕심을 낸 무능한 기관사가 운전하는 전철을 향해 꽃처럼 몸을 던진 그 여인과 나를 물로 봤던 상계동 심은하에 대해서 상당히 많은 시간을 할애해서 설명해야 할 것이고, 그 긴 시간 동안 의뢰인이 내 이야기를 듣고만 있어 줄지도 의문이었다. 관건은 의뢰인의 인내심과 그 인내심을 뒷받침해 줄 수 있는 이해심이었는데 아직 그런 것에

연 무 의 여 름

대해 전혀 파악하지 못했으므로 구차한 변명보다는 그저 죄송하다는 네 음절의 말 한마디가 나을 수 있다는 생각이 들었다. 전화를 받았다. 내가 알고 있는 의뢰인은 분명히 여자였는데, 낯선 남자의 목소리가 들려왔다. 애써 친절하려고 하는 것처럼 굵고 음침한 목소리임에도 불구하고 한 톤 높여서 말하고 있었다. 그 음계는 서비스업에 종사하는 사람들의 일관된 톤인 '솔'보다는 조금 낮고, '파'보다는 한 음 높은 '솔b'나, '파#' 정도 되었다. 낮고 음침한 음계. 남자는 짧게 자신을 소개하더니 나의 반응과 상관없이 반만년 동안 이 땅의 수많은 도인들이 수련하고 도를 깨우쳤다는 계룡산 주변에 풍수지리상 명당 중의 명당인 자리가 아주 싼 값에 헐값으로 나왔으니 이 기회에 노후를 위해서 투자하는 게 어떠냐고 물어왔다. 싸다는 말을 두 번이나 써가면서 할 때는 강조를 했다. 그 칙칙한 음계에 반음을 더 높여서 강조의 의사를 표시하려고 했는지 목소리 톤이 조금 올라갔다. 그러나 여전히 칙칙한 음계를 벗어나진 못했다. 무슨 대꾸를 해주어야 하나 잠시 생각하는데, 그 남자는 그 땅에 관심이 없으시면 강원도에 그것만큼은 안 되지만 산수 좋고, 풍경이 좋아서 예로부터 많은 학자들이 휴양지로 즐겨 찾았다는 계곡 입구에 좋은 땅이, 그것도 아주 싼값에 헐값으로 나왔다는 말을 덧붙였다. 아주 싼값에 헐값으로라는 상업적인 멘트는 구매를 충동시키려는 의도보다는 그 남자의 습관인 것 같았다. 틈을 준 것이 문제였다. 대꾸까지 할 필요가 없었는데. 전화를 받으며 우물쭈물하다가 한 번의 횡단보도 신호를 놓쳐 버렸다. 의뢰인과의 약속 시간에 늦었는데. 신경질적으로 전화를 끊었다. 대꾸도 하지 않고 딱 소리가 나게 휴대 전화 폴더를 닫았다. 그러는 것이 상대방에게 나의 기분을 알리는 데는 전혀 도움이 되지 못한다는 것을 그땐 몰랐다. 차라리 욕이라도 한 바가지 퍼부어 주는 게 더 큰 표현이었을 텐데.

어쨌든 노후설계에 대한 친절한 조언 때문에 예기치 못한 무단 횡단을 해야 했다. 인간은 10분 앞도 예측 불가능한 불완전한 유기체라고 믿고 있는 내게 노후라는 말은 너무도 멀고 허황된 이야기였다. 로또 1등에 당첨되면 그 상금으로 무엇을 하고 싶은지 생각해 보라고 하는 것이 아니고, 무엇을 할지 구체적인 계획을 세워 보라고 하는 것처럼. 지금 이 순간에 하고 싶은 것을 못하면서까지 설계할 만큼 노후는 내게 매력적이지 못했다. 현재진행 중이지 못한 것, 더군다나 미래형의 행복은 과거 완료형의 행복보다 더 의미 없는 일이나 마찬가지다. 현재를 소비하고 희생해 가면서 축적 가능한 행복이 이 세상에 존재할까. 어느 누구도 그것이 현재의 쪼들린 감정보다 우월하다거나 행복하다는 것을 설득시키지는 못할 것이다. 친절한 부동산 팀장이 아니라 부동산 할애비라도. 더군다나 내가 하는 일에서 내일이란 올곧게 보장받을 수 있는 시간이 아니었다. 의뢰인의 청탁을 받고 일을 해결해 주면 되는 매우 단순한 일이지만, 매우 위험한 일이기도 했다. 대부분의 의뢰인들은 자신이 처리하기 꺼림칙한 일을 맡기길 원했고, 내가 제대로 잘 처리해 주길 바랐다. 그만큼의 위험도 늘 따랐다. 그런 일들의 대부분은 머리로 하는 일이 아니고 몸으로 하는 일이었다. 몸으로 하는 일이 힘쓰는 일 말고 또 무엇이 있겠는가. 다른 사람들은 나를 해결사라고 불렀다. 채무 관계의 복잡한 인연을 매우 간단명료하게 정리해 주었고, 남녀 관계에 있어서 서로의 믿음이 깨어질 때도 나를 필요로 했다. 하다못해 옆집과 주차문제로 다툴 때도 내게 해결해 주길 바랐으며, 오랜 독수공방에 남자의 힘이 필요하다며 못 박는 일과 가구 옮기는 일을 부탁했던 어떤 귀부인은 잠자리까지 해결해 주길 요구하기도 했었다. 물론 돈만 지불하면 무엇이든 다 되는 것이 내가 하는 일이다. 단 한 번을 빼고는 지금까지 의뢰를 받고 해결해 주지 못한 일은 없었다. 한번은 낭랑한 목소리의 여인이 전화를 하더니 자신이 알고 있는 몇백 가지의 재미있는 이야기를 들어 달라는 의뢰를 했었다. 이야기를 듣는 내내 멋진 리액션을 해야 한다는 주문에는 주 계약보다 높은 금액의 옵션을 제시하고 의뢰에 응했다. 의뢰인은 손바닥만 한 최신식 휴대 전화에 언제 어느 자리에서든 상대방을 웃게 하여 분위기를 띄울 수 있는-다 죽어 가는 사람도 '웃다 죽다.'라는 묘비명을 적어 달라며 유언을 남길 만큼 재미있는-이야기를 저장해 놓았다가 하나하나 찾아서 이야기를 들려주었다. 이야기가 바뀔 때마다 의뢰인의 표정과 말투는 수시로 변하였고, 그때마다 웃음의 포인트를 찾아 적절한 시기에 옵션으로 계약한 리액션을 보여 주었다. 사람이 가진 목소리와 표정이 셀 수 없이 많을 수 있다는 것에 놀랐지만, 그것보다 내가 가진 웃음에 대한 반응들이 얼마나 많은

가를 그때 처음으로 알게 된 것이 내겐 일에 대한 보수보다 더 값진 것이었다. 휴대 전화를 손끝으로 매만지던 의뢰인의 표정이 갑자기 구겨지면서 눈물을 뚝뚝 흘린 것은 50가지쯤의 재미있는 이야기를 하고 난 후였을 것이다. 한참 정신없이 웃던 나는 다음 이야기를 하기 위해 의뢰인이 감정을 잡고 연기에 몰입하는 것인 줄 알고 대수롭지 않게 여기며 다음 리액션은 어찌해야 할지 준비하려던 찰나, 후두둑 눈물을 흘리던 의뢰인은 저장해 두었던 몇백 가지의 재미있는 이야기가 삭제되었다면서 더 이상 이야기를 들려줄 수 없으니 나머지 분량의 돈을 돌려주던가 지워진 이야기를 복구해 달라며 제안을 해왔다. 얼마나 슬픈 이야기였던지 의뢰인의 얼굴은 눈물과 콧물로 이미 범벅이 되어 있었고, 지워진 화장은 의뢰인의 얼굴을 전래 동화의 마귀할멈처럼 분장해 놓았다. 당신의 이야기를 다 들어주지 못하는 것은 나의 잘못이 아니므로 돈을 돌려줄 수 없고, 휴대 전화의 삭제된 메모는 AS 센터에 문의를 해보는 것이 빠를 것이라고 하고 자리를 피했다. 그것이 내가 지금껏 해결사의 일을 해오면서 유일하게 해결해 주지 못한 의뢰였다. 그때 의뢰인에게서 들었던 이야기 가운데 생각나는 것이 하나 있는데, 미술 시간에 한 학생이 하얀 도화지를 까맣게 칠해서 제목을 '김'이라고 써서 냈더니 선생님이 그 그림을 북북 찢어 학생에게 주면서 떡국에 넣어 먹으라고 했다는 이야기다. 그 이야기를 듣고 난 후 떡국을 보면 빙그레 웃곤 했다. 기분이 울적한 날에는 일부러 떡국을 먹으러 다닌 적도 몇 번 있었다.

의뢰인과 약속한 시간에서 5분이나 늦었다. 카페 '바다'의 묵직한 문을 열었다. 몇 년 만에 잡아 본 손잡이를 두툼한 손이 기억했는지 따뜻하기도 하고 편안하기도 했다. 약속을 지키기 위해 급하게 뛰어온 성실한 모습을 보여 주려고 횡단보도를 무단 횡단하면서부터 열심히 뛰어서 약속장소에 들어섰지만, 의뢰인의 모습은 보이지 않았다. 만나기로 한 카페에 손님이 하나도 없었기 때문에 아직 의뢰인이 도착하지 않은 것을 바로 알 수 있었다. 가쁜 숨을 몰아쉬며 카페 주인이 의뢰인인가 싶어 슬쩍 둘러봤더니, 몇 년 전 상계동 심은하와 연애하던 시절 자주 드나들 때의 주인이 아직 그대로 있었다. 머리숱이 조금 줄어들긴 했지만, 그는 상계동처럼 크게 변하지 않고 과거를 완료하지 못한 듯했다. 내가 알고 있기로 의뢰인은 여자고, 카페의 주인은 남자였기 때문에 의뢰인이 아닌 것이 확실했다. 안도의 한숨을 쉬며 숨을 고르고 앉아 있는데 주인 남자가 주문을 받으러 와서는 벽에 걸린 메뉴판을 손가락으로 가리켰다. 몇 년이 지났어도 걸음걸이는 예전 그대로였다. 비쩍 마른 몸에 매사 의욕이 없는 듯 어기적어기적 걸으면서 정면을 보지 않고 항상 좌우를 살피면서 걷는 주인 남자. 몸의 뼈가 보통 사람들보다 몇 개는 적은 것인지, 아니면 태어날 때부터 그렇게 유연했는지 항상 흐느적거렸다. 예전에 그런 주인 남자를 보고 상계동 심은하는 "문어 잡아먹은 멸치"라고 불렀다. 비쩍 마른 몸은 멸치 같은데 흐느적대는 몸이 문어 같다나. 더군다나 카페의 이름이 바다였으니. 못 본 사이에 그도 나이를 먹어서인지

흐느적대는 모양새가 금방이라도 쓰러질 듯이 예전보다 훨씬 힘
이 없어 보였다. 주인 남자를 향해 예전처럼 씩 웃어 보였으나 그
는 나를 알아보지 못했다. 항상 그녀와 함께 와서 앉던 자리인데
혼자 와서 못 알아본 것인지 아니면 시간이 오래되어서 못 알아본
것인지는 모르겠다. 차라리 알아도 모르는 체하는 편이 나았다.
서로 예전 이야기를 할 것도 없지만, 혹시라도 하게 된다면 이젠
아픈 기억을 꺼내야 하는 일만 남았을 테니까. 만나기로 한 사람
이 바로 올 거니까 주문은 일행이 온 다음에 하겠다며 주문받으러
온 남자 주인을 돌려보냈다. 말없이 인사만 꾸벅하더니 나를 남겨
두고 돌아서 가는 남자의 굽은 등이 유난히 처량해 보였다. 익숙
한 뒷모습.

　10분이 지나고, 15분이 지나도 의뢰인은 나타나지 않았다. 내
가 의뢰인에 대해서 아는 것이라고는 여자라는 것. 의뢰인에 대
한 정보는 사무실에서 모두 관리하고 현장에 나가는 직원들에게
는 일체의 정보도 주지 않는 우리 업무의 특성상 나는 한번 약속
을 잡으면 그 자리에서 기다려야만 했다. 주인 남자의 따가운 눈
총을 받아 가며 물을 두 컵째 마시고 리필을 부탁하자 주인 남자
는 귀찮았는지 아예 주전자를 가져다주었다. 주전자를 테이블에
내려놓으면서 생긋 웃기까지 했다. 신경질적으로 나온다고 해도
얼마든지 예상하고 있던 반응이라 어찌해야 할지 머릿속으로 그
리고 있었는데, 웃다니, 난감했다. 난감해하는 내 눈동자를 읽었
는지 주인 남자는 다시 또 같은 미소를 보였다. 2연타였다. 그것은

　　　　연　우　의　여　름

맞은 데를 또 맞는 서러움 내지는 때린 데를 또 때리는 비열함이었다. 두 번이나 나를 난감하게 하며 미소를 보였던 주인 남자는 잠시 나갔다 올 테니 가게 좀 봐달라며 자리를 비웠다. 상대를 공황상태로 만든 후에 자신의 요구 조건을 제시하는 매우 고차원적인 협상 방법이었다. 몇 분 동안 물만 마신 미안함도 있고 해서 흔쾌히 그러라고 했다. 그것 말고는 내가 할 수 있는 게 없었던 게 가장 큰 문제였긴 했지만. 역시 의뢰인은 오지 않았다. 우리의 행동 수칙에 대입해 보면 이럴 경우 사무실에 연락을 해서 다음 명령을 기다려야 했다.

"30분째 상계동 비둘기는 행방이 오리무중!"

사무실로 휴대 전화 문자 메시지를 보내고 기다리는데 사무실에서도 아무 대답이 없었다. 계속 기다리라던가, 의뢰인과 연락을 해보겠다던가, 아니면 다음 장소로 이동하라는 회신이 1분 이내에 오는 것이 관례였는데, 이상하게 조용했다. 잠깐 나갔다 온다던 주인 남자도 아직 들어오지 않았다. 그도 역시 오리무중. 졸지에 나는 주인 남자와 의뢰인, 그리고 사무실의 회신을 기다려야 하는 처지가 되었다. 정해진 시간에 정해진 일을 정확히 마쳐야만 하는 직업을 가진 특성상 무엇인가를 기약 없이 기다려야 한다는 것은 너무도 힘든 일이다. 더군다나 나의 액션에 대한 리액션이 예상과 빗나갔을 때에는 난감하기만 하다. 예상했던 의뢰인은 약속 시간에 약속된 장소에 나오지 않았고, 나의 문자 메시지에 대한 리액션이 전혀 없는 사무실과 나가면 돌아와야만 하는 자신의 카페를 두고 어딘지 모를 데를 흐느적거리는 걸음걸이로 정신없이 싸돌아다니고 있을 카페 '바다'의 주인 '문어 잡아먹은 멸치'도 모두 나를 난감하게 만들었다. 딱 그런 경우였다.

예전의 상계동 시절에는 정해진 무엇에 규칙적으로 얽매이며 산다는 것을 한 번도 생각해 본 적이 없었다. 딱히 하고 있는 일도 없이 여기저기서 동네북처럼-동네 구멍가게에서조차 정당하게 상품의 가치에 대한 재화를 지불하는 소비활동에 대해서도 담배를 사 가면 담배 사간다고, 술을 사가면 술을 사간다고, 라면을 사가면 라면을 사간다고-구박만 받고, 화풀이나 받아 주는 백수였기 때문에 그랬을 수도 있었지만. 배가 고프면 밥 먹고, 밥을 먹기 싫으면 라면을 먹고, 낮과 밤의 구분 없이 졸리면 자고, 잠을 자다 깨면 텔레비전을 보고, 텔레비전이 재미없으면 인터넷 게임을 하고, 그러다가 그녀가 만나자고 하면 아무 때나 어디든지 짠하고 나타나서 시시덕거리며 놀다가, 그것도 지겨워지면 또 잠을 자고, 잠을 자다가 배고프면 밥을 먹고. 그런 생활들의 연속이었다. 그런 나를 보고 그녀는 종종 "똥기계"라고 불렀다-만화책과 비디오테이프, 담배꽁초와 라면 빈 봉지가 불규칙한 진을 짜고 있는 내 방을 "똥공장"이라고도 불렀다-취미도 특기도 똥 만들어 내는 일 말고는 전혀 할 줄 아는 게 없다면서 내가 약속에 늦거나 자신을 화나게 하면 여지없이 똥기계라는 말을 하고는 등을 보이며 가버렸다. 그때나 지금이나 내가 유일하게 잘하는 일이란 게 머리를 제외한 나머지 몸으로 하는 일이니, 나는 별반 달라진 게 없는 생활을 하고 있는 거나 마찬가지다. 달라진 거라면 무슨 일인가를 하기 전에 예상을 하고, 그 예상과 다른 값이 나왔을 때 어쩔 줄 몰라서 난감해한다는 것뿐. 그러고 보면 어쩔 줄 몰라서 난감해하는 일도 머리로 하는 일은 아니니 정확하게 고백하자면 예상하는 일을 빼고는 머리로 하는 일은 하나도 없는 것이다.

카페의 주인 남자가 잠깐 자리를 비웠고, 나도 손님인데 주인이 없어서 나가지 못하고 있다는 친절한 설명으로 두 커플을 돌려보내고도 10분쯤 지나서 문어를 잡아먹고 왔는지 멸치 같은 카페 주인 남자는 더욱 흐느적거리는 걸음걸이로 돌아왔다. 나는 나가야 함에도 불구하고 당신을 기다렸으며 약속을 지키지 못해서 내가 겪어야 하는 일을 당신이 책임질 수 있느냐는 식으로 나의 수고에 대해 설명을 했고, 카페 주인 남자는 그렇다면 찻값은 받지 않겠다며 주방 안으로 들어가 버렸다. 고맙다는 인사는 아니어도 미안한 표정이라도 지어 주었으면 했는데 역시 예상과 다른 값이 나왔다. 난감함에 어쩔 줄 몰라 어정쩡한 자세로 서 있는데 그때 사무실에서 도착한 문자 메시지가 묘한 분위기를 확 깨버렸다. 사무실과 나 사이에 합의된 시간보다 훨씬 늦긴 했지만 적절한 때에 울려 주는 알림음이 마음에 들었다. 어정쩡한 자세로 있던 내가 당당하게 할 수 있는 일은 문자 메시지를 보는 일. "문자왔숑, 문자왔숑." 보란 듯이 휴대 전화를 꺼냈다.

"미아리 눈물 고개, 임이 넘던 이별 고개"

의뢰인에 대한 어떤 내용도 없이 다음 장소인 미아리로 이동하라는 일방적인 통보였다. 미아리에서 마지막 작업을 하고, 잔금을 받을 일이 남아 있었다. 계획된 시간에 계획대로 일을 처리하려면 빨리 움직여야 했으므로 카페 주인 남자와의 일은 바로 잊고 인사도 없이 카페를 나왔다. 미아리에서 내가 해야 하는 일은 다정하고 매너 있으며 지고지순한 사랑을 하는 애인행세를 해주는 것이었다. 사창가를 빠져나오기 위해 돈을 마련한 의뢰인이 '그럴싸한 애인이 빚을 갚아 주고 데리고 가는 것'처럼 해달라는. 딱 삼류 멜로보다는 에로에 가까운 영화의 한 장면을 만들어 달라는 것이었다. 다정하고 매너 있으며 지고지순한 사랑을 하는 남자라기보다는 돈 많으면서 한 여자에 목메는 얼빠진 남자 연기를 해 주면 되는 것이었다. 연기라면 머리를 쓰지 않아도 되는 일이기에 내겐 안성맞춤이었다. 의뢰인을 처음 만나던 날, 계약서에 사인을 한 의뢰인은 나와의 잠자리를 요구했고, 준다는 여자를 마다하는 남자가 없기에 뜨거운 밤을 보냈더니-나만-의뢰인은 계약금에서 십만 원을 제하겠다고 했다. 그나마 긴 밤은 이십오만 원인데 꼬랑지 딱 잘라 이십만 원, 거기에 자신의 일을 맡긴 사람이니 서비스로 반값에 해준거라며 관대한 척을 했다. 의뢰인과 일 이외의 관계를 가져서는 안 된다는 직업을 불문율을 깼으니, 사무실에 알려져 그나마 하고 있는 일도 못 하는 것보다는 그깟 십만 원쯤은 흔쾌히 내 월급으로 지불해도 괜찮았다. 무엇이든 하지 말라는 것을 한 후에는 자기 스스로에 대한 보상을 하기 위해 합리화하는 경향이 누구에게나 있듯이, 머리 쓰는 일을 전혀 하지 않는 내게도 그런 고급스러운 심리는 본능처럼 있었다.

어디로 날아갔는지 알 수 없는 상계동 비둘기 일이 있고 나서
며칠 후, 경찰서로부터 한 통의 전화를 받았다. 전화를 받았다기
보다는 경찰서 출두를 통보받았다는 것이 맞는 말일 것이다. 사무
실이 합법적으로는 부동산 사무실로 되어 있었는데, 경찰에서 조
사 중인 사람이 마지막으로 통화한 곳이 사무실이었고, 사무실에
서는 담당자가 나라고 일러 주었던 모양이었다. 잘나가는 부동산
중개인의 명함을 지갑에 넣고, 깔끔한 복장으로 경찰서를 찾았다.
담당 경찰관은 내가 피해자도 아니고, 용의자도 아니고, 피의자도
아닌 말 그대로 참고인일 뿐이니 편하게 앉아서 편하게 이야기하
라는 당부를 잊지 않았다. 박봉과 과도한 업무로 시달리는 민중의
지팡이 특유의 피곤한 기색이 역력한 웃음을 지어 보이기까지 하
면서. 편하게라는 말을 여러 번 듣고도 내가 누군가를 위해 참고
되어야 하는 일이 무엇이었나를 생각하느라 전혀 편안할 수 없었
다. 경찰에서는 그날, 그 상계동 비둘기를 문어 잡아먹은 멸치가
주인으로 있는 카페 '바다'에서 만나기로 한 날, 약속 시간보다 조
금 이른 시간에 어디에서 무엇을 했는지를 집요하게 물었다. 상계
역으로 가는 전철 안에 있었고, 한 여자가 달리는 지하철에 몸을
던지는 바람에 전철이 연착을 했다는 설명까지 자세하게 했다. 담
당 경찰관은 그 여인이 상계동 비둘기라고 했다. 이름이 정확하게
기억나진 않지만 내가 기억하고 있는 상계동 비둘기와 이름이 같

았다. 의뢰인의 이름을 말하는 경찰관의 음성이 전철 기관사의 안내 방송과 흡사하게 건조하고 형식적이었다. 그날 나의 일정이 어떠했는지를 알려 주기 위해 조사해 보면 다 나올 것이라며 당당하게 교통카드를 내밀었다. 교통카드를 한참 쳐다만 보던 담당 경찰관은 여전히 피곤한 기색이 역력한 눈으로 그만 돌아가도 좋다는 말을 했다. 의뢰인의 투신에 나와의 상관성은 전혀 없으며, 나는 참고될 만한 거리가 없다는 뜻이었다.

경찰서를 나와 지하철 4호선을 탔다. 아무래도 상계동에 가야 할 것 같았다. 지금쯤 만렙을 찍고 배스킨라빈스의 서른한 가지 아이스크림 중 아직 먹어 보지 못한 아이스크림의 맛을 궁금해하는 것보다 무적 갑옷과 최고의 강도로 강화된 무기와 방어구를 차고, 불로장생의 특효를 완전하게 갖춘 각종 물약에 소지품을 창고 가득 쌓아 두고 수십만의 추종세력 앞에서 "공격 앞으로"를 키보드로 외치고 있을 자칭 '상계동 심은하'든, 봄날 노곤한 기운에 풀어져 낮잠을 자고 있을 호위 무사 같은 '먼 산'이든, 전봇대든, 가파른 나무 계단 위의 2층 카페든, 모퉁이 떡집이든, '원조' 춘천 닭갈비든, 문어를 잡아먹은 멸치 대가리가 주인으로 있는 카페 '바다'든 간에 전혀 예상하지 못해서 불편하게 완료된 과거 앞에 서 있고 싶었다. 난감함에 어정쩡하게 얼굴이 굳어 버리겠지만, 이미 완료된 과거 앞에서 참고되지 못하는 불편함을 편안함으로 말해야 하는 것보다는 차라리 조금이라도 익숙한 편이 나을 것 같았다.

어쩌면 상계동 비둘기는 전철이 연착했다는 말을 믿었을지도
몰랐다.

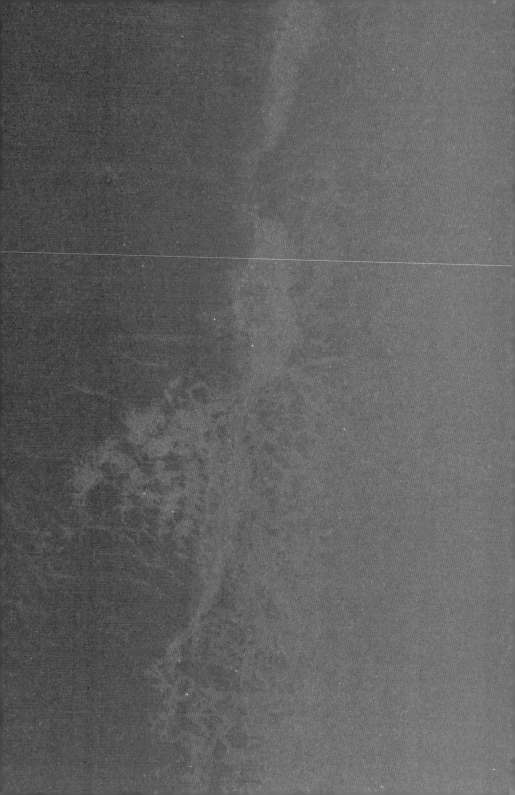

자라투스트라는 어떻게

그를 만난 건 딱 3년 전이었다. 우리는 매년 겨울이 오면 헤어졌다가 봄이 되면 만나기를 반복했다. 지금이 그와 다시 만나는 네 번째 봄이고, 그러니 정확히 3년 전에 그를 만났던 것이다. 그를 처음 만난 것도 봄이었다. 분명히 우습고 한심스럽게 들리겠지만 세 번의 겨울 동안 세 번의 이별을 했으니 3년이라는 시간은 생각보다 정확한 숫자였다. 나를 잘 아는 사람들은 그 지긋지긋한 인연을 왜 그토록 질기게 반복하느냐고 묻는데, 나도 그 이유를 모르기 때문에 대답을 해준 적은 한 번도 없다. 나는 늘 그 자리에 있었고, 떠났던 것도 돌아온 것도 늘 그였으니 그에게 물어보는 것이 맞는 것 같다. 그러나 그는 떠나던 날도, 돌아오던 날도

연 우 의 여 름

왜 우리가 다시 만나야 하는지에 대해서는 아무 말도 없었다. 그는 늘 헤어져야 하는 이유만을 나에게 강조해서 주입시켰고 나는 그것에 간단명료하게 합의했을 뿐, 나도 굳이 묻거나, 대답을 요구하지 않았다. 어쩌면 그도 자신이 왜 그래야만 하는지에 대해서 아직도 알지 못할지도 모른다. 되레 나에게 왜 자신을 계속 만나고 있는지 반문을 할지도 모르겠다. 유독 겨울에만 이별을 했으므로 겨울에 생일이 있던 나는 길게 윤기가 흐르는 아름다운 머리카락과 일요일 오전을 텔레비전 앞에서 나른하게 보낼 수 있게 해주는 'TV쇼 진품명품'에나 나올 법한 줄이 없는 시계를 맞바꾸며 서로의 사랑을 확인했다던 로맨틱한 어느 서양 연인의 전설 같은, 그 흔한 크리스마스 선물은 제쳐 놓고라도 연인에게 생일 선물도 한 번 받아 보지 못한 아주 불쌍한 여인이었다. 그러나 그가 선물 때문에 나와의 이별을 말했는지는 알 수 없지만, 아니었을 것이다. 여자의 직감이란 게 이럴 때 만병통지나 마찬가지이다. 그냥 아닐 거야. 하고 믿으면 된다. 논술에 3년의 시간을 쏟아붓고 우습지 않은 성적으로 대학에 진학한 엘리트답지 못하게 전혀 논리적이지 않은 직감이라는 이유를 대고.

　그와 헤어지고 눈물도 흐를 새 없이 얼어 버릴 것처럼 추운 겨울을 혼자 보내며 무의미하게 나이만 한 살 더 먹는 일을 하고 난 후, 한 계절 만에 휴대 전화를 통해 목소리를 들려준 그는 다짜고짜 우리 다시 만나야 하는 것 아니냐며 성정은 그다지 따질 필요 없는-그냥-임금이 승은을 입은 나인에게 다음 밤을 기약하듯 나에게 물었다. 성은이 천만번 망극해도 모자랄 판에 그의 재회에 대한 의사를 거부한다면 내가 나쁜 여자가 되는 것으로 만들려는 듯. 떠났던 그가 돌아왔으므로 만나 주는 것쯤은 아무것도 아니라는 듯 나는 재회를 받아들였다. 전혀 성은이 망극하다거나 승은이 망측하다거나 하는 식의 감정을 내비치지 않고 그냥 쿨하게. 그는 신도림역에서 헤어졌으니 이번엔 신도림역에서 만나자고 했다. 그전에도 사당역에서, 성수역에서 그렇게 헤어지고 다시 만났으니 별 대수로울 것도 없었다. 그는 늘 겨울에 헤어졌던 장소에서 봄에 다시 만날 것을 약속받으려 했다. 언젠가 우리 이러다가 지하철 2호선을 다 돌면서 만나고 헤어지는 것 아니냐고 물었더니 그는 헤어지고 다시 못 만나는 것보다는 낫지 않느냐며 머쓱하게 대답했던 적이 있었다.

그를 다시 만나러 가는 길. 버스를 타고, 전철을 두 번이나 환승을 한 끝에 신도림역에서 도착했다. 봄비가 촉촉하게 내렸다. 작년 이맘때도 내렸던 비였고, 재작년 이맘때도, 그렇게 매년 이맘때쯤 내렸던 비였다. 비가 내리는 것은 역 밖의 지상인데, 지하 깊은 곳까지 내려와 자리를 잡은 역 안에도 봄비의 흔적이 넘쳐났다. 우산에, 사람들의 신발에, 조심스럽지 못한 사람들의 옷깃에, 혹은 세심한 준비성이 매우 부족한 사람들의 머리에 묻어서

연 우 의 여 름

들어온 빗물이 차곡차곡 바닥에 쌓여 있었다. 한발씩 내디딜 때마다 사람들마다의 각기 다른 사연에 묻어 흘러들어 온 빗물이 발바닥에 붙었다 떨어지면서 차각차각 소리를 냈다. 소리에 붙었다 떨어진 빗물은 내 사연이 되었다가, 다시 다른 누구에겐가 붙었다가 떨어지면서 또 다른 사연을 만들었을 것이다. 비가 가진 낭만이 지하의 공기와 만났을 때 만들어 내는 불쾌한 냄새가 코를 간지럽게 했다. 재채기를 한 번 하고, 코끝에 힘을 주며 인상을 찡그렸다. 맞은편에서 반대쪽으로 가는 전철을 기다리는 남자가 얼굴을 찡그리는 게 보였다. 아마 그도 나처럼 불쾌한 낭만에 코끝이 간지러운 모양이었다.

그와 만나기로 한 장소엘 약속한 시간보다 먼저 가보았다. 사람들이 몰리는 저녁 6시에 만나기로 했으니 허둥대지 않고 제시간에 도착하려면 내가 움직여야 할 동선을 미리 보아 둘 필요가 있었다. 전철에서 내려 얼마나 시간이 걸리는지를 계산에 넣어 두어야 했다. 물론 많은 사람들로 인해 지연되는 시간 또한 추가로 계산해야 했다. 15분이었다.

잠시 후 열차가 도착하니 안전선 밖으로 한발 물러나라는 안내방송이 나왔다. 안전선 안쪽이 아니고 바깥쪽인가? 안전한 곳은 안전선의 안쪽일 텐데. 귀를 의심하면서 잠시 의문은 품었지만, 안전선 안쪽이든 바깥쪽이든 이 세상에서 안전한 곳이라고는 전혀 없어 보이므로 금을 밟지만 않으면 어느 쪽이든 상관없다는 생각이 들었다. 어릴 때부터 줄곧 땅을 따먹고 비석을 치면서도 금을 밟으면 죽지 않았는가? 수도 없이 많이 죽었다 살아난 사람들은 다 아는 게 바로 금은 절대 밟지 않는다는 거. 그와 헤어져 집에 돌아가던 날도, 다시 그를 만나러 가던 다른 날들도 언제나 금을 밟지 않았다. 꼭 그래야만 다시 만나고, 또 헤어지는 일을 할 수 있을 것 같아서였다.

전철이 도착하고 스크린도어가 열리는 사이를 참지 못하고 사람들은 재빠르게 금을 밟으며 섰다. 잠시 주춤하다 뒤로 밀려난 나는 시계를 보았다. 오후 4시 15분. 6시에 그를 만나기로 했으니 전철을 꼭 타야 했다. 신도림역에서 지하철 2호선을 타고 한 바퀴 돌아 다시 신도림역으로 오기까지 소요시간은 1시간 30분. 다시 만나기로 한 장소까지 걸리는 시간이 15분. 내 계산대로 라면 그 전철을 타야만 그와 약속한 시간에 준비된 장소에서 만나는 것이 가능했다. 그가 신도림역에서 헤어졌으니 신도림역에서 다시 만나야 하는 것 아니냐고 했듯이 나는 신도림역에서 헤어졌으니, 헤어진 곳에서 다시 출발하는 게 맞는다고 생각했다. 그래서 시간이 남아돌아서 주체를 하지 못하는 것처럼 버스를 타고, 전철을 몇 번씩 갈아타면서 여기까지 오는 수고를 더했다. 다른 사람들이 생각하면 우습게 보일지도 모르겠지만 난 늘 그랬다. 사당에서, 성수에서도 늘 그렇게 헤어지고 다시 만날 때마다 똑같이 지하철 2호선을 한 바퀴 돌아 그를 만났다. 물론 그때도 노란 안전선을 밟지 않으려고 신경을 곤두세우고. 신앙 같은 것이라고 해야 할까. 나에겐 그러는 것이 신앙이었고, 다시 돌아온 자에 대한 의전이었

연 우 의 여 름

다. 어쨌든 그가 돌아왔으니 그것이 확률 몇 퍼센트의 과학이어야 한다면 과학인 것이고, 확인되지 못하기 때문에 신앙이라면 신앙인 것이다.

　무심하게 안전선을 밟고 전철에 오르는 사람에 묻혀 조심조심 안전선을 밟지 않으려 무진 애를 쓰면서 전철을 탔다. 타자마자 문 바로 옆에 자리를 잡고 앉았다. 문 쪽에 앉는 것은 그를 만나는 것과는 별개로 이미 오래전부터 만들어진 습관이었다. 자리가 비어 있기만 하다면 가장 빨리 앉을 수 있다는 장점과 함께, 가장 빨리 내릴 수 있다는 장점이 있다. 사실 그런 이유보다 나의 습관으로 자리매김하게 된 가장 큰 이유는 무방비로 노출되는 양쪽 자리의 한 부분이라도 방어할 수 있다는 경계심 때문이었다. 학창시절 붐비는 등하교 시간에 온몸을 더듬거리던 중년 신사분의 두툼한 손에 대한 불쾌한 기억 때문에 언제든 사람이 많이 모이는 장소에선 어느 한쪽이라도 기댈 것이 있는 곳으로 몸을 기대는 버릇이 생겼다. 장소에 따라서 어떨 때는 그것이 벽이었고, 창문이었고, 계단 난간이었고, 이별과 재회를 반복하는 그의 한쪽 어깨였고, 전철의 의자 끝부분이 되었다. 심지어 나이트클럽에서도 사람들 속에서 어울리지 못하고 스피커 옆에 바짝 기대어 서서 막춤을 마구 추어 대며 몸을 흔들었다. 내 속내를 전혀 모르는 사람들은 내가 흥에 겨워서, 혹은 놀 줄 안다는 표현을 쓰기도 했고, 평소에는 늘 구석에만 조용히 처박혀 있는 재미없는 사람이 그런 면이 있느냐며 놀라는 사람들도 많았다.

봄비가 내리는 날의 전철 안은 나름대로 운치가 있었다. 지하이기 때문에 지상에서 내리는 비를 바라보는 느낌과는 사뭇 다르긴 하지만 사람들이 뒤섞어 놓고 다니는 퀴퀴한 냄새만 아니라면 그런대로 운치 있는 카페가 되기에 충분했다. 전철의 바퀴가 구르는 소리와 그 진동이 온몸의 감각 세포들을 마비시키는 것 같았다. 너무 건조하지 않아서 알맞게 차분해진 공기는 마음을 다스리기에는 안성맞춤이었다. 비 내리는 차 안에서 빗소리와 함께 듣는 어느 여가수의 재즈와 같은 느낌이랄까. 그를 만나러 가는 길이라는 오늘의 유일한 목적만 아니었다면 전철이 멈출 때까지 몇 시간이고 계속해서 앉아만 있을 수도 있었다. 잠깐을 달린 전철은 지상으로 올라왔고, 봄비를 넓은 차창 가득 맞고 있었다. 짧게나마 2호선에서 맛볼 수 있는 지상의 풍경에 그만 넋을 놓고 있는데 멈춰선 전철에서 한 무리의 사람들이 나가고, 다시 들어왔다. 차분하게 가라앉은 듯했던 공기가 그들을 따라 빠르게 빠져나갔다가 들어왔다. 지상의 공기는 상쾌했다. 그 정도의 환기라도 없었다면 사람 사는 듯한 냄새에 취해 오늘 해야 할 일을 잊어버렸을지도 몰랐을 것이다. 내 바로 앞에 선 남자의 뾰족한 우산 끝에서 빗방울이 간헐적으로 떨어졌다. 아마 급하게 뛰어 왔던 것 같다. 자리가 많은데도 앉지 않고 서 있는 그를 올려다보았다. 그도 나를 보고 있었는지 눈이 마주쳤다. 낯선 눈동자. 빈자리가 눈에 띄게 보이는데도 굳이 내 앞에 서 있는 남자를 경계하기 위해서 가방으로 앞을 단단히 여미었다. 전철의 가장 불편한 점이 이렇게 앞이 무

연 우 의 여 름

방비로 노출될 수 있다는 것이다. 내가 아는 사람인가 싶어 다시 올려다보았지만, 전혀 생각이 나질 않았고 여전히 그 남자는 빗방울이 똑똑 떨어지는 우산 끝을 내 신발 앞에 내려놓고 서 있었다. 어디서 보았던 것일까? 아니면 나에게 무슨 볼일이라도 있는 것인가? 생각이 꼬리를 물었지만, 대놓고 물어본다거나 할 용기는 나지 않았다. 빨리 그 남자가 내리거나, 빈자리에 가서 앉거나 해서 그에게로 돌아가는, 아니 그가 돌아오는 성지순례와도 같은 신앙적인 시간이 올곧아지기를 바랐다. 내 마음이 전해지길 바랐으나 그 남자는 몇 정거장을 지나도 전혀 움직일 기색을 보이지 않았다. 하는 수 없이 다음 칸으로 쫓기듯이 옮겨 갔고, 출입문 옆자리를 찾지 못해 그다음 칸으로 자리를 찾아 헤맸다.

캔 커피 광고처럼 "저 다음에 내려요." 하면서 고백을 할 것 같지도 않아 보였던 낯선 눈동자의 남자는 왜 그 앞에서 주야장천 서 있는 걸까. 하는 순간 섬뜩하게 머리를 스치고 지나가는 하루. 그를 처음 만나던 날. 그 역시도 우산을 들고 내 발 앞에 빗방울을 뚝뚝 떨어트리고 있었다. 학교 도서관에서 미처 자리를 잡지 못해 로비의 의자에 기대어 책을 보고 있을 때, 한 손에는 『차라투스트라는 이렇게 말했다』라는 책-얼핏 보아 넘기다가 작가의 이름인 니체를 나체로 읽고, 민망함에 어쩔 줄 몰랐던 순간이었다. 훗날 나체라는 이름 때문에 몰래 훔쳐본 기억이 있는데, 그때 나체가 아니고 니체임을 알고는 얼마나 민망하던지, 이러한 사실을 그는 아직도 모른다-을 들고 다른 한 손에는 빗방울이 뚝뚝 떨어지는 우산을 들고 내 앞에 서 있었던 그. 나는 그날 그의 존재를 처음으로 알았지만, 그는 늘 도서관에서, 매점에서, 식당에서, 강의실에서 줄곧 나를 지켜봐 왔다고 했다. 그것이 남자들이 여자를 꾀는 전형적이고 아주 고전적인 수법임을 그때는 몰랐다. 그저 그의 몇 마디 말에 가슴이 설렜고, 쉽게 마음을 주고 말았다. 철학을 전공하는 그는 늘 어려운 책을 옆에 끼고 다녔지만, 책에서 봤음 직한 말들은 전혀 하지 않았다. 하긴 철학이라는 말만 들어도 머리가 아픈 내게 그 내용까지 설명하려 들었다면 아마 난 금방 그에게 싫증을 냈을 것이다. 내가 좋아하는 로맨틱 코미디 장르의 영화를 보면서 나보다 더 많이 웃었고, 어디서 구했는지도 모를 만화책들을 보면서 무료한 시간을 보내는 취미도 있었다. 학문과는 거리가 아주 먼 그였다.

생각이 꼬리에 꼬리를 물고, 그 꼬리에 끌려다니며 머리에 꽃만 안 꽂았다 뿐 미친년처럼 넋을 놓고 히죽거리며 앉아 있는데 안내 방송에서 사당역이 가까워져 오고 있음을 알렸다. 시종일관 무표정한 사람들은 무엇이 그리도 바쁜지 전철이 채 멈추기도 전에 내리려고 발을 달싹거렸다. 마치 그 순간만을 기다려 온 사람들처럼 비장한 표정으로. 전철이 멈추고 문이 열리자 사람들은 계주 경기에서 바통 터치를 하듯 서로 줄을 맞추어 내리고, 탔다. 잠깐의 환기로는 사람들의 표정을 바꾸기가 역부족이었는지 여전히 무표정한 얼굴의 사람들로 가득한 전철은 출발했다. 전철에서 쏟아져 나온 사람들은 각자의 사연을 찾아 앞만 보고 무표정하게 걸으며 흩어졌다. 점점 뒤로 밀려나는 사람들 틈에서 우산을 들고 걸어가는 그 남자가 보였다. 여전히 우산을 한 손에 든 채. 못 볼 것을 본 사람처럼 몸을 움츠리다가 이내 안심이 되어 가슴에 꼭 안고 있던 가방에서 슬며시 손을 풀었다. 온몸이 스르르 녹아내리는 기분이었다.

내 경험이나 그동안의 관찰을 바탕으로 보면 시간적 여유와는 상관없이 전철에서 내려서 바쁘게 움직이는 사람들은 두 가지 부류다. 역 주변에서 볼일이 있는 사람들이거나 아니라면 다른 곳으로 떠나기 위해서 환승을 준비하는 사람들. 이곳에 머무를 이유가 없어 멀리 떠나는 사람들이거나, 다시 이곳으로 언젠간 돌아올 사람들인데 그들은 늘 바쁘기만 했다. 나도 그들처럼 언젠가 돌아올 이곳을 그때는 미처 알지 못하고 그저 바쁘게만 떠나려고 했던 적이 있다. 사당역에서 첫 번째 이별을 통보받던 날. 나에게도 환승에 대한 유혹이 기회처럼 빠르게 찾아왔었다. 나는 그때 분명히 4호선으로 바꿔 탈 생각을 했었다. 그런데 그날 나는 빠르게 행동하지 못했다. 아마 그날 내가 다른 사람들과 같이 역 안에서 빠르게 옮겨 다녔다면 기필코 4호선을 탔을 것이다. 사람들도 생각이 주저하게 될까 봐 뒤도 돌아보지 않고 바쁘지 않아도 바쁜듯 빠르게만 옮겨 다니는 것 같다. 그렇다면 그들의 생각과 행동은 매우 옳은 것일 수도 있겠다는 생각이 들었다. 그날 그 기회의 유혹에 넘어가서 4호선을 탔었다면 아마 지금 이 자리에서 그를 만나러 가는 일은 없었을 것이다. 사당역을 지날 때면 늘 그때의 기억에

사로잡힌다. 처음 겪어 본 이별이어서 더욱 생생한 기억으로 남아 있다. 그 처음이었던 기억이 두 번, 세 번 되풀이되면서 이별에도 면역이 생기는지, 이 사람은 다시 돌아올 것이라는 기대도 하게 됐다. 그의 이별 통보는 간단했다. 사당역 뒤쪽의 골목 안에 있는 최신영화가 구비되어 있다는 디브이디방을 나온 후 바로 그는 나에게 헤어지자는 이야기를 했다. 머뭇거림이나 주저함도 없이 너와는 더 이상 하고 싶은 게 없다는 고백으로 그는 이별을 말했다. 영화를 보고, 분위기 좋은 레스토랑에서 분위기를 잡아 가며 밥을 먹고, 향이 좋은 커피 전문점에서 밥값보다 비싼 커피를 마시면서 손을 잡고, 키스를 하고 섹스를 했다. 섹스를 한 이후로는 더 이상 할 것이 없었던 게 사실이다. 돈이 좀 있는 날이면 만나자마자 바로 모텔로 향했고, 돈이 없는 날이면 최신영화가 구비 된 디브이디방에서 최신영화와는 상관없이 상영 시간이 긴 영화만을 고집하면서 영화 감상보다는 에로 영화 한 편을 찍고 나오기 일쑤였다. 그랬다. 그의 말대로 더 이상 하고 싶은 것도, 할 것도 없었다. 연인들이 섹스를 하게 되면 더 이상 할 것도, 하고 싶은 것도 없어진다는 말을 이해할 수 있었다. 왜 그런 말도 있지 않은가. 주면 차여도, 안 주고 차이는 년은 없다는 말. 내가 그랬다. 다 주고 한 방에 차였다. 아니 우리가 그랬다는 말이 더 정확할지도 모르겠다. 나도 말로 표현을 하지는 않았지만, 그와 만나서 더 이상 할 게 없다는 것에는 충분히 공감했으므로. 그렇게 이별을 통보받았지만, 합의된 이별이나 마찬가지였다. 무엇인가에 합의를 한다는 것은 서로가 같은 마음이라는 것과 동시에 미련이라는 것이 전혀 남아 있지 않다는 뜻이기도 하다. 미련 없이 홀가분하게 이별 통보를 받고 이별해 줄 수 있을 것 같았다. 그와 헤어지고는 자주 가던 레스토랑도, 카페도, 디브이디방도, 모텔도 지나치지 않으려고 애써 멀리 길을 돌아다녔다. 그와 마주치기라도 할까 봐 그가 자주 가던 곳은 될 수 있으면 피했다. 그의 친구들과 연락이 닿는 나의 친구들도 만나지 않았고, 휴대 전화번호도 바꿨다. 그러면 나도 이별을 쿨하게 받아들이는 것이라고 비춰질 수 있을 것 같았다. 아니, 실제로 쿨하게 받아들였고, 그간 드나들었던 디브이디방에서 상영 시간이 길었던 예술 영화만을 보아 와서 그랬는지 미련이 남아서 가슴이 아프다는 식의 이별에 대한 고전적인 신파는 필요하지 않았다. 예술적이지는 않았지만, 충분히 고상하고 만족스러운 이별이었다.

따뜻한 봄날이었다. 바람도 잠잠했고, 볕도 그렇게 따갑지 않은 날. 화창한 봄날이라는 표현이면 아주 정확한 말일까. 그렇게 태연한 척 겨울을 보내고 나니, 생각도 하지 못한 날 그에게서 전화가 왔다. 어디서 어떻게 바뀐 전화번호를 알아냈는지는 물어보지 않아서 모르겠지만. 잘 지내는지 궁금하다며 첫인사를 건넨 그는 내게 만나는 사람이 있는지는 묻지도 않고 시간 날 때 얼굴이나 한번 보자며 약속을 잡았다. 사당역에서 헤어졌으니 사당역에서 다시 만나야 한다는 그의 고집에 몇 달만인 줄은 모르겠지만, 한 계절을 보내고 합의된 이별을 했던 우리는 사당역에서 재회를 했다. 그날도 봄비가 내렸다. 자주 만나던 커피 전문점에서 늦은 오후 시간 내내 커피를 마셨고, 이미 섹스를 경험한 우리는 다른 무엇을 해야 할 생각도 하지 못했다-그나 나나 처음 해보는 재회였기 때문에 그다음에 무엇을 해야 할지 아무것도 몰랐을 수도 있다. 재회라는 것이 흔한 연애의 방식은 아니기에 다른 사람들의 경험에 대한 조언을 구하는 것 또한 매우 어려운 법이니-한 계절을 아껴 왔던 그의 넉넉한 경제 사정 덕분에 자주 가던 모텔보다 더 근사해 보이는 곳에서 다른 모든 것을 시시하게 만들곤 했던 섹스를 힘이 다 빠지도록 했다. 온몸의 세포들이 바짝 곤두섰다 사그라지기를 수차례 반복하면서. 그날 이후 뱃가죽이 당겨서 며칠 동안 제대로 웃지도 못했다. 그를 다시 만난 이유를 그때는 아무리 생각을 해도 도무지 찾아낼 수가 없었는데, 지금 생각해 보니 다른 사람과 만나서 이름을 알고, 취미를 알고, 취향을 알고, 식성을 알고, 즐기는 여가를 알고, 모든 것이 시들해지게 만드는 섹스 스타일을 알고 하기까지가 너무 귀찮아서 그랬던 것 같다.

두 번째 그의 이별 통보는 성수역에서 있었다. 겨울이 막 시작될 무렵이었다. 그는 또다시 통보처럼 말을 했지만, 이별 통보라기보다는 고백에 가까웠다. 그의 이별에 대한 이유는 첫 번째처럼 간단했다. 아니 복잡했다. 성격차이로 이혼을 한다는 수많은 부부들의 이혼사유처럼 우리는 취향의 차이로 이별을 해야 했다. 다시 만나기 시작하면서 새로 만난 연인들처럼 거추장스러운 알아가기를 할 필요도 없이 우리는 바로 섹스를 했고, 그것에 익숙해질 무렵 새로운 흥밋거리를 찾아야 했다. 물론 나는 아니었고, 새로운 것들을 계속해서 요구하는 것은 그였다. 텔레비전과 같은 작은 모니터로 보는 영상은 상영 시간이 긴 예술 영화만 고집하였던 그가 아직 미공개된 한정판으로 나온 야한 동영상이라며 함께 보기를 권유했고, 그 동영상의 갖가지 포즈들을 함께 연출하기를 요구했다. 전문적으로 요가를 하는 사람들도 힘겹게 소화시킬 만큼 어려운 체위들이었다. 과연 그런 포즈들이 어떤 성적 흥분을 고조시키는지 아직도 전혀 알지 못하겠다. 그때 그 동영상 속의 남녀가 뒤엉킨 포즈들만 생각하면 가만히 있는데도 온몸이 쑤셔 오는 것 같다. 지하철의 안전선처럼 샛노란 바탕에 별다른 수식어 없이 붉은 글씨로 '성인용품'이라고만 쓰인 성인용품 전문점을 수시로 드나들었으며, 보기에도 낯부끄러운 기구들의 사용을 내게도 권했다. 마치 그는 내게 얼리어답터(early adopter)의 역할을 요구하는 듯했다. 함께 이런 장소에 와주는 것도 고맙게 생각하라는 식의 단호한 거부와 눈 흘김에 그의 눈은 늘 싸늘해졌다. 끈이나 다름없는 레이스로만 이루어진 속옷을 입으라며 생일 선물도 한 번 받아 보지 못한 내게 예쁘게 포장을 하고 레이스로 된 리본까지 해서 선물을 했고, 경제적 지출이 조금 더 있더라도 물침대나 러브체어라고만 쓰여 있는 모텔에 함께 가기를 원했다. 한번은 러브체어에서 잘못해서 바닥으로 떨어지는 바람에 다칠 뻔했다. 그때 처음 섹스를 하다가 죽을 수도 있을 것 같다는 생각을 했다. 그와 나는 취향이 달랐다. 그는 지루해진 섹스에서 새로움을 줄만한 무엇인가를 원했고, 나는 익숙한 것이 좋았다. 요즘 텔레비전에서 자주 떠드는 말로 표현을 하자면 그는 진보였고 나는 보수였다. 그의 입장에서 보면 나라는 사람은 꼴통 보수였을 것이다. 어쨌든 그렇게 취향이 다른 우리는 한쪽이 지쳐서 또 이별을 하게 되었다. 지친 것은 그였다고 말했지만, 나 역시 지치기는 마찬가지였다. 그는 그대로 새로운 것에 대해 요구를 하는 데 지쳤을 것이고, 나는 나대로 새로운 것에 대해 거부를 하느라 지쳤다. 받아들이는 일도, 거부하는 일도 모두 힘겹던 섹스. 누가 그랬던가. 섹스는 신이 인간에게 준 가장 아름다운 선물이며, 인간이 동물과 다른 점은 섹스를 즐길 줄 안다는 것이라고. 그는 섹스를 선물이라고는 생각하는 듯했으나 즐기는 타입은 아니었다. 꼴통 보수인 나는 말 그대로 즐기기만 원했던 것이다. 이런 나를 두고 철학을 전공한 그는 훈고학파라고 정의 내리기도 했었다. 어쨌든 이별을 고백하는 그의 멋스러움으로 인해 우리는 두 번째 이별을 익숙하게 처리했다. 아무래도 두 번째였으니까.

　성수역을 지나는 전철 안에서도, 전철 밖에서도 사람들의 얼굴엔 표정이 없다. 마치 마네킹처럼. 기계의 정해진 동선처럼 움직이기만 할 뿐. 내가 이렇게 재회에 대한 신앙 같은 성지순례를 하는 것도 저들에게 같은 모습으로 비춰지지는 않을까 하는 염려에 입을 삐죽거려 보기도 하고 눈을 크게 부라려 보기도 했지만, 아무도 관심을 가지지 않는 듯했다. 나의 기억과 다르게 전철은 주춤거리지도 않고 빠르게 다음 역을 향해서 달렸다.

　　　　연　우　의　여　름

그의 목소리가 전화기를 타고 다시 나의 귀에 들어온 것은 그 이듬해 봄이었다. 여전히 크리스마스 선물과 생일 선물을 연인으로부터 받지 못하고 한 살만 더 먹는 의미 없는 일을 한 겨울이 지나고 막 촉촉한 봄비가 내리던 날이었다. 나의 의사와는 전혀 상관없이 그의 고집대로 성수역에서 헤어졌으니 성수역에서 다시 만났다. 서로에 대해서 더 이상 알아야 할 것도 없고, 알려고 하지 않아도 되었기에 우리는 만나는 날 바로 모텔로 향했다. 만나서 그간의 안부를 묻고, 커피를 마셔 가며 서로의 그간 행적을 더듬는 일 따위는 허례허식이나 다름없었다. 오랜만의 재회임에도 나는 그의 취향을 정확히 기억하고 있었고, 물침대와 러브체어라는 글자가 간판보다 크게 노출되어 있는 모텔을 고르는 데 내가 더 정열적이었다. 물론 초고속 인터넷 가능이라는 문구도 꼭 필요했다. 그래야 그의 모든 취향을 만족하게 할만한 요건이 충족되었기 때문이다. 그의 취향이 한 계절 사이에 바뀌지 않았다면. 그가 좋아하던 레이스로만 짠 속옷과 포장도 뜯지 않은 채 책상 서랍 깊숙하게 처박혀 있던 최신형이라는 말과 고급이라는 문구가 붉은색으로 덧칠되어 있던 최신형 고급 무선 딜도까지 챙기는 것을 잊지 않았다. 내 예상대로 그의 취향은 변하지 않았다. 그렇다면 변해야 하는 것은 나였다. 충분히 변할 수 있을 것 같았고, 그러려고 노력했다. 물침대와 러브체어, 초고속 인터넷, 성인용품 전문점, 모텔이라는 단어만 머릿속에 넣고 다녔다. 꼴통 보수의 파격적이고 의미심장한 전향이었다. 전향이 배신이라는 말과 같이 들리기도 하겠지만, 나의 전향으로 말미암아 배신을 당했다고 땅을 치며 통곡할 그 어떤 무엇도 있질 않기 때문에 전향이라는 말이 맞았다.

　나의 전폭적인 전향에도 불구하고 겨울이 되자 그의 고백 같은 이별 통보는 선언처럼 선포되었다. 신림역이었다. 사람들이 붐비는 시간대를 제대로 고른 그는 인파에 밀리면서 나를 앞에 두고 만나야 할 여자가 너무 많다는 말을 했다. 선언이었다. 전향자에 대한 아량 따위는 전혀 없는 일방적인 선언이었다. 나는 그때야 처음으로 나의 전향이 배신일 수도 있다는 생각을 했다. 다른 누구도 아닌 내가 땅을 치며 통곡이라도 하고 싶은 심정이니. 파기할 의사는 전혀 없는 듯 그는 여기 지금의 역처럼 자기가 너무 붐빈다는 말을 했다. 단호하고, 또 강한 어조로. 이번에야말로 제대로 차였던 것이다. 나의 의사 내지는 암묵적인 동의라고는 전혀 없이 전향서를 받아 들고는 쓰윽 미소를 짓더니 뒤돌아서서 사형 선고를 내려 버리는 잔인한 문명들처럼, 그는 잔인하게 이별을 선언했다. 그가 붐비리라고는 전혀 예상하지 못했다. 그와 같은 취향을 공유할 수 있는 사람들이 많다는 것에 동의할 수 없었다. 강하게 부정도 해보았지만, 많은 인파에 떠밀리듯 멀어지는 그의 뒷모습은 전혀 흔들리지 않았다.

　전철은 시청역을 빠르게 지나면서 신림역으로 가까이 가고 있었다. 다시 그를 만나지 않으리라. 그의 취향에 대해서도 다시 기억해 내지 않으리라 마음먹었던 나지만, 그의 전화를 받고 다시 그를 만나러 가는 길에 어쩌면 또 돌아올 수도 있을 것 같은 신앙과 같은 믿음을 가지고 성지순례 하듯, 레이스가 하늘거리는 속옷을 입고, 핸드백엔 포장도 뜯지 않은 최신형 최고급 무선 딜도를 깊숙이 넣어 가지고, 휴대 전화의 고리로 사용되는 USB 메모리 가득 신음 소리를 저장한 채, 삼보일배를 하는 심정으로 역 하나하나를 되짚어가고 있었다.

어쩌면 진짜 그의 취향은 봄부터 겨울까지만 지속하는 연인 관계였거나, 그동안 이루어지는 섹스였을지도 모른다는 생각이 든 것은 당산역을 막 지날 때였다. 하나하나 되짚어가는 심정으로 역 하나하나를 더듬는 세 번의 기억이 합쳐지면서, 앞으로도 또 이럴 수 있을 것 같다는 생각이 온몸을 휘감았다. 손끝에서 느껴지는 감각은 하나도 없고, 오로지 반복되고 있는 순환, 순환선 안에 탄 또 다른 순환. 그는 언제나처럼 신림역에서 나를 기다릴 것이고, 우리는 만나서, 이전보다 신이 인간에게 내린 선물을 더 진화된 형태로 누리면서 동물과 인간의 차이점을 명확하게 체험할 것이다. 그리고 또 겨울이 오면 어쩌지? 순간 온몸을 소름처럼 타고 오르는 한기. 문래역으로 전철이 들어서고 금을 밟으면 죽는다던 불문율에 익숙해진 사람들은 안전선을 밟지 않으려 한 발짝씩 뒤로 물러났다. 신림역까지는 한 정거장. 자리에서 일어나서 전철에서 내리는 한 무리의 사람들 사이에 섞였다. 주저하지 않고 노란 안전선을 꾹 밟았다. 이것은 내가 처음이자 그에게 하는 마지막 선언인 셈이었다. 이별 선언.

신도림역 안에서 스트립쇼를 해야겠다는 어느 대중 가수의 노래가 귀에 윙윙거렸다. 스트립쇼를 할 수만 있다면 꼭 신도림역이 아니어도 상관없었다. 문래역이라도 나쁠 건 없다고 생각했다. 나의 선언이 꼭 그의 앞에서 이루어지지 않아도 상관없었다. 떠나는 전철의 소리가 등 뒤에서 와글거렸다. 마치 나의 선언에 박수를 보내는 모양새로. 휴대 전화를 꺼내 전원을 껐다.

✳

유독 헤어지는 이유만 말해 왔던 그에게 다시 만나야 하는 이유를 말하는 건 무척 힘든 일이었을지도 모르겠다. 그래서 그는 늘 헤어지는 이유에 집착했을지도 모른다. 한 번도 말을 하지는 않았지만 그를 계속해서 다시 만나고 헤어지는 이유란 게 내게 있어선 매우 간단했다. 그가 좋아서도, 그를 죽도록 사랑해서도 아니었다. 이전에 만났던 다른 사람들과는 달랐다거나, 그가 유독 매력적이어서도 아니었다. 그는 사람에 대해 질리지 않게 하는 타이밍을 매우 잘 알고 있었다. 무엇이든 생각하면 5분 이내에 결정을 내리고 마는 급한 성미-자동차를 살 때도 인터넷 쇼핑에서 장바구니에 담으려고 생각하는-를 가진 내가 그만큼 빨리 싫증도 낸다는 것을 그도 알고 있었던 것 같다. 생각해 보면 그는 늘 정확한 타이밍에 이별을 고백하거나 선언했다. 그리고 항상 우리는 그의 선언이나 고백에 걸맞은 합의된 이별을 했다. 무엇보다 재회라

연 우 의 여 름

는 행사가 매력적인 이유는 사전작업이 전혀 필요 없다는 것이었다. 지난겨울 동안만의 일만 서로가 묵인해 두기로 한다면 한 계절이 지나고 만나도 어제 만났던 사람들처럼 편안해질 수 있기 때문이다. 그래서 그랬던 것 같다.

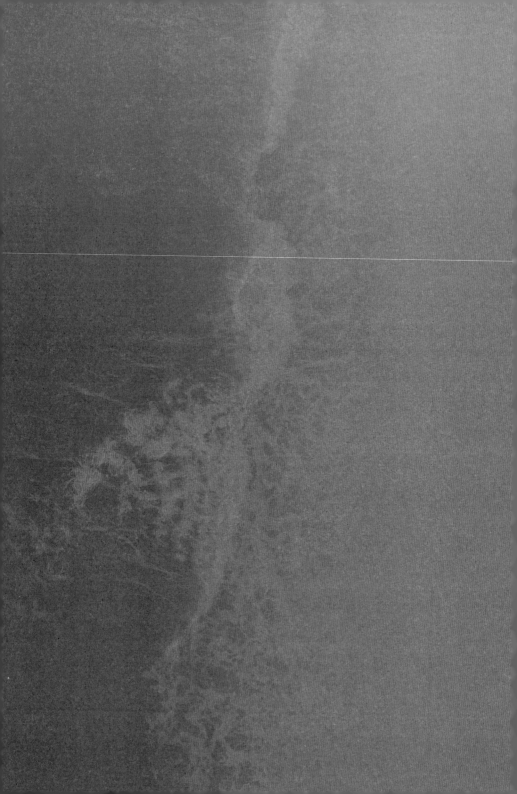

열두 폭
자동 사계
산수도
병풍

눈을 뜨고 상황을 직시했을 때 나를 둘러싸고 있는 황당무계한 일들이 어처구니없게도 오래전 그녀와 함께 데이트를 즐겼던 회전식 전망대와 함께 머릿속에서 뒤섞이고 있었다. 맑은 밤이면 도시의 야경이 1시간에 한 번씩 눈앞에서 파노라마로 펼쳐지던 그곳에서의 달콤하던 식사를 이런 상황에서 떠올린다는 것이 아이러니하겠지만, 나는 그랬다. 도시가 한눈에 내려다보이는 높은 건물 위에서 1시간에 한 눈금씩 회전하는 시계의 시침에 몸을 꽁꽁 묶인 채, 동서남북을 하루에 두 바퀴씩 돌고 있는 사람을 상상해보라. 그 사람이 남자인지 여자인지는 중요하지 않다. 어차피 혼자뿐인 이 상황에서 성적인 유희는 의미가 없고, 또 생각조차 할

연 우 의 여 름

수 없기 때문이다. 도대체 누가 내게 이런 몹쓸 짓을 했는지도 모르겠다. 이 일과 관련해서 기억나는 것이라곤 전혀 없다. 이와 비슷한 '올드 보이'라는 영화가 떠오르긴 하는데 살아오면서 그렇게 누군가로부터 증오를 살만한 일이 없었기 때문에 더더욱 지금의 이 상황을 이해하고 설명하기 어렵다. 수염이 얼마나 자랐는지라도 만져 볼 수 있다면 어림짐작은 하겠는데 온몸이 움직이질 못한다. 내 의지로 움직일 수 있는 것이라곤 입과 혀와 눈, 그리고 손가락과 발가락뿐이고, 내가 기억할 수 있는 것이라곤 이 상황을 인식하게 된 지 정확히 3일이 지났다는 것뿐이다. 어쩌면 그것도 정확하지 않을 수 있다. 나를 묶고 있다고 생각되는 시계의 시침이 1시간에 한 눈금이라는 것은 온전히 나의 생각일 뿐 그것이 정확한가에 대해서는 장담할 수가 없다. 내 곁에서 나를 증명해 주거나 상황을 이야기해 줄 어느 누구도 없고, 또한 누가 묻거나, 그것에 대해서 증명해야 할 일도 아니기에. 그래서 그냥 믿기로 했다. 이루어질 수 없는 사랑을 하다가 높은 첨탑에 갇혔던 동화 속의 수많은 공주가 과연 이런 기분이었을까. 아마 아니었을 것이다. 그녀들은 뜨겁게 사랑이라도 했으니 나보다는 덜 억울했을 것이다. 그리고 그녀들은 항상 용감무쌍한 왕자가 백마를 타고 한달음에 달려와서 구해 주지만, 나는 누구도 나의 부재를 알 길이 없고, 나를 구해 주려는 사람들도 없을 것이기 때문에 그녀들과 나는 달라도 너무 다르다. 출신 성분만 해도 하늘과 땅 차이가 아닌가. 젠장이다. 그러면 대체 왜 무엇 때문에 내가 이 높은 첨탑에 갇

히게 된 것일까. 꼬리에 꼬리를 물고 크기를 더해 가던 의문을 포기하기 시작한 것은 눈을 뜨고 나서 일주일을 넘길 무렵이었을 것이다. 아무것도 먹지 못했으므로 배설이 없다는 것은 이해가 되었지만, 허기를 느끼지도 못하고 그럼에도 불구하고 살아서 생각할 수 있다는 것이 이해가 되지 않던 그때쯤, 그냥 상황을 즐기기로 마음먹었다. 지금에 와서 생각해 보면 그것은 즐기려고 마음을 먹었다고 하기보다는 체념에 가까웠다. 기억이 뚝 끊긴 지난날과 전혀 보장받을 수 없는 미래에 대해서 할 수 있는 노력이 하나도 없다는 것을 깨달았다는 표현이 더 옳은 표현일까. 늘 같은 시간에 움직이는 도시의 모습을 내려다보는 것으로 새로운 낙으로 삼기로 마음먹었다. 솔직히 말하면 그것 말고는 할 것이 없었기 때문이었다. 이젠 남아 있는 친구들이 하나도 없는 고향 생각, 빌려준 돈을 갚지도 않고 소식을 끊은 괘씸한 친구 생각, 본방 사수에 열을 올리며 바보상자 앞에서 바보가 되도록 만들었던 드라마 생각, 현생 인류가 가진 가장 큰 고민거리인 식사메뉴의 선택에 있어서 늘 제일 먼저 생각이 났지만 제일 먼저 제외하곤 했던 자장면 생각, 해결해야 할 날이 해결한 날들보다 더 많은 대출 생각, 내년 겨울에는 꼭 다녀올 것이라며 한여름 내내 가슴에 품고 살았던 안나푸르나 생각, 며칠째인지도 모르지만, 배경음악의 업데이트는 고사하고 댓글도 한 줄 달아 주지 못한 미니 홈피 생각, 생면부지의 나에게 대출을 해주겠다며 지겹게 문자를 보내 오던 스팸 문자 메시지계의 대부 김 실장의 씹어 버린 문자 메시지 생각, 극심한 건

망증에 소심함까지 완벽하게 갖춘 주인 때문에 하루에도 몇 번씩 밥을 먹을 수 있었던 금붕어 금이와 붕이 생각, 미처 다운로드를 완료하지 못해서 결말에 대한 아쉬움이 가슴 벅차게 남아 있는 내용도 대사도 필요 없는 동영상 생각. 죽음에 대해서도 생각해 보았다. 지금 내가 죽은 영혼인가 하는 생각. 영혼이 이런데 이렇게 꽁꽁 묶여 있다는 것이 너무 우스워서 그것은 아니라고 쉽게 단정 내렸다. 유체이탈이라는 것도 생각해 보았지만 내가 알고 있는 상식의 선에서 유체가 이탈한다는 것은 어불성설이나 다름없다고 늘 생각해 왔으므로 그것도 깊이 생각하지 않았다. 정확히 말하면 그것을 깊이 생각할 지식 자체가 없었다. 내가 유체이탈이라는 단어를 생각해 낸 것만도 대견한 일이었다. 생각만으로 버틸 수 있는 시간은 딱 일주일이었다. 그 후엔 생각마저도 완전히 고갈된 상태라 뇌가 텅텅 비어서 다른 무엇을 더 생각할 만한 것이 없었다. 스스로 그런 것은 아니지만 어쨌든 뇌가 비어 버리니 마음도 비어 버리는 것 같았다. 모든 것을 다 비웠다고 생각하고 있을 무렵, 비어 버린 뇌와 마음에 욕심이 생기기 시작했다. 그것에 먼저 반응한 것은 눈이었고, 눈으로 들어와 가득 찬 것들이 그다음엔 뇌와 마음까지 차곡차곡 채우기 시작했다. 다 비우면 끝날 줄 알았는데, 다시 무엇인가가 찬다는 게 신기하기만 했다. 쌓이면 비우고, 다시 쌓이면 또 비우기를 반복하던 어느 날 뜻하지 않게 세상에서 가장 아름답고 커다란 병풍이 하나 생겼다. '열두 폭짜리 사계 산수도 병풍'. 계절마다 내가 원하지 않아도 지루할 때가 되면 알아서 풍경이 변하니 자동이라는 말을 슬쩍 끼워 넣어도 될 것 같아 '열두 폭 자동 사계 산수도 병풍'이라고 그것의 이름을 지었다. 이름까지 붙이고 나니 술병에 일본 자본설은 근거 없는 악성 루머이며 순수 민족 자본에 의해 설립된 회사라는 안내 문구가 경고문처럼 붙어 있는 술을 마시고 초밥을 먹으러 갈 일을 생각하는 것보다 흥미진진해졌다. 당장 날이 밝았으면 좋겠다는 생각뿐이었다. 무엇부터 해야 할까 고민하다가 해가 졌고, 달빛이 흐릿해져 달그림자가 지워질 때쯤이 돼서야 잠이 들었다. 지금에 와서 생각해 보니 그때 나는 하루하루가 다르다는 생각은 미처 못 했던 것 같다. 그걸 알았더라면 아마 '열두 폭 자동 사계 산수도 병풍'이 아니라 '열두 폭 자동 삼백예순 사계도 병풍'이라고 이름 지었을 것이다. 우여곡절을 겪으면서 이렇게 된 마당에 그런 시시콜콜한 것들은 중요하지 않다. 중요한 것은 내가 부르면 그것이 어떤 것이든 될 수 있다는 것이다.

눈을 떴을 때는 해는 아직 뜨지 않았으나, 내 앞으로 보이는 도시의 형체는 희미하게나마 그 짜임을 알아볼 수 있었다. 병풍의 첫 번째 폭은 수묵 산수화였다. 비로소 창세기처럼 거창하지는 않지만 내겐 감격스러운 첫 풍경이 펼쳐진 것이었다. 비록 나를 둘러싼 사방 중에서 미세한 일부분이지만 눈앞에 살아 있는 무엇인가가 펼쳐진다는 것은 감격스러웠다. 오르가슴의 여섯 배 정도의 짜릿함이라면 설명이 될까? 나는 그 첫 번째 폭의 시각을 '오르가슴의 여섯 배 시'로 부르기로 했다. 가장 멀리 보이는 산이 그 형체만 요염하게 드러내고 있고, 발아래 도시는 아직 덜 깨어난 듯, 한산하다 못해 고즈넉하다. 건물들도 발기된 남성의 성기처럼 불끈불끈하기만 할 뿐, 하나 이상의 감정은 내보이지 않았다. 건물과 건물 사이의 골목에는 나란히 줄지어 선 가로등이 아직 꺼지지 않았고, 그 밑을 지나는 사람도, 강아지도, 하다못해 불법투기 된 음식물 쓰레기를 흩어 놓는 도둑고양이 한 마리도 보이지 않았다. 보이지 않는다는 것이 부재한다는 것은 아니니 그런 사소한 것까지 그 시간에 담아 두려는 노력할 필요는 없어 보였다. 그것들은 시간이 지나서 해가 뜨면 원하지 않아도 성큼성큼 무섭게 다가올 테니, 한가함만을 즐기기로 했다. 보이지 않으니 말해 줄 것도 없고, 말해 줄 것이 없으니 애써 말하려 하지 않아도 되는 시간을 명상의 시간쯤으로 여기기로 했다.

눈을 감고 조용히 명상에 잠겨 있을 때, 소리도 없이 내 몸이 움직였다. 잠을 잔다고 해서 뭐라고 혼낼 사람도 없는데, 학창시절 수업시간에 졸다가 선생님이 던진 분필에 맞은 것처럼 화들짝 놀라며 눈을 떴다. 원래 아날로그 시계의 시침이라면 초시계가 움직일 때마다 아주 조금씩이라도 움직여야 하지만 나를 묶어 두고 있는 시계는 그런 아날로그의 낭만을 알지 못하는지 예고도 없이 갑자기 턱 하고 움직였다. 한 폭의 그림이 다시 나타났다. 이전의 그림보다는 조금 더 생동감이 느껴졌다. 도시의 구석진 곳까지 밝아졌으며 가로등도 꺼졌다. 어둠을 틈타 도시를 어지럽혔던 온갖 오물들이 길바닥에 널브러져 있는 것이 보일 정도였다. 건물들이 눈처럼 매달고 있는 유리창마다 환하게 불이 켜졌으며 멀리 있던 산들도 이빨을 살짝 드러낸 미소처럼 제빛을 드러내 보이고 있었다. 청소차가 골목마다 분주하게 오물들을 치워 냈고, 간혹 좁은 골목에서 청소차를 마주하는 차들이 난감해하는 모습이 내게 웃음을 만들기도 했다. 아마 내가 여기에 없었다면 그 시각 즈음에 나도 다른 사람들처럼 잠에서 깨서 담배를 긴 호흡으로 빨고 있었을 것이다. 상상하고 나니 아침 이부자리에서 피우는 담배의 맛이 입안에 감돌다가 목으로 넘어가서 폐를 채웠다가 다시 입으로 넘어왔다. 그래서 그 시각을 '상상의 시'라고 부르기로 했다. 그러고 보니 골초이던 내가 담배를 피우지 않게 된 것도 참 다행스러운 일이다. 지금까지 '상상의 시'에 눈을 비비며 상상으로만 담배를 피웠을 뿐, 담배를 피우고 싶다는 생각을 한 번도 하지 않았으니, 지금 이 상황이 고맙기까지 하다. 그래서 난 그 시각을 '고맙고 고마운 시'라고 고쳐 부르기로 했다. 어떻게 부르든 그건 내 마음이니까.

또 한 눈금으로 예상되는 만큼 병풍이 움직였다. 움직인 것이 내가 아니라 병풍이었을지도 모른다. 그러나 그런 것은 크게 상관이 없다. 어느 것이 움직이든 다른 하나는 움직이지 않는다는 것이 중요할 뿐, 같이 움직인다면 내게 생긴 귀한 병풍은 한 폭짜리밖에 되지 않으니, 꼭 어느 쪽이 움직이고 말고 할 이유는 없다. 차량의 경적소리와 사람들의 발걸음 소리, 엄마가 아이 학교에 가라고 깨우는 소리, 저 멀리 약수터에서 사람들의 등이 나무와 부딪치는 소리, 도둑고양이가 숨죽이고 가만히 숨어드는 소리, 전철이 지하에서 지상으로 올라오는 소리, 자동차 시동이 걸리지 않아 보험회사 긴급출동 서비스를 부르는 소리, 소시지와 햄을 앞에 두고 반찬 투정을 하는 소리, 꽃이 최대한 우아하고 품위 있게 열리는 소리……. 그렇게 소리들이 몰려왔다. 하나도 보이지 않았다면 그 소리들이 '육해공 특선 짬뽕'처럼 뒤죽박죽이 되어 들려왔을 텐데, 그나마 보이는 것이 있어서 소리가 하나씩 깨어났다. 그 시각은 '소리가 깨어나는 시'라고 부르기로 했다. 소리는 게을러서 나보다 조금 늦게 깨어난다는 것을 알았다. 잠깐, 그러고 보니 내 귀와 눈이 한계를 잃어버린 듯하다. 마음만 먹으면 어디의 것들이든 보고 들을 수가 있으니 이것 또한 대단한 발견이다. 소머즈였던가. 아주 오래전 한집안의 장남이라고 귀여움을 독차지하면서 텔레비전 화면까지 독차지했던 시절 지금의 나와 비슷한 능력을 갖췄던 외국의 여자가 악당을 물리치던 이야기의 주인공 이름이 소머즈였을 것이다.

나인지 병풍인지 중요하지는 않지만, 또 한 칸을 이동하자 모든 사물이 명확해지면서 소리가 사라졌다. 하늘도 제빛을 가졌고, 강물도 물빛을 제대로 섞고 있었다. 하다못해 소리만 가졌던 바람마저도 제 색으로 허공에 채색하고 있었다. 아직 등장할 시간이 아니었는지 구름은 없었다. 몇 군데 건물에서 빨래 바구니에 꾹꾹 눌러 담은 빨래를 들고 옥상으로 올라온 사람들이 꼬깃꼬깃해진 빨래를 툭툭 털어 펼치더니 각자의 구구절절한 사연을 우주로 보내는 것처럼 빨랫줄에 널었다. 빨래를 탁탁 터는 모습들이 모두 똑같았다. 모두 똑같이 그렇게 SEND 버튼을 누르는 것 같았다. 그렇다면 바람은 그것을 메시지로 만드는 메신저가 아닐까 하는 기가 막힌 상상을 해보았다. 그 너머에선 송신을 마친 여자가 사라지자마자 나이가 꽉 찬 여자 가슴처럼 무릎이 봉긋하게 튀어나온 트레이닝복을 입은 남자가 하늘거리는 여자 속옷을 걷고 있었다. 무엇에 쓰려고 하는지는 알겠는데, 덜 마른 빨래를 걷어다가 어디에 어떻게 말리려는지. 얼마나 많은 속옷을 쌓아 두어야 저 남자의 발기가 충족될지. 궁금했지만 그런 부류의 사람들은 여성용 속옷 공장을 통째로 줘도 저런 짓을 할 것이라는 결론으로 궁금증을 풀기로 했다. 무엇보다 중요한 사실은 가슴을 무릎에 매달고 나타났다 사라진 그 남자로 인해 지난 하루 동안 꼬박 그 여자와 그 여자의 가족들이 옷가지에 새겼을 우주로 보내는 메시지는 조작되고 말았다는 것이다. 나는 그 시각을 '속옷이 사라지는 은밀한 시'라고 부르기로 했다. 빨랫줄에서 사라진 여성 속옷은 대체 어디로 모여들고 있는 것일까 아직도 조금 궁금하긴 하다.

　'동공이 쉬기 시작하는 첫 번째 시'가 되었다. 원래는 '동공이 잠시 쉬어가는 시'로 부르기로 했었는데 바뀌었다. 구름 한 점 없는 날씨로 인해 따가워진 햇볕이 여과도 없이 눈으로 달려들었다. 해를 마주할 때마다 눈앞에 아무것도 남질 않고 오직 소리만 남지만, 소리는 뒤죽박죽으로 엉켜서 도무지 어떤 것의 소리인지도 분간하기 어려워졌다. 그 시각을 '광명의 시'라고 쓰면 어떨까 생각했지만 지나치게 광명이므로 쓰지 않기로 했다. 지나친 것은 모자람만 못하다는 세기의 명언을 떠올렸기 때문이다. 손이라도 움직일 수 있다면 손바닥으로 해를 가릴 수 있었을 텐데 그것은 불가능했고, 고심 끝에 생각해 낸 것이 눈을 감는 일이었다. 눈을 감으면 약간의 달빛과 별빛만 받아들일 수 있는 밤만큼 어둡지는 않지만, 눈이 편해질 만큼은 되기에 눈을 감고, '동공이 잠시 쉬어가는 시'라고 쓰기로 했다. 해를 따라 계속해서 같은 방향으로 이동한다면 오랫동안 불행한 시간을 보낼 것 같다는 생각을 하고 있을 찰나 몸이 또 한 칸 이동했고, 역시 햇빛은 예상과 매우 유사하게 일치하면서 아까보다 더 강렬한 세기로 눈을 향해 달려들고 있었다. 해도 나를 따라, 나와 함께 돌았던 것이다. 다시 내가 저항할 수 있는 유일한 방법인 눈을 감았고, 나뭇잎만 떨어져도 눈물을 쏟아 내며 문학 소년의 폼을 한껏 잡고 지내던 시절에 읽었던 시 중에서 삶과 죽음의 거리가 3센티미터라는 구절을 반복해서 음미했다. 나중에 알게 된 그 3센티미터의 심오함이 허무함으로 치환되던 날의 무안함으로 동공과 함께 쉬면서 그 시각을 '눈을 떴다가 다시 감는 시'라고 하기로 하고, 이전의 시각을 '동공이 잠시 쉬어가는 시'에서 잠시라는 말이 틀린 것 같아 '동공이 쉬기 시작하는 첫 번째 시'로 바꾸기로 했다.

　다시 눈을 감고, 한 번의 이동을 겪고 난 후에야 행복하게도 해의 시간과 나의 시간이 엇갈리게 되었다. 돌이켜 보니 이전의 그 시간을 '해의 시'라고 하는 것이 더 좋을 것 같다는 생각도 든다.

어쨌거나 지나간 시간이고, 내가 여기 머물면서 이름 지어 주어야
할 것들이 무수히 많으니 단어는 아껴 두는 것이 좋을 것 같다. 변
덕스럽게 너무 남발하면 나중에는 아무것도 부를 수 없을지 모르
니까 말이다. 오른쪽 엄지발가락 앞쪽에 삐까번쩍하게 거울로 외
장이 마감되어 눈부신 10층 건물의 뒤쪽 도로에서 사고가 났다.
사이렌 소리가 심하게 들리는데 경찰 사이렌 소리와 구급대 사이
렌 소리, 견인차 사이렌 소리, 응급차 사이렌 소리가 제각기 울어
댔다. 그날 처음으로 그들이 하는 일은 비슷하지만 각기 다른 소
리를 가지고 있다는 것을 알게 되었다. 다른 그것들이 모여서 함
께 내는 소리는 정말 아름답게 들렸다. 나와 다르게 사지가 자유
로운 사람이라면 가까운 곳에서 듣지 말아야 할 소리가 아니던
가. 그런데 내 귀에는 불행 앞에서만 울리는 그것들마저 아름답
게 들렸다. 커피 자판기에서 커피 나오는 소리 같기도 하고, 공중
전화에서 동전 떨어지는 소리 같기도 하고, 몰래 훔쳐보던 여탕의
샤워기 물 쏟아지는 소리 같기도 하고, 인자하게 키스해도 된다
며 팁을 더 달라는 주문을 외던 황제 룸살롱 김 양의 말소리 같기
도 한 것이 듣기에는 꽤 괜찮았다. 아마 그들이 하는 일이란 게 사
람의 생명을 소중히 다루어야 하는 아름다운 일이기 때문에 그랬
던 것 같다. 세 사람이 피를 흘리고 누워 있고, 두 대의 차가 형체
를 알아보기 힘들게 구겨졌지만 비명은 전혀 들리지 않았다. 그중
에서 한 사람은 3일 후에 아름다운 볕을 쐬지 못하고, 지상과 영영
이별했던 것으로 기억된다. 안타깝지만, 그 사람도 자신만의 첨탑

을 찾아 올라가 앉을지 모를 일이니 슬퍼하지 않아 줬으면 좋겠다. 그렇게 된다면 나의 처지도 매우 슬픈 일이 되므로, 나를 봐서라도 아름답게까지는 아니더라도 담담하게 넘어가 주었으면 좋겠다. 나도 그랬으니까. 그 시각을 단순하게 '사이렌과 화음의 시'라고 부르기로 했다. 때론 단순한 게 살아가는 데 큰 도움이 되기도 하는데, 그 경우가 그랬던 것 같다.

사람들이 거리로 몰려나왔다. 바쁘게 걷다가 또다시 어디론가 사사삭 사라졌고, 잠시 후 다시 나타나서 처음에 나왔던 건물로 들어갔다. 나는 그것이 무엇인지 아주 잘 알고 있었다. 나뿐 아니라 내가 아는 모든 사람이 월급날을 기다리는 심정으로 매일같이 기다리고 기다렸던 점심시간이었다. 대부분의 사람들은 먹기 위해 살지는 않는다고 말하지만, 식당에 앉아 밥을 먹거나 먹기 위해 줄을 서서 기다리고 있는 사람들을 보면 실제로는 먹기 위해 사는 것처럼 보였다. 그러니 가장 기다리는 시간이라는 말은 아주 틀린 말이 아닐 것이다. 인류를 구원하겠다며 단식 투쟁인지 단식 체험인지를 하던 그 어떤 사람들만 빼고, 다이어트를 한다던 사무실의 미스 김도, 다이어트가 끝났다던 거래처의 미스 최도, 국가와 국민을 위해 목숨을 걸겠다고 맹세만 하던 박 중사도 이 시간만큼은 절대 굶지 않았던 시간. 산골짜기 맑은 볕 아래서 삼대째 된장독을 닦는다던 종갓집에서 공수해 왔다며 애절하게 원조에 진짜 원조를 덧붙이며 외치던 사천 원짜리 된장찌개를 먹고, 알아먹지도 못하는 이국땅의 어느 도시에서부터 넓은 바다를 하늘로

건너와서 값이 비싼 건지는 모르겠지만 삼백 원짜리 자판기 커피
보다는 한참 정감이 떨어지지만 리필까지 되는 오천 원짜리 커피
를 맛도 모르고 마시고, 담배 한 개비를 검지와 중지 사이에 걸치
면 삼천 명의 궁녀들과 평생을 희희낙락했다던 전설의 군왕도 전
혀 부럽지 않았던 점심시간. 기억을 상상하는 것만으로도 입안에
1급수 샘이 솟았다. 게걸스럽게 개처럼 침을 질질 흘린다는 말이
아마 그때 내 모습에 매우 적확한 표현이었을 것이다. 그 시각을
이번엔 좀 문학적으로 '행복했던 기억의 시'라고 부르기로 했다.

  깜빡 졸았다. 무엇이든지 자꾸 하다 보면 습관이 된다는 말처
럼 지나간 한때였지만 그 사람들처럼 살았던 과거의 습관 탓이었
을 것이다. 그것이 나쁜 것이든 좋은 것이든 습관은 잘 고쳐지지
않는 것 같다. 경험으로 미루어 볼 때 나쁜 것이라면 더더욱 그런
것 같기도 하고. 다들 나와 같이 잠깐씩 졸음을 붙잡고 있는지 도
시는 쥐 죽은 듯이 너무도 조용했다. 그 광경은 장 프랑수아 밀레
(Jean-Francois Millet)의 「이삭 줍는 여인들」이라는 그림을 떠올리게
했다. 추수가 끝난 황금빛 들판에서 이삭을 줍고 있는 나이 든 세
농촌 여인의 모습을 그린 그림이라면 누구든 '아 그거' 하면서 그
림을 떠올리는 일이 어렵지 않을 것이다. 남자들이라면 '이발소
그림'이라고 말하면 쉽게 알 수 있을 텐데. 일하는 사람들의 움직
임과 소란스러움이 멀리 원경으로 밀려나 있고 화면에는 깊은 정
적만 잠겨 있어 세 사람의 모습에서는 엄숙함까지 느껴지게 하는
그 그림과 그때가 장소나 상황은 다르지만, 분위기는 매우 유사하

게 느껴졌다. 도시마저 졸고 있는 것은 아닌지 조금 걱정이 될 정도였다. 아무것이나 생각을 하면서 머리를 굴리면 졸음이 싹 달아날 것으로 예상하고 밀레의 풀네임까지 짜내고 짜내서 생각했건만 졸음은 좀처럼 떨어져 나가질 않았다. 등 따시고 배부르면 졸린 것이 인지상정이고, 자빠진 김에 쉬어간다는 말도 있듯이 잠깐 존 김에 아예 잠을 자기로 했다. 그게 정신 건강에 이로울 것 같았다. 그 시각을 '넘어진 김에 쉬어가는 시'라고 부르기로 하고, 잠을 청했다. 막상 잠을 자려고 하면 정신이 맑아지는 통에 한참을 뒤척뒤척거리다가 간신히 잠이 들 수 있었다.

갑자기 들리는 함성에 잠이 깼다. 도로를 점거하고 농성 중인 사람들의 비장한 각오가 잠을 깨웠다. 확성기 소리는 그들과 그들을 막고 있는 양쪽에서 다 울렸다. "해산" "반대" "질서" "폐지". 양쪽은 서로 한 옥타브의 양보도 없이, 같은 크기의 소리와 성량으로 서로 다른 말을 상대방에게 하고 있었다. 한쪽은 죽기를 각오하고 싸우고, 다른 한쪽은 죽기를 각오하고 막아서자며 무슨 독립운동 하는 것처럼 으스스 대는데, 내가 보기엔 죽지 않기 위해서 싸우는 것으로 보였다. 그들은 대체 죽을 각오를 왜 한 것일까. 고민해 보려 하였으나 귀찮아서 그냥 구경만 하기로 했다. 멀리 나와 비슷한 모습으로 그 광경을 구경하는 멋진 사내가 보였다. 번쩍번쩍 빛나는 은색 계급장을 어깨에 달고, 한 손에는 무전기를 잡고, 멋진 선글라스까지 쓰고. 그저 사람은 나보다 자유로워 보였다. 무전기 하나면 세상이 그 앞에 엎드렸다. 그의 말 한마디에

탕탕탕 소리가 들렸고, 몇 사람이 쓰러지고, 몇 사람이 나가떨어졌으며, 많은 사람이 흩어지며, 살려고 죽어라하고 뛰었다. 살았을까, 죽었을까, 그 너머까지는 보지 않기로 했다. 붉은색이라면 가을 단풍이 멋진데, 아직 가을이 멀어서인지 사람들은 피로 붉은색을 칠했다. 그것을 보고 단풍이라 불러도 되는지 누구에게 물어야할지 몰라서 그 시각을 '단풍이 피어나는 시'라고 썼다. 단풍은 피어나는 것이 아니어도 상관없다. 아침을 아버지라고 쓰든, 아버지를 아프리카라고 쓰든, 아프리카를 파프리카라고 쓰든 단풍이 무엇인지는 나만 아는 것이니까.

다시 사람들이 떼를 지어 몰려다니는 시간이 되었다. 마치 그 시간만을 위해서 사는 것처럼 환한 대낮에는 두 발로 뚜벅뚜벅 걷던 사람들이 그 시간이 되자 언제 그랬냐는 듯 시치미를 뚝 떼면서 네 발로 걸어서 어떻게든 집으로 가고 있었다. 집이라고 이름이 붙은 건축물은 참 이로운 것 같다. 같은 건물인데도 직장이라고 이름 붙은 곳에서는 어깨도 제대로 못 펴고 구부정하게 거짓웃음을 지으며 굽실거려야 할 때가 잦은데 집이라고 이름 지은 곳에 네발로 기어들어 갔던 사람들은 하룻밤 사이에 다시 곧추서서 당당한 직립보행을 할 수 있으니 말이다. 낮은 건물들이 줄지어 선 골목의 다섯 번째 가로등 밑에서 바닥에 대고 계속 헛구역질을 하며 자신이 먹은 술의 종류와 안주의 양념까지도 하나하나 꺼내 확인하던 남자는 구토가 멈추자 하늘을 쳐다보더니 결론은 버킹검이라면서 계속 흥얼거렸다. 화음이 있는 노래 같기도 했고,

리듬이 있는 고백 같기도 했다. 귀를 쫑긋 세웠으나 알아들을 수 없는 것으로 봐서 그 남자는 하늘과 소통하려는 것이 아니고 자기 자신의 말을 쏟아 내는 것처럼 보였다. 그런 불경스러운 행동에 하늘이 대답해 줄 리 없겠지만, 그 사람은 절대 멈추지 않았다. 그렇게라도 해야 살 것이니까 그랬을 것이다. 그렇게라도 하지 않으면 돌아 버릴지도 모르니까. 비슷한 행동은 아니지만 나도 그런 경험이 많이 있었기 때문에 잘 안다. 그것이 시간에 이름을 붙이기 시작한 나처럼 그 사람의 유일한 낙일 수도 있으니까. 그래서 그 시각을 '하늘에 삿대질하는 시'라고 쓰기로 했다.

드디어 눈앞에 보이는 것이 줄어들었다. 네 발로 집으로 기어 들어 가던 사람들의 무한한 휴식처가 되어 주느라 피곤했던 가로등과 하늘이 반도 더 갉아먹어 한입 베어 물고 내려놓은 단무지 같기만 한 달과 수전증이 있는 알코올 중독자가 설렁탕에 넣다가 흘린 소금처럼 흩어진 별만 있을 뿐. 소란스럽게 밝은 볕 아래서 우주를 향해 끊임없이 쏘아 대던 소통의 메시지들은 모두 교회의 붉은 십자가 끝으로 모인 듯도 했다. 내가 좀 날씬한 편이라 해가 있을 때에는 눈을 아래로 내리깔면 배가 아닌 발끝은 보였었는데, 그런 것도 보이질 않았다. 보이지 않는다고 없는 것은 아닐 텐데. 내가 눈을 감은 것도 아닌데, 소리만 남기고 모든 것이 사라졌다. 빌딩이 잠자는 소리가 들렸고, 강물이 잠자는 소리가 들렸고, 바람이 잠자는 소리가 들렸다. 보이지 않는다는 건 행복한 소리와 같다는 결론을 얻기도 했다. 모든 것이 고요해지는 시간이기에

'눈이 없는 것들도 모두 잠을 자는 시'라고 이름 붙이고 나도 잠을 청했다.

그다음 날은 전날보다 좀 늦게야 잠에서 깼다. 아마 '오르가슴의 여섯 배 시' 37분쯤 되는 것 같았다. 다시 또 시간에 이름 붙이는 일을 해야 했다. 그다음 날도, 또 그다음 날도, 그리고 그다음 날에도. 현재 시각은 '지나간 이야기를 들려주는 시'이다.

결론은 버킹검이었고, 병풍의 두께는 3센티미터의 심오함과 허무함을 동시에 가지고 있었다.

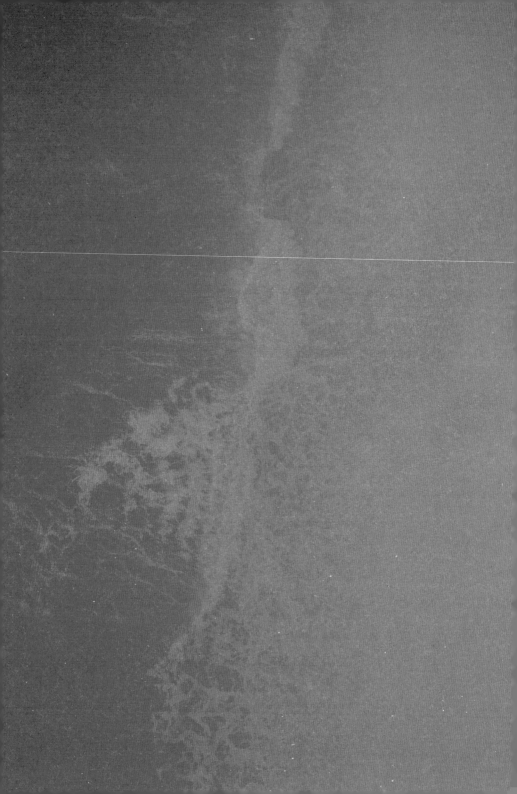

명탐정 J

의뢰인을 만나기로 한 곳은 허름한 다방에서였다. 3층짜리 원룸 건물의 지하에 있는 다방은 한여름 소나기가 지나간 뒤 지하도처럼 분위기가 음산했다. 마치 홍콩 누아르(film noir) 영화를 연상하게 하는 분위기였다. 자주 찾는 단골이 아니라면 그 낯선 분위기에 움츠러들 것만 같았다. 내가 그랬다. 들어서자마자 두리번거리기만 할 뿐 좀처럼 자리를 찾아 앉을 엄두를 내지 못했다. 처음 의뢰인과 약속을 잡을 때만 해도 요즘에도 다방이 있나 싶어 신기하다고 생각했다. 번화가는 아니지만 그래도 어느 구석에선가 껌을 짝짝 씹어 대는 레지와 다방 특유의 냄새와 커다란 수족관, 그리고 운세를 뽑는 재떨이가 있는 다방이 존재했다. 분위기만큼 공기도 탁했다. 커피 향과 지하의 냄새, 남자를 유혹하려는 레지의 화장품 냄새, 손님들의 담배 냄새가 가득 배서 빠져나갈 곳을 찾지 못하고 눌러앉은 듯했다. 작은 테이블과 담배 구멍이 숭숭 뚫린 소파가 음산한 분위기를 한껏 고취해 주눅이 든 것은 사실이지만 신기하기도 했다. 커다란 수족관의 물고기들을 뚫어지게 보고 나서 양손으로 운세 뽑기 재떨이를 만지작거렸다.

어렸을 때 삼촌과 다방에 간 적이 있었다. 그때 보았던 수족관은 수영장처럼 커 보였는데 지금은 그저 큼지막한 수족관으로 보였다. 내 세월의 부피가 그만큼 커졌다는 게 새삼 신기했다. 삼촌은 운세 뽑는 재떨이를 가리키면서 재떨이를 문지르면 램프의 요정이 나온다고 했다. 작은 구멍으로 돈을 넣더니 스위치를 누르니 밑으로 돌돌 말린 종이가 튀어나왔다. 내가 피-하고 입술을 내밀자 삼촌은 그것이 요정이라고 했다. 나중에 안 것이지만 그것이 요정은 아니지만, 잠깐이나마 요정이 하는 일을 해줄 수도 있다는 것을 알았다.

의뢰인은 약속 시간보다 늦었다. 대부분 의뢰인이 먼저 와서 나를 기다렸던 것에 비하면 부탁하려는 사안이 그리 다급하지 않은 모양이라는 생각이 들었다. 그러자 살짝 기분이 나빠졌다. 기분 전환을 할 겸 어릴 때 삼촌이 했던 것처럼 요정이라도 불러 볼 요량으로 재떨이에 백 원짜리 동전을 넣고 운세를 뽑아 들었다.

"뭐래요?"

30대 초반의 다방 레지가 물컵을 테이블에 내려놓았다. 소리도 없이 언제 왔는지. 나는 자위행위를 하다가 들킨 사춘기 소년처럼 살짝 당황했다. 다짜고짜 건네는 레지의 말이 무엇을 뜻하는지 몰라 당황했다. 레지는 껌을 짝짝 소리가 나게 씹었다.

✳

어려서 가출을 밥 먹듯이 한 레지는 고등학교를 진학하면서 그 생활을 그만두기로 하고 남자 친구와 동거를 시작했다. 동거를 시작하면서 부모님과 지내던 집을 나왔으니 가출이고, 남자 친구와 사는 집을 나가지 않으니 가출이 아닌 날이 되었다. 그러던 어느 날, 어린 나이에 할 줄 아는 거라곤 술 먹고 밤새워 노는 것뿐이던 레지와 그의 동거남 사이에서 아기가 생겼다. 부모가 된다는 말에 덜컥 겁이 난 둘은 씹던 껌 뱉듯이 아이를 지웠다. 잠깐이나마 부모가 될뻔했던 무서움이 둘을 갈라놓았고, 레지는 다시 가출하지 않겠다고 마음먹고 남자 친구와 살던 집에서 가출했다. 그리곤 직전에 가출했던 부모님의 집으로 돌아갔다. 레지는 이제 마음잡고 착실히 살겠다며 귀가의 소감을 대신했다. 가족들은 레지의 말을 순진하게 믿었다. 오냐오냐하며 해달라는 것을 다 들어줬고 레지는 가출 후 찾아오는 융숭한 대접에 혹해서 가족들의 관심이 시들해질 때쯤 또다시 가출과 귀가를 반복했다. 레지의 반복된 생활에 가족들도 지쳤고, 고등학교도 졸업했으니 이제 성인이라는 말로 레지를 방치했다. 그렇게 스무 살 겨울, 레지는 영영 집을 나와 버렸다.

　할 줄 아는 거라곤 껌 씹는 일이 전부였던 레지는 껌만 잘 씹으면 된다는 한 남자의 말에 혹해 취업이란 걸 했다. 직종은 유흥업이지만 직장은 다양했다. 룸살롱, 노래방, 다방을 전전하다가 여기까지 오게 되었다. 화려한 가출 전력을 가졌음에도 타고난 끼를 발휘하지 못하고 다방을 지키고 있는 것은 레지의 어마어마한 빚 때문이었다. 유흥에 종사하는 종업원 대부분이 그러하듯 레지도 깍두기 형님들의 동물원 안에서 키워지고 있었다. 자고 나면 빚이 불어나는 일상을 레지는 포기했고, 포기하니 도망갈 필요도 없었다. 그것 말고도 레지를 다방에 붙잡아 두는 이유는 나이였다. 유흥업에서 30대는 정년에 가까운 나이다. 그러니 더 물러서거나 나아갈 곳이 없었다. 마지막 직장인 셈이다. 연륜이라고 해야 할까. 레지는 마지막 직장에서 자신이 해야 할 일을 매우 잘 알았다. 자신이 가장 잘하는 것을 더욱 연마하기 위해 열심히 껌을 씹었다. 잠잘 때와 밥 먹을 때, 이 닦을 때만 빼고 껌을 씹었다. 레지는 어느 분야에서든 최고가 된다는 것은 나쁜 것이 아니라는 말을 좌우명으로 삼았다.

　"아저씨 운세가 어떠냐고요?"
　대답이 없자 레지는 채근하듯 재차 물었다. 마땅히 대꾸할 말이 없어서 그냥 웃기만 하자 레지는 씹던 껌을 더욱 소리 나게 씹으며 주문도 받지 않고 돌아갔다. 내가 뽑은 운세는 간단히 말해 깝죽거리지 말고 조용히 찌그러져 있으라는 거였다. 구설에 휘말리기 쉬우니 말과 행동을 조심하라는 것. 그게 어디 쉬운 일인가? 더군다나 탐정이라는 일을 하면서. 지금까지 많은 만화영화와 소설에 등장했던 명탐정 모두를 살펴보아도 말하지 않고, 가만히 앉아서 일을 해결했던 탐정은 없다. 스승님만 빼고.

✳

스승님은 현재 활동하고 있는 모든 탐정이 존경하는 인물이었다. 앉아서 백 리, 서서 천 리를 본다는 전설의 탐정 X였다. 부산하지 않고 조용히 매처럼, 혹은 두더지처럼 일을 처리했던. 그런 점에서 X의 유일한 제자인 나는 늘 긍지를 가지고 일을 했다. 독재정부가 탐정과의 전쟁을 선포하지만 않았어도 X는 살아서 전설이 될 수 있었다. X는 전쟁에서 탐정들을 구하겠다는 일념 하나로 경찰청장과 담판을 짓고 수용소로 끌려갔다. X가 수용소에 수감된 이후부터 나는 담판 지으러 걸어가던 X의 뒷모습을 닮으려고 했다. 스승에 대한 존경이라기보다는 그저 멋있다는 이유 하나뿐이었다. X는 수용소에서 모진 노역이라는 특별대우를 받다가 3개월 만에 실종됐다. 경찰에서는 실종이라는 말 대신 자살이라는 말로 빠르게 사건을 마무리했고, 자료도 모두 폐기했다. 그렇게 X는 세상의 이목에서 멀어지는 일에도 부산하지 않고 조용히 매처럼, 혹은 두더지처럼 임했다. 나중에 모든 일이 밝혀지고 난 뒤에도 몇몇 탐정들은 아직도 X가 어딘가에 살아 있을 것이라 믿으며 유일한 제자인 나에게 종종 안부를 물어 오곤 했다.

✳

'깝죽거리지 말고 조용히 있으라. 어떤 놈인지 운세 한번 더럽네.'

사실 나는 다른 띠에 동전을 넣고 뽑았다. 일부러. 남의 운세를 엿본 것이 재미있었다.

"시킨 적 없는데."

주문도 받지 않은 레지는 커피 두 잔을 테이블에 내려놓더니 옆에 앉았다. 나도 모르게 반말이 튀어나온 것에 당황해 정정하려 어물쩍했지만, 레지는 늘 있는 일이라는 듯 아무렇지 않게 받아넘겼다. 커피숍에서 아르바이트하는 젊은 여자아이들이었다면 "아저씨 나 알아요?"로 시작해서 "나가 이 새끼야!"라는 말을 할 때까지 속사포처럼 욕을 해댔을 것인데. 다행이라는 생각에 가슴을 쓸어내렸다. 여자들의 어휘라는 것이 남자들의 것과는 달라서 당최 대꾸할 여지가 없다는 것이 어려운 문제였다. 나는 화난 여자들의 대사 앞에선 늘 꿀 먹은 벙어리가 되었다. 화난 여자가 아니더라도 여자들의 문제라는 것이 나에겐 늘 어려운 문제였다. 특히

표면적인 의미와 다른 여자들의 언어습관은 나를 얼어붙게 하는 매우 고약한 무기였다.

"여긴 이것밖에 없어요."

레지는 실실 웃으며 대답하더니 허락도 받지 않고 커피 한 잔을 가져다가 홀짝홀짝 마셨다. 한 모금 마시고 잔을 내려놓고 팔에 기댔다가 또 한 모금 마시고 다시 팔에 기댔다. 여간 귀찮은 게 아니었다. 지루했다. 빨리 떼어 놓는 방법을 생각하고 있는데 문이 열리는 소리가 들렸다. 레지는 팔에 기댄 채 우두커니 문 앞에 서 있는 손님을 쳐다보았다. 나는 레지에게 얼른 일어나라고 보채듯 팔을 툭툭 흔들었다. 그럴수록 레지는 꼼짝도 하지 않고 더 악착같이 팔에 머리를 기댔다. 문을 열고 들어온 남자는 사방을 두리번거리더니 조금 후에 내 앞으로 왔다.

"혹시 J 씨?"

'명탐정 J 씨'냐는 물음을 듣고 싶었는데, 의뢰인은 명탐정이라는 훌륭한 단어를 쏙 뺀 채 그냥 J라고만 발음했다. 내가 멋쩍게 웃으며 고개를 끄덕였더니 의뢰인도 꾸벅 인사를 하고 앉았다. 자리에 앉은 의뢰인은 레지와 나를 번갈아 보고 작은 헛기침을 했다. 의뢰인과 나 사이의 미묘한 기운을 느꼈던지 이번엔 레지가 의뢰인과 나를 번갈아 보더니 자리에서 일어났다. 몸 어디선가 큰 혹덩어리를 떼어 낸 듯 개운했다.

"재미없어."

레지는 껌을 더욱 큰 소리가 나게 씹으며 우물우물 발음했다.

연 우 의 여 름

그러더니 마시던 커피잔을 들고는 따다다 소리가 나게 카운터 쪽으로 뛰어갔다. 나는 레지의 뒷모습을 멍하게 바라보았다. 정확히 말하면 따다다 소리에 맞춰 좌우로 흔들리는 엉덩이에 온 시선을 집중했다. 반쯤 입을 벌리고. 의뢰인은 또 헛기침을 했다. 뭐라도 들킨 것처럼 나도 헛기침을 했다.

"친구를⋯⋯."

의뢰인은 전후설명 없이 친구를, 이라는 말을 하고는 잠시 머뭇거렸다. 잠깐 사이 어색한 침묵이 흘렀다. 탐정을 찾는 사람들이 목적어를 말했다면 그다음을 생각하는 것은 어려운 일이 아니다. 친구를 죽여달라고 탐정을 찾은 건 아닐 테니.

"찾으시게요?"

"네, 좀."

명확하지 않은 답변이었지만 의뢰인의 대답은 긍정을 포함하고 있었다. 만난 지 5분여 동안 암구호를 주고받듯 나눈 대화는 의뢰인과 나의 목적을 달성하기엔 충분했다.

✳

원래 의뢰인은 말이 어눌하고 표현력이 부족한 사람은 아니었다. 초등학교 때 전교 어린이회장을 할 만큼 장래가 촉망되는 소년이었고, 대학 때는 과대표까지 맡아서 하는 적극적인 청년이었다. 군대에서도 자진해서 전방 근무를 했다.

새벽에 휴전선 경계 근무를 하는 날이었다. 철책 너머에서 부스럭거리는 소리가 들렸다. 놀란 의뢰인은 전투 교범대로 크레이모어 지뢰(claymore mine), 수류탄, 소총을 차례대로 모두 써서 부스럭 소리보다 몇억만 배는 더 큰 소리를 만들었다. 그리고 그 작은 소리를 잠재웠다. 날이 밝자 특별휴가에 부푼 의뢰인과 부대원들이 현장을 수습하기 위해 집합했을 때 의뢰인은 특별휴가는 물 건너갔다고 생각했다. 최신 무기의 화력이 현장을 허허벌판으로 만들었다. 지난밤 들렸던 작은 소리의 흔적은커녕 핏방울 하나라도 있었다면 그는 특별휴가를 받아 사랑하는 애인을 하루라도 빨리 만났을 텐데. 그랬다면 애인이 고무신을 거꾸로 신고 입소식 때 같이 왔던 의뢰인의 또 다른 친구와 결혼을 한다는 소식을 전하지도 않았을 텐데. 세금으로 사들인 무기를 허투루 소비했다는 이유로 군기 교육대에 보내졌다. 군기 교육을 받고 온 의뢰인은 매사에 극도로 소심해졌다. 모든 것은 갈고 닦으면 더욱 견고해지고 그 최고의 경지에 이르는 법. 소심해진 의뢰인은 자신의 역량을 갈고 닦아 더욱더 숨어들었다. 말이 어눌해진 것은 의뢰인이 최고의 경지에 이르렀다는 방증이었다.

"친구가."

의뢰인은 양손으로 커피잔을 잡은 채 주어를 말했다. 그리곤 또 몇 분간 소리 나지 않게 입술만 달싹거렸다. 나는 답답해서 속에서 열불이 날 것 같았지만 기다렸다. 의뢰인은 친구를 찾는다는 말보다 친구가 사라졌다는 말을 먼저 했다. 채무 관계나 원한 관계는 아니었고, 친구의 아버지가 위독한데 연락할 방법이 없다고 했다. 다방이 있는 건물의 원룸에 살고 있던 친구는 몇 달 전 여행을 간다는 말만 남긴 채 여행을 떠났다고 했다. 의뢰인이 주어나 목적어를 말하고 나머지를 내가 대답하는 식으로 말하는 사이 레지가 커피를 한 잔 더 가져와 의뢰인 앞에 놓았다. 잠시 머뭇거리던 레지는 의뢰인 옆의 빈자리를 보더니 살짝 웃으면서 짧은 치마의 엉덩이 부분을 두 손으로 가지런히 밀어 내렸다.

"김 양아. 배달!"

레지가 내 눈치를 보더니 의뢰인 옆에 앉으려고 엉거주춤 자세를 취할 때 마담이 부르는 소리가 들렸다.

"어디?"

레지가 앉으려다 말고 고개를 빼서 묻는데 봉긋한 가슴이 훤히 드러나 보였다. 나는 눈을 어디 둬야 할지 몰라 당황했다. 여자란 동물은 언어문제뿐만 아니라 모든 부분에서 내가 컨트롤하기엔 너무 벅차다는 것을 새삼 실감했다. 레지가 자리를 피하자 의뢰인은 친구의 사진을 탁자 위에 올려놓았다. 몇 년 된 거라면서.

의뢰인의 친구는 호남형은 아니지만, 매력적인 얼굴이었다. 허공을 응시하는 눈빛이 무척 공허해 보였다. 배고픈 수도승의 눈빛이거나 실연당한 남자가 일요일 아침에 할 일이 없을 때 창밖을 바라보며 멍 때리는 눈빛. 경험상 그런 눈빛은 여자들에게 잘 통했다. 의뢰인의 친구가 여자들에겐 무척 인기 있었을 것이라고 짐작했다. 의뢰인이 본 친구의 마지막 모습도 사진과 크게 다르지 않다고 했다. 질풍노도의 시기가 지나고 결혼을 하기 전까지 남자들의 외형은 거의 변하지 않으니 나도 지금의 모습과 같으리라 짐작하고 있었다. 간혹 군대를 다녀와서 규칙적인 생활이 몸에 밴 사람은 살이 찌거나 빠진다고 하지만 그것은 소수의 이야기이고, 장담하건대 결혼 전까지의 남자는 사춘기 이후의 모습 그대로다. 물론 정신연령도.

"위에, 또라이."

마담은 무슨 암호 같은 말을 했고 레지는 에이 씨 하면서 터덜터덜 카운터로 걸어갔다.

✳

마담도 김 양이라고 불리는 레지와 같은 처지의 생활을 오랫동안 했다. 그 계통에서는 소위 엘리트 코스라는, 가출을 밥 먹듯이 하다가 여기저기 팔려 다니면서 깍두기 형님들의 우리에 갇혀 지내던 어느 날, 지금의 남편이 빚을 다 갚아주고 같이 살자며 프러포즈를 했다. 마담과 레지가 속해 있는 계통의 용어를 빌리자면 마담에게 로또였다. 이게 웬 떡인가 싶었던 마담은 남편의 프러포즈를 덥석 물었다. 몇 년만 살다가 도망가야겠다고 했던 처음의 계획은 살다 보면 정든다는 말을 증명하면서 수포로 돌아갔지만, 다방 마담으로 사는 것도 그리 나쁘진 않았다. 모아 둔 돈도 없고, 더군다나 도망갔다가 잡히기라도 하는 날에는 끝이란 걸 알았기 때문이다.

온순한 사람이 한번 화나면 불같다는 것을 마담은 아버지로부터 배웠다. 마담의 아버지는 천성이 온순했다. 가출을 즐기는 그녀에게 큰소리 한 번 내지 않고, 그저 타이르기만 했다. 그러다가 그 일이 지겨워져서 집에서 조용히 학교나 다녀야겠다고 생각하고 집에 들어간 어느 날, 마담의 아버지가 폭발했다. 살림살이를 있는 대로 부수고 마담을 흠씬 두들겨 팼다. 마담은 집에서 조신하게 살아야겠다는 계획을 물리고 아버지가 무서워서 집을 나왔다. 그게 마지막이었다.

마담의 과거를 잘 알고 있는 레지는 마담을 멘토라 여겼다. 도망가야 잡힐 게 뻔하다는 무서움이 더 크게 자리 잡고 있긴 했지만 잘하면 자기도 어디 다방 카운터 한자리 차지하지 않을까 하는 기대가 컸다. 그러나 그녀를 예뻐하는 순정파 깍두기 형님은 좀처럼 나타나지 않았다.

레지를 가장 가까이에서 감시하고 있는 깍두기 형님이 마담의 남편인데 레지의 모든 채무 관계를 관리하고 있다. 마담의 남편은 오른쪽 발 복사뼈 위에 마시마로 문신이 있다. 어쩌면 마담의 남편은 내가 이미 오래전부터 알고 있는 사람인지도 모른다. 내가 탐정이 되기 전, 그러니까 탐정 1세대인 스승님을 만나기 전 몸

담았던 데가 새끼 조폭을 키우는 양성소였다. 닥치는 대로 부수고 때리고 자빠트리기만 시키던 그곳. 요즘 말로 하면 묻지 마 살인이나 폭력을 교육이랍시고 매우 체계적으로 시키던 곳이었다. 하루는 입단 동기가 마담의 남편과 같은 부위에 마시마로 문신을 하고 와서 귀엽지 않냐고 물은 적이 있었다. 인상이 험악하니 이렇게 인테리어라도 해야 할 것 같았다는 동기를 보고 그 생활을 금방 그만둘 줄 알았는데. 그런 특이한 부위에 직업에 어울리지 않는 문신을 하는 사람이 또 없을 테니 내가 아는 그는 그가 맞을 것이다.

✳

"그 새낀 어째 하루도 안 걸러."

의뢰인과 나의 업무적인 이야기가 더듬더듬 끝나도록 투덜대며 나갔던 레지는 돌아오지 않았다. 계산하려고 카운터에 서서 하마터면 마담에게 제수씨라고 말할 뻔했다.

의뢰인이 찾으려는 친구의 이름은 K라고 했다.

의뢰인이 준 정보는 K의 주민등록번호와 이름, 그리고 주소와 생년월일뿐이었다. 그런 것들은 매우 중요할 것 같지만, 현장에서는 크게 쓸데가 없는 것들이었다. 사라진 사람을 찾는 데는 취미나, 만났던 사람들의 부류, 혹은 잘 가던 식당이나 술집이 더 유효했다. 가장 마지막 K의 행적이라 할 수 있는 여행에 대한 정보가 전혀 없다는 것은 정보가 전무하다는 것과 마찬가지였다. 맨땅에 헤딩하고 허공에 삽질해야 할 판이었다. 웬만해선 의뢰인을 만나고 10분이면 일을 어떻게 진행해야 할지의 윤곽이 잡히고 마무리할 수 있는 날을 계산해 냈었는데 참 난감한 문제였다. 떠난다는 여행이 국내인지 해외인지도 모를 상황이니 처음 시작은 전 세계를 범위에 놓고 좁혀 나가야 했다. 다른 건의 사람 찾는 일 같으면 하루나 이틀이면 충분했다. 그런데 이번 일은 이틀로도 벅찰 것 같았다. 그래서 여유 있게 하루를 더 보태서 사흘이면 해결 가능하다는 장담을 했다. 여행의 최종 목적지나 테마라도 있었다면 이틀이면 충분했을 것이라는 부연 설명을 덧붙여서 이번 일이 얼마나 힘든지도 강조했다. 의뢰인은 놀라면서 그렇게 빨리 가능하냐고 물었다. 나는 어깨를 으쓱하면서 문제없다는 강한 자신감을 보였지만, 속으론 한숨만 푹푹 나왔다. K의 마지막 주거가 다방이 있는 건물의 3층이라고 했으니 대략적인 취향을 알기 위해서 우선 방으로 들어가 보기로 했다. 이사를 했다는 정보는 없으니 K가 거기에 살았거나 아직도 적을 두고 있는 것은 분명해 보였다.

원룸 건물의 1층 현관엔 도어록이 되어 있었다. 의뢰인은 K가 떠나기 전 알려 줬던 번호라며 네 자리 숫자를 불러 주었다. 문은 열리지 않았다. 난감했다. 그런 나보다 의뢰인이 더 난감해하는 것 같아 내색은 하지 못했다. 나는 마치 예상이라도 하고 있었다는 듯 원룸이라는 건물이 원래 이래요. 입주자가 이사하거나 이사 오면 번호를 바꾸게 마련이죠. 그동안 누가 이사를 했거나 이사를 왔나 보네요. 말을 하면서 K가 그 두 경우 중 하나가 아니길 바랐다.

1층 현관의 통유리를 기웃거리며 관리 사무실이 있나 찾아보았다. 마치 무엇인가를 은밀하고 짜릿하게 해결해야 하는 무인 모텔처럼 원룸 건물에는 관리 사무실이 없었다. 문을 부수지 않는 한 당장에 들어갈 방법이 없어 가장 기초적인 방법인 건물 외부의 것들을 살피기로 했다. 잠적을 작정하는 사람들이거나 은둔을 계획하는 사람들이 가장 신경 쓰지 않는 부분이 바로 건물의 외부였다. 가령 우편함이나 전기, 가스계량기 같은 것들.

일 년 전엔가 결혼을 앞둔 애인이 사라졌다며 의뢰를 했던 사내가 있었다. 애인의 집은 K의 집과 유사하지만 1층 현관에 도어록이 없는 원룸이었다. 우편함은 1층에 있었다. 우편함을 뒤지니 우유 대금 지로용지가 나왔다. 애인의 방 앞에 가보았다. 방문 고리에 걸린 우유 가방은 텅 비어 있었다. 집에 있거나 없다면 자주 들린다는 확신을 하고 이틀을 잠복한 결과 애인을 찾을 수 있었다. 애인은 그간의 사정을 이야기하면서 못 본 거로 해달라며 내게 사내보다 더 많은 사례금을 주겠으니 자신의 의뢰를 받아들이라고 했다. 애인은 사랑하는 사람이 따로 있다며 주말 연속극의 고정 테마 같은 이야기를 했다. 부모님에 의한 비즈니스적인 정략결혼은 절대 하고 싶지 않다고도 했다. 만약 결혼하게 되면 불행해질 것이니 그냥 죽는 것이 더 낫다고 했다. 애인의 의상이나 말투, 사는 원룸의 외형을 보았을 때 애인의 말은 100% 거짓임이 틀림없었다. 하지만 나는 죽는 것이 더 낫다는 말에 애인의 의뢰를 들어주기로 했다. 전혀, 기필코 맹세하건대 애인이 제시한 사례금 때문은 아니었다. 애인의 의뢰를 받아들이면서 나는 우편함 잘 챙기라는 충고를 잊지 않았다. 그 후 그 사건은 의뢰한 사내에게는 처리하지 못한 사건으로 보고되었지만, 나에겐 지혜롭게 잘 처리한 사건 중 하나로 꼽혀 왔다. 솔로몬의 지혜랄까. 뭐 그런.

건물 주위를 돌며 전기계량기를 살폈다. 302호의 계량기가 돌아가고 있었다. 눈이 번쩍 뜨였다. 일이 쉽게 풀릴 것 같은 생각이 들자 속으로만 뱉어지던 한숨이 입 밖으로 나왔다. 의뢰인은 냉장고가 있으면 돌아가지 않겠느냐고 물었다. 내 직감엔 전기계량기는 냉장고가 쓰는 전기량보다 더 빠르게 돌아가고 있었다. 아무래도 친구가 방에 있는 것 같다는 이야기를 하자 의뢰인은 경악했다. 그렇다면 전화를 받지 않는 이유가 무엇인지를 물었다. 나도 궁금하다며 되묻고 싶었지만 참았다.

별다른 대책 없이 원룸 건물의 1층 현관 앞에서 1시간쯤 서성이고 있을 때 어려 보이는 중국집 배달원이 건물 안으로 들어갔다. 급하게 뛰어 따라 들어가려 했으나 배달원의 발소리는 이미 2층 계단을 올라가고 있었다. 나오기를 기다렸다가 배달원에게 1층 현관 비밀번호를 물었다.

✳

배달원의 아버지는 모터사이클 레이서가 되겠다는 아들을 내쫓았다. 그리고 그의 어머니에게 현관 비밀번호를 바꾸게 했다. 배달원은 집에 들어가지 못하고 반나절을 현관 앞에 쭈그리고 앉아 있었다. 발이 저리자 일어서서 코에 침을 바르던 배달원은 오토바이를 타러 가겠다고 소리 지르고 중국집에 취직했다. 숙식을 제공해 주고 거기에 오토바이까지 실컷 탈 수 있게 해준 중국집이 고마웠다. 첫 월급을 타는 날 집에 찾아간 배달원은 몇 달만 더 있으면 제가 오토바이를 살 수 있어요. 현관에서 소리치며 문을 두드렸지만 아무도 문을 열 수 있는 비밀번호를 알려 주지 않았다. 배달원은 비밀번호라는 것이 늘 비밀이어야 한다는 것을 그때 발저리게 깨달았다. 휴대 전화의 비밀번호도, 통장의 비밀번호도, 번호라는 번호는 죄다 외우고, 절대 누설하지 않았다.

＊

　"짜장면 시키세요."
　배달원은 상호보다 크게 전화번호가 찍힌 배달통을 들어 보이더니 오토바이로 뛰어갔다. 바쁘게 뛰는 배달원을 막을 길이 없었다. 멀어지는 오토바이의 뒤꽁무니를 멍하게 보고 있는 사이 의뢰인은 재빨리 전화번호를 눌렀다.
　배달이 많이 밀렸는지 한참이 지나서야 배달원이 도착했다.
　"어디 놓을까요?"

배달원은 예상했다는 듯 씩 웃으며 농담조로 말했다.

"음식은 됐고, 비밀번호나 알려줘요."

"그대로 가져가라고요? 그럼 음식물 쓰레기 처리비 주셔야 하는데요."

배달원은 또 씩 웃었다. 먹다 남기고 그릇을 내놓는 것과 숟가락도 대지 않고 돌려보내는 것의 차이가 무엇인지 궁금했지만, 따질 시간이 없었다. 지금이라도 K를 찾는다면 그보다 훨씬 많은 사례비를 받을 수 있으니 음식물 처리비 따위는 문제가 아니었다. 배달시킨 짜장면의 두 배 가격을 내고 원룸 건물 현관에 들어설 수 있었다. 배달원은 끝까지 비밀번호는 알려주지 않고, 문만 열어 들여보내 주었다. 그리곤 인사도 없이 떠났다. 배달통에서 밖으로 나와 보지 못한 짜장면의 냄새만 배달하고.

1층 현관의 문을 열고 들어서자마자 의뢰인은 뛰어서 계단을 올라갔다. 집에 있을지도 모른다고 했던 말에 반색하긴 했지만 혹했던 모양이었다. 나는 승자의 여유랄까 그런 마음으로 먼저 올라간 의뢰인의 발소리를 들으며 느긋하게 계단을 올라갔다. 2층을 지나 3층 계단참에 막 발을 올렸을 때 문을 세게 두드리는 소리가 들려왔다. 의뢰인이 K의 이름을 부르는 소리도 들렸다. 내가 천천히 K의 방문 앞에 다다랐을 때쯤 옆 방 303호의 문이 열렸다. 사자 갈기같이 부스스한 머리에 옷이라고는 손바닥만 한 팬티만 입은 – 사실 입었다고 말하기도 민망한, 손에 장갑을 낀 것처럼 – 젊은 여자가 복도로 나왔다.

※

　젊은 여자는 일명 나가요였다. 청춘의 꿈을 안고 대학에 들어
간 뒤 부모님의 사업 실패로 생계가 어려워지자 젊은 여자는 미래
보다는 현재를 결정해야 하는 난관에 봉착했다. 학생이라는 신분
을 유지할 것이냐 아니면 직업을 구해 직장 생활을 해야 할 것이
냐. 고민 끝에 젊은 여자는 두 가지를 다 충족시킬 만한 것을 찾았
다. 낮에는 학생 신분이면서 밤에는 직장인이 되는 일명 나가요.
한 학기는 그런대로 학교생활도 잘하고 집에도 돈을 쓸 만큼은 가
져다주는 매우 아름다운 청춘이었다. 집에서는 대학생이면서 매
우 능력 있는 과외 선생님이었다.

　밤일이라는 게 피로가 쌓이는 법. 피로가 누적된 젊은 여자는
석 달이 지나면서 학교에 늦거나 수업시간에 조는 일이 일상이 됐
다. 성적은 간신히 턱걸이해 동기들과 새로운 학기를 시작할 수
준이 되었지만, 학교생활에는 점점 흥미를 잃어갔다. 또래보다 한
참은 더 세상을 살아 낸 남자들을 대하던 젊은 여자에게 또래의
일상은 시시해졌다. 드디어 젊은 여자가 이중생활을 한 지 6개월
째 되던 날 태어날 때부터 빈부귀천은 세습되는 거라던 손님의 말
에 감명받는 일이 벌어졌다. 이까짓 학교에서 내가 아무리 발버
둥 쳐봐야 바닥 인생이라는 마음을 굳히고 밤 생활에만 열중하기
로 마음먹었다. 나가요들의 로망은 일명 텐프로였다. 대한민국에
서 10% 내에 드는 나가요이거나 대한민국에서 10%의 남성들만

드나들 수 있는 고급 술집의 나가요였다. 어떤 것이 제대로 된 정의인지는 중요하지 않았다. 텐프로가 되기 위해서는 지성과 미모를 함께 갖춰야 한다는 사실을 몰랐던 젊은 여자는 텐프로가 되기로 마음을 먹었다가 이내 포기했다. 이까짓 학교 하며 지성을 포기했던 지난날의 일을 아주 잠깐 후회한 젊은 여자는 그냥 나가요가 되기로 했다.

지난밤 술자리 손님들은 덴마크 코펜하겐 기후협약이 동아시아 경제 발전에 미치는 영향과 우리나라 정·재계의 반응에 관해 이야기를 했다. 한 마디도 알아들을 수 없고 끼어들 수 없는 자신이 너무 한심스러웠던 젊은 여자는 술만 마셨다. 손님들이 나가기도 전에 술에 떡이 되어 쓰러진 젊은 여자는 문 닫을 시간이 되어서 일어나 사장에게 평생 들을 욕을 다 들었다. 집에 돌아와서 홧김에 해장으로 소주 한 병을 더 마신 젊은 여자는 침대에 누웠다. 좀처럼 잠이 오지 않아 눈을 감고 양을 백만 스물한 마리쯤 셀 때 의뢰인의 문 두드리는 소리가 들렸다.

"야, 거기. 잠 좀 자자."
젊은 여자는 눈을 반쯤 감고 의뢰인 쪽을 향해 소리를 질렀다. 의뢰인 쪽이니 내 쪽도 되었다. 술이 덜 깬 듯도 했고, 잠이 덜 깬 듯도 해 보였다. 도발적인 의상이 적나라하게 드러났다. 나와 의뢰인은 시선을 어디에 두어야 할지 몰랐다. 젊은 여자는 대답을 기다리는 듯 계속 그대로 서 있었다. 잠깐 멈칫했던 나는 이 난동과는 전혀 상관없는 사람이라는 양 의뢰인과 젊은 여자를 지나쳐 걸어갔다. 의뢰인은 젊은 여자의 도발적인 의상과 목소리에 주눅이 들었는지 도와 달라는 눈빛으로 나를 봤다. 나도 여성의 제어하는 힘과 능력이 없었기에 의뢰인의 눈빛을 외면하려는 찰나,

"덴마크 코……."

한참 어물대던 젊은 여자는

"씨발 좆도 모르는 새끼가."

욕을 하고는 신경질적으로 문을 닫고 들어갔다. 자기 할 말만 다 하고, 자신의 잠옷 패션을 외간남자 두 명에게 적나라하게 공개한 뒤, 마치 무림 고수가 제자를 가르치듯 덴마크 코라는 말만 숙제로 던져 놓고 사라졌다. 나도 의뢰인도 젊은 여자가 던진 숙제보다는 의상에 관심이 더 있었기에 젊은 여자가 사라지고 난 뒤 다시 하던 일에 전념할 수 있었다.

K의 방문 손잡이를 돌렸다. 문은 굳게 잠겨 있었다. 최신형 디지털 도어록이었다. 그것도 처음 보는 디지털 도어록. 잠긴 문을 여는 것이 내 부전공이긴 했지만 처음 보는, 그것도 최신형인 디지털 도어록 앞에선 맥이 풀렸다. 마치 우람한 문지기처럼 보였다. 지금까지 내 손을 거쳐서 열리지 않은 문은 없었는데 난감했다. 한참을 낑낑거리면서 문에 매달려 있자 의뢰인이 비켜 보라며 손잡이 옆에 붙어 있는 열쇠가게에 전화를 걸었다. 뻘쭘하게 10여

분을 기다리니 1층 현관에서 들어가지 못하고 있다는 전화가 왔고, 전화를 받고 내려갔던 의뢰인이 열쇠가게 주인과 함께 올라왔다. 공구통을 보란 듯이 펼쳐놓고 디지털 도어록을 살펴보던 열쇠가게 주인은 미간을 살짝 찡그리더니 고개를 갸웃거렸다. 5분여를 그렇게 나무에 매미 매달리듯 붙어 있었을까 땀이 송골송골 맺힌 얼굴을 좌우로 저으며 문에서 떨어졌다.

"처음 보는 물건인데요. 아직 우리나라엔 없는 건데."

열쇠가게 주인은 존댓말과 반말을 적당히 섞어서 말했다.

K의 방문 앞에 있는 우람한 문지기를 만나기 전까지 열쇠가게 주인은 못 여는 문이 없었다. 열쇠가게 주인은 이름처럼 장수할 수 있다는 돌침대 CF의 카피처럼 별이 5개였다. 특수절도 전과 5범. 열쇠 수리공은 2분을 넘겨 문을 열어 본 적이 없었다.

어렸을 때 어머니가 광에 넣어 둔 뉴슈가를 물에 타 먹을 요량으로 광문을 몰래 열어 본 것이 시작이었다. 자물쇠의 구조를 이해하는 것이 그는 무척 재미있었다. 제대로 마치지 못한 학창시절에는 친구들의 사물함을 열었고, 스무 살이 되어선 이름도 알지 못하는 고급 외제 차 문을 열었고, 그다음 해엔 남의 집 문을 열었고, 그다음엔 남의 집 문을 열고 자고 있는 여자의 몸도 열었다.

그렇게 교도소를 제집처럼 드나들다가 남의 집에서 열었던 여자의 몸에서 자신의 아이가 태어났다는 이야기를 듣고 보란 듯이 마음을 다잡았다. 다시는 주인의 허락 없이 열쇠로 자물쇠를 여는 일을 하지 않겠다. 그러나 어렵게 잡은 마음을 사회에선 쉽게 알아주지 않았다. 하는 수 없이 전공을 살린 일을 하기로 마음먹고 열쇠가게를 시작했다. 전공을 살린 일을 한 탓인지 열쇠가게는 날로 번창했고, 근방에서는 독점적 영업권을 확보했다. 간혹 열쇠가게 주인의 명성을 들은 어둠의 손길이 거액을 제시하며 동업을 제안했지만 어렵게 잡은 마음을 절대 열지 않았다.

"저, 근데."

열쇠가게 주인은 못 여는 것이 하나 생겼다는 것에 자존심이 상했던지 기어들어 가는 목소리로 출장비라도 달라는 듯 쭈뼛대며 서 있었다.

열쇠가게 주인이 돌아가고 잠시 후, 경찰관 두 명이 들이닥쳤다. 303호의 그 속옷만 입은 여자가 신고했는지 아니면 자존심이 상한 열쇠가게 주인이 신고했는지는 알려주지 않았다. 이상한 사람들이 복도에서 잠긴 방문을 열려고 한다는 신고를 받고 출동했다는 매우 형식적인 말만 하고는 신분증을 요구했다. 의뢰인은 친구가 어떻고 저떻고 이야기를 했고 경찰관들은 듣는 둥 마는 둥 했다. 의뢰인의 말이 길어지자 젊은 경찰관은 짜증을 섞어 가며 신분증을 요구했다. 의뢰인은 내 눈치만 살피며 우물쭈물했다. 나는 눈짓과 손짓을 섞어 가며 신분증을 보여 주라며 의뢰인을 압박했다. 내 신분증을 내밀 수는 없었다. 내가 탐정이라는 것을 경찰관이 알아서 좋을 것이 하나도 없기 때문이었다.

의뢰인의 신분증을 건네받은 나이가 지긋한 경찰은 무전기를 들고 무어라 몇 마디를 하고 나서는 화색이 도는 얼굴을 했다. 두 경찰관은 자기들끼리 몇 마디 주고받더니 멋지게 거수경례를 하고 사라졌다. 천만다행이었다. 나도 모르게 한숨이 입 밖으로 흘러나왔다. 경찰과 탐정은 친하기 힘든, 그렇다고 나쁜 관계를 가져서도 안 되는, 그렇지만 어떤 면에서는 적수인 관계였다. 경찰서에 가면 내 직업이 밝혀질 것이고 그러면 거기서부터는 복잡한 문제가 생길 것이다. 나를 탈탈 털어서 무슨 먼지라도 떨어지면 그것으로 공무집행방해를 시작해서 여러 죄목으로 굴비 엮듯 줄줄 엮을 것이 분명했다. 탐정이 많아질수록, 탐정의 경제적 사정이 나아질수록 경찰의 무능을 증명하는 꼴이 되니 무능한 경찰은 탐정을 더 많이 잡으려고 노력했다.

젊은 경찰관은 오후에 소개팅이 약속되어 있었다. 3대 독자로 자라서 결혼에 대한 부모님의 기대와 독촉이 심했다. 경찰관으로 일하면서 받는 스트레스보다 부모님으로 받는 스트레스가 더 심했다. 그래서 될 수 있으면 오늘 만나는 여자와 오랫동안 교제하면서 부모님으로부터의 스트레스를 줄여 볼 계획이었다. 사실 젊은 경찰관은 독신주의자였다. 이성의 품이 그립다거나 이성에 대한 환상을 가져 본 적이 없었기 때문이기도 했지만, 귀찮은 것을 싫어하는 성격이라 어딜 가든 누굴 옆에 달고 다니는 걸 무척 싫어했다. 처음 경찰관이 되어 지구대에 발령받던 날 순찰도 될 수 있으면 혼자 다녔으면 좋겠다고 생각했었다. 첫 순찰을 나가던 날 그것이 불가능한 일이라는 걸 알았을 때 젊은 남자는 일주일 동안 경찰관이 된 일을 후회하기도 했다. 교대 시간이 다 되어서 지구대에 들어가 교대를 준비하는데 신고가 왔다. 일찍 퇴근해서 미용실도 다녀오고 집에 있는 강아지 밥도 주고 하려던 계획이 빠듯했는데 신고가 접수되니 잔뜩 짜증이 났다.

사수로 보이는 조금 나이가 지긋한 경찰관은 휴가를 낸 상태였다. 근무 교대만 하면 부인과 아이들을 데리고 처가에 다녀올 생각이었다. 시골 처가의 땅이 기업도시가 들어설 부지에 선정되었다는 소리를 듣고 지겨운 경찰 생활을 집어치울 수도 있을 것 같다는 생각을 했다. 그래서 생전 처음 해보는 농사일을 휴가 기간 동안 열심히 해보려고 계획했다. 경찰이라는 핑계로 처가를 다녀오지 않는지가 5년도 더 되었다. 장인과 장모는 경찰이니까 바빠서 못 오겠지 믿었고 사수 경찰관도 그렇게 생각해 주는 처가 식구들이 고맙기만 했다. 바쁜 경찰관이 휴가를 내고 농사일을 도우러 간다니 얼마나 황송한 일일까. 경찰관은 교대 시간을 기다리며 자기 몫으로 떨어질 지분이 조금 더 늘어날 수 있을지도 모른다는 생각에 빠져 있었다. 1시간 전부터 아내와 아이들이 번갈아 가며 언제 오느냐고, 준비가 다 되었다고, 전화와 문자가 빗발쳤는데 출동을 하려니 여간 짜증스러운 것이 아니었다. 그에겐 범죄예방보다 빨리 일을 끝내고 효도를 하는 것이 더 급하고 중요한 일이었다.

✳

경찰관과 의뢰인이 돌아가고 요원1을 호출했다. 그간의 장황한 상황을 간단하게 설명해 주고, K의 사진을 건넸다. 방에 불 켜지는 시각과 꺼지는 시각, 드나드는 사람들을 꼼꼼하게 체크하라고도 했다. 요원1은 뒷조사 분야에선 최고였지만 내가 그런 지시라도 내려야 상하 관계가 확실해질 것 같아 습관처럼 지시했다. 좋은 말도 자꾸 들으면 자존심 상하고 기분 나쁜데, 좋은 말도 아닌 시시콜콜한 업무 지시를 요원1은 언제나 군말 없이 잘 들어주었다.

✳

요원1에게는 형이 하나 있었다. 어릴 적 부모님은 형을 놔두고 요원1에게만 심부름을 시켰다. 어느 날 자신만 심부름해야 하는 상황에 화가 난 요원1은 이제는 심부름을 못 하겠다고 대들었다. 그 말에 요원1보다 더 화가 난 부모님은 요원1을 마구 때렸다. 그것을 지켜보던 요원1의 형이 자신이 다녀오겠다고 심부름을 나갔다가 교통사고를 당했다. 둘째로 태어난 요원1은 그날 이후로 장남이 되는 운명을 짊어져야 했다. 그 후로 요원1은 어떤 일이 있어도 상대방에게 말대꾸하거나 불평불만을 털어놓지 않기로 다짐했다.

✳

"위치가 참 애매한데요."

막 떠나려는데 K의 방 창문과 1층 현관이 모두 보이는 곳을 찾던 요원1이 도와 달라는 듯 말했다. 좋은 위치에는 이미 다른 차량이 먼저 주차해 있었다. 차량의 구석구석을 살펴보아도 전화번호 비슷한 숫자도 하나 없었다. 잠복의 최적 조건은 차량 내 잠복인데 그것이 불가능하다면 차선을 선택해야 했다. 요원1에게 조금 미안했지만, 맞은편 건물의 옥상을 손가락으로 가리켰다.

"이따 차 빠지면 여기서 자리 잡고 지금은 아쉬운 대로 저기."

요원1은 별다른 말 없이 장비를 챙겨 들고 맞은편 건물 옥상으로 뛰어갔다. 나는 차에 시동을 걸고 출발하려다가 건물 옥상을 향해 큰 소리로 수고하라고 외쳤다. 요원1은 보이지 않았다. 하지만 들었을 것이라 믿고 자리를 떴다.

사무실에 들어서자 요원2가 모니터를 뚫어지게 쳐다보면서 입으로만 인사했다. 사무실로 오는 차 안에서 전화로 불러 준 K의 주민등록번호로 시시콜콜한 정보를 파헤치고 있었다. 이를테면 쇼핑몰의 구매정보, 인터넷 카페의 댓글, 각종 SNS의 사진, 채팅 사이트의 닉네임이나 최근 대화상대, 불법 다운로드 사이트의 다운로드 목록, 즐겨 찾는 사이트, 자주 듣는 음악, 영화 예매 정보, 이벤트 응모나 당첨 기록 같은 시시콜콜해 보이지만 그런대로 한 사람의 취향을 적나라하게 알아낼 수 있는 유용한 정보들.

"아휴. 너무 깨끗한데요. 뭐 다른 정보 좀 없어요?"

요원2는 '뭐'라는 단어를 습관적으로 자주 썼다. 요원2의 화법으로 말하자면 '뭐' 다른 정보는 없었다. 나는 없다고 딱 잘라 말하기 미안해서 K의 이름과 살았던 집 주소, 그리고 의뢰인의 정보를 함께 넘겨주었다. 요원2는 빙그레 웃었다.

"이 정도면 뭐 좀 나오겠는데요."

요원2는 정보 검색 분야에서 대한민국, 아니 전 세계 최고다. 신문에서 흔히 네티즌 수사대라 불리는 그들을 백 명쯤 모아 놓고 시합을 벌여도 요원2에게는 못 당할 것이다. 무엇이든 이슈가 될 만한 것 하나가 생기면 끝까지 파고들어 진실과 거짓을 가려내는데 요원2는 인터넷이라는 훌륭한 도구를 사용한다. 요원2는 네티즌 수사대의 근거지인 디시인사이드 출신이었다.

처음 시작은 헤어진 여자친구 때문이었다. 여자친구의 배신에 요원2는 복수를 선택했다. 복수를 위해 뒷조사를 하던 중에 그때 인터넷이라는 유용한 도구를 알게 되었다. 해킹이 불법인 데 반해 인터넷의 검색은 불법은 아니었기에 요원2를 푹 빠져들게 했다. 점차 정보의 바다에서 필요한 물고기만 제대로 낚아 올리는 요령을 터득하면서 사회적으로 이슈가 되는 인물들의 과거 행적을 캐내기 시작했다. 그런 식으로 굵직한 사건 몇 가지를 해결하고 나서 요원2는 네티즌 수사대의 영웅이 되었다. 이제 이별을 통보했던 여자친구의 일은 시시한 일이 되어 있었다. 연애도 못 하고, 음주 가무도 못 하고, 운전도 못 하고, 거기다가 웬만한 사람들 다 타는 자전거도 못 타지만, 인터넷 검색 분야에서만은 단연 으뜸이다.

✳

"어쭈 뭐 이놈 봐라."

사무실을 나오는데 등 뒤에서 요원2의 소리가 크게 들렸다. 일이 잘 풀리지 않는다는 신호였다. 나는 불길함에 인상이 구겨졌다. 그렇다고 달려가서 요원2에게 상황을 물어보기도 이른 감이 있었다. 이제 의뢰를 받고 일을 시작한 지 1시간 남짓인데. 그냥 요원2의 실력을 믿을 수밖에 없었다.

연 무 의 여 름

약속된 사흘 중 하루가 지났다.

다음 날 아침, 사무실에 들어서니 요원1이 소파에 널브러져 잠을 자고 있었다. 심하게 코를 고는 요원1을 보니 잠복시간이 눈앞에 생생하게 그려졌다. 옥상에서 K의 방 창문을 감시하랴, 원룸 건물의 1층 현관을 감시하랴 꽤 분주했을 것이다. 거기 더불어 연락처도 남기지 않고 목 좋은 자리에 주차한 차량이 빠지길 기다렸을 테니. 요원1이 코 고는 소리의 크기로 봐서 아마 그 차량은 아침까지 그 자리에 있었거나 K가 잠복을 마치기 몇 시간 전쯤 이동했을 것이다. 그런 요원1이 안쓰러웠다. 그리고 미안했다.

요원2는 의자에 앉은 채 책상에 머리를 박고 잠을 자고 있었다. 한쪽 구석에서 프린터가 요란하게 돌아가는 걸 봐서 요원2는 인쇄 버튼을 누르고 잠깐 잠에 빠져든 것 같았다. 깨울까 말까 고민하다가 얼른 보고를 듣고 다시 편하게 재워 주는 게 좋을 것 같아서 부산하게 요원들을 깨웠다. 보고만 받고 나면 그 정보들을 모아서 자신이 K를 찾으면 되니 더는 요원들이 고생할 필요가 없었다. 그것도 그랬지만 빨리 끝내고 싶기도 했다. 그래야 다른 의뢰를 또 시작할 수 있을 테니.

요원1은 벌떡 일어나더니 수첩을 뒤적거리며 해가 지면서 불이 켜졌고 아침까지 불은 꺼지지는 않았다는 말을 자동으로 내뱉었다. 말에서 잠이 뚝뚝 흘렀다. 듣는 나도 졸린 것 같았다. 요원2는 고개를 들었다가 자기는 아직 보고할 시간이 아니라는 걸 알았는지 다시 고개를 숙이고 잠을 잤다. 요원1은 전기계량기는 냉장고와 형광등의 소모량보다 조금은 빨리 돌아가지만, 그 정도는 오차범위 안이라는 설명도 했다. 내가 보기엔 그것보다는 조금 빠르지 않았나 싶었지만 묻는다고 더 알아낼 게 없어 보였기에 그냥 듣기만 했다. 그사이 요란하던 프린터가 멈췄다. 요원2가 벌떡 일어나 프린터로 가더니 두툼하게 인쇄된 용지를 꺼냈다. 그러더니 소파에 앉아 요원1의 뒤통수를 빤히 쳐다봤다. 요원1은 계속해서 별다르게 출입하는 사람은 없었고 커피 배달하는 레지가 몇 번 들락거렸고 저녁에는 나가요로 보이는 여자가 화장을 떡칠하고 나갔다가 술에 떡이 돼서 새벽에 들어왔다고 했다.

"이상입니다."

요원1이 보고를 마치자마자 요원2가 벌떡 일어나더니 방금 프린터에서 꺼낸 서류 뭉치를 책상 위에 올려놓았다. 요원1은 요원2와 교대하듯 소파로 가더니 벌러덩 누워 눈을 감았다. 요원 2가 올려놓은 서류 뭉치는 K가 쇼핑몰에서 사들인 물건과 카페나 인터넷 동호회 활동 등의 시시콜콜하지만 유용한 일 년 치 기록이었다.

"뭐 두 가지 주목할 만한 걸 찾았습니다."

요원2는 들떠서 이야기했다. 지난주까지 쇼핑몰에서 구입한 물건들이 지난밤 요원1이 잠복하다 온 원룸으로 발송되었고 배송되었다는 것이었다. 그 물건들은 주로 생필품과 관련된 것이 많았다. 일회용 커피, 건빵, 티셔츠, 양말 따위의 사소한 것들. 물건들 사이에서 공통점을 찾거나 그것들로 K의 취향을 추측해 내는 건

힘들어 보였다. K의 원룸으로 배달되었다는 것을 빼면 불필요한 정보였다. 또 다른 한 가지 주의할 점은 K가 의뢰인의 명의를 도용해서 블로그를 운영하고 있다는 것이었다. 요원2는 서류를 몇 장 넘겨 블로그 화면이 캡처된 사진을 가리켰다. 운영 중인 블로그는 여행 블로그였다. 요원2는 이상하게도 여행지의 풍경 사진뿐 K의 사진은 한 장도 없다고 했다. 홀로 여행을 하면 자기 자신을 찍을 수 없을 테니 그럴 수도 있을 거로 생각했다. 혼자 여행해 본 사람들만 아는, 요원2는 뭐 모르는 그런 것.

"최근까지 택배로 물건을 받아?"

"택배 회사 위주로 수소문해 보겠습니다."

아귀가 맞지 않는 것 같아 요원2에게 되묻듯 말을 했다. 그랬더니 잠을 자려고 누웠던 요원1이 눈을 비비고 일어나 대답을 하고는 주섬주섬 장비를 챙겼다. 반응의 속도가 가히 잠복의 귀재다웠다. 내 물음에 담긴 그 순간의 생각을 요원2가 읽었는지 현재 K가 있을 만한 곳으로 추정되는 곳을 짚어 주었다. 나는 직접 가보기로 했다. 요원2는 그간 K의 동선과 주요 거점 등을 요약한 서류를 건네주고 사무실 문을 열어 주었다. 나나 요원들이나 일이 꼬이고 있다는 것을 느꼈지만 서로 내색하지 않았다.

K의 모습을 발견할 수 있을 가능성이 가장 큰 곳으로 추정되는 곳은 담양의 소쇄원이었다. 요원2의 보고를 종합하자면 K는 유적과 정원, 정자에 관심이 많았다. 지난밤에 K가 블로그에 올린 글이

면앙정에 대한 내용이었으니까 보나 마나 다음 목적지는 소쇄원이나 그 옆의 식영정일 것이라고 했다.

"담양까지 가서 뭐 소쇄원을 안 보는 바보는 없을 테니까요."

요원2는 하룻밤 사이에 여행전문가가 다 된 것처럼 말했다.

"소쇄원까지 가서 뭐 그 옆에 있는 식영정에 안 들리는 바보도 없을 거고요."

역시 여행전문가처럼 말했지만, 그 정도는 비전문가인 나도 예상하고 있었다. 아마도 요원2는 두 가지 대사 모두 인터넷 어디에선가 보고 메모해 두었다가 말했을 것이다.

소쇄원 입구 주차장에 차를 대고 K를 기다렸다. 이미 다녀가지 않았기를 바라면서. K의 사진을 꺼내 보았다. 사진을 하도 많이 보아서 몇십 년간 만나 온 친구처럼 익숙하고 다정하게 느껴졌다. 그것은 나의 장점이자 단점이기도 했다. 찾아야 할 대상을 빨리 머릿속에 집어넣고 익숙하게 만드는 것이 장점인 반면 그 익숙함의 강도가 너무 세서 간혹 친구나 아는 사람으로 치부해 버리기도 했다.

작년엔가 나는 찾아야 할 사람을 길거리에서 맞닥뜨렸는데 그만 친구로 착각하는 일이 벌어졌었다. 이름이 기억이 안 난다면서 신상정보를 술술 말해 버리니 그도 나를 어디선가 본듯하다며 맞장구를 쳤다. 서로 이름을 기억하느라 포장마차에서 소주 두 병을 다 비우며 애썼지만 결국 아무도 기억해 내지 못했다. 연락처를 교환하고 다시 만나자고 약속까지 했다. 나중에 술이 깨고 나서 생각해 보니 그 사람이 내가 찾아야 할 사람이었다. 다신 그러지 않겠노라고 의뢰를 받을 때마다 다짐하고 또 다짐하는데 한번 생긴 습관은 잘 고쳐지지 않았다. 나는 K도 그렇게 친구로 착각해서 놓쳐 버릴까 봐 걱정되었다. 매직을 꺼내 K의 사진 밑에 "302호 원룸, K"라고 썼다. 그리고 나니 한결 안심되었다.

소쇄원은 유명 여행지답게 관광버스가 쉴 새 없이 총천연색의 사람들을 실어 날랐다. 많은 사람이 지나갔지만, K의 모습은 보이지 않았다. K와 닮은 사람 몇이 지나가는 바람에 깜짝깜짝 놀라긴 했지만 그것뿐이었다.

많은 사람의 움직임을 집중해서 쳐다보고 있었더니 눈동자에서 삐걱 소리가 날 것처럼 뻑뻑했다. 대시보드를 열어 안약을 꺼냈다. 안약을 넣을까 하다가 그러는 사이 K가 지나갈지도 모른다는 생각에 그만두기로 했다. 대신 선글라스를 꺼내 썼다. 눈이 한결 편했다.

✳

요원1은 요원2가 뽑아 준 택배 목록을 가지고 택배 회사를 찾아다니며 수소문했다. 모두 바쁜 사람들이라 요원1의 말에 귀 기울여 주는 사람은 한 명도 없었다. 물건을 실으면서, 배송 목록을 챙기면서, 고객과 통화를 하면서, 영업소 소장으로부터 훈계를 들으면서, 배송 직원에게 훈계하면서, 모른다거나 바쁘다거나 대답을 하지 않는 사람들뿐이었다. 귀에 점처럼 까만 귀걸이를 그것도 한쪽만 하고 있는 젊은 청년은 아예 대놓고 바빠 죽겠는데 씨발이 라며 대꾸를 했다.

"거, 눈깔을 빼서 구슬치기하기 전에 비키쇼."

요원1은 젊은 청년의 귀걸이를 힘으로 잡아떼서 이마에 붙여 버릴까 생각하다가 참았다. 그 대신 시무룩한 이모티콘을 섞어서 세상이 너무 야박하다고 문자를 보냈다.

✳

젊은 청년은 영화배우가 꿈이었다. 고교 시절부터 연극무대를 따라다니며 연기를 배웠다. 대학 진학도 어렵지 않게 연기를 전공 할 수 있게 되었다. 그런데 문제는 등록금이었다. 배고프다는 연 극판을 따라다니느라 연기란 게 원래 배고픈 거라고만 알았지 돈 이 필요하다고는 생각하지 못했다. 그토록 원하던 연기 공부를 위해 등록금을 벌 수 있다면 무슨 일이든 했다. 많은 경험을 해보 는 것도 나중에 자신이 맡게 될 배역을 미리 연기해 보는 공부라 고 생각하니 덜 힘들었다. 그래서인지 가끔은 그토록 비싼 등록금 을 원하는 학교가 고맙게 느껴지기도 했다. 막노동에서부터 호스 트바 접대부까지, 하다못해 시체 닦는 일까지 해보았으니 안 해본 일이 없다고 해도 될 만큼 닥치는 대로 일을 했다. 이번 방학에는 택배 배송 아르바이트를 선택했다. 젊은 청년은 영화를 보고 나면 마음에 드는 배역에 몰입해서 며칠씩 행동과 말투를 따라 하곤 했다. 지난밤엔 조폭이 등장하는 영화를 봤다. 주인공은 아니었지만, 조폭 똘마니의 캐릭터가 아주 마음에 들었다. 젊은 청년은 아침부터 조폭 똘마니의 몸짓과 말투를 따라 하느라 정신이 없었다. 배송을 끝내고 영업소에 돌아오면 고객들의 항의 전화가 빗발칠 것을 알았지만, 너무 매력적인 캐릭터라 쉬 놓질 못했다.

✳

문자 메시지가 도착했다는 알림음이 울렸다. 차 밖에서 시선을 거둘 수가 없어서 더듬더듬 휴대 전화를 찾아보고 소리 내서 웃었다. 시무룩한 이모티콘이 꼭 요원1을 닮은 것 같았다.

"원래 사는 게 그런 거야."

소심한 요원1이 문자를 씹으면 씹었다고, 야박한 세상 한탄할지도 모를 것 같아 간단하게 답장을 했다.

저물도록 K는 나타나지 않았다. 관람객의 입장이 종료되었는지 소쇄원으로 들어가는 입구에 긴 쇠사슬로 된 줄이 쳐졌고, 매표라고 하기엔 딱히 뭣하지만, 표를 팔던 사람들이 바닥에 몇 번 비질하더니 뿔뿔이 흩어졌다.

담양까지 가서 소쇄원을 안 보는 바보는 없을 거라던 요원2의 말이 생각났다. 본의 아니게 바보가 된 것이 억울했다. 소쇄원까지 가서 그 옆에 있는 식영정 한번 안 올라가는 바보 같은 바보는 되지 않기 위해 식영정에 올랐다. 소쇄원에서 식영정으로 가는 중간에 가사문학관이라는 팻말이 보였다. '가사'도 '문학'도 예전부터 관심이 있던 분야라 잠깐 들려 볼까 생각했지만, 빤히 올려다보이는 식영정을 앞에 두고 그런 호사를 부릴 여유가 없었다.

식영정. 쉴 식(息). 그림자 영(影). 그림자가 쉬고 있는 정자. 누가 지은 이름인지 이름값을 톡톡히 했다. 밤이 아니어서 '구름에 기운 저녁 달이 세 개로세 네 개로세.'를 읊조리지 못하는 게 안타까웠다. K만 아니었다면. 그런 생각을 하니 담양까지 와서 내 관심이나 취향과는 전혀 상관없이 K의 취향과 관심대로만 움직여야 하는 내가 한심스러웠다. 푸른 호수가 내려다보이는 정자 마루에 걸터앉아 소나무 사이로 불어오는 바람을 쐬니 좀 나아졌다. 그러자 K가 아니었으면 내가 여기까지 올 일이 있겠는가 싶어 한편으론 고맙기도 했다. 바람에 흔들리는 소나무 가지에 맞춰 한참을 웃다가 내려왔다.

여유만 있다면 힘들게 일하고 있을 요원1과 요원2에게 특산물이라도 사다 줬을 텐데. 생각하면서 면앙정으로 향했다. 면앙정으로 가는 길에 제일 처음 나오는 특산물 가게에서 선물을 사려고 했지만 길은 계속해서 논과 밭 사이로만 나 있었다. K의 마지막 여행지로 추정되는 면앙정. 정확히 말하면 K가 마지막으로 블로그에 올린 글의 주요 내용이었던 면앙정. 담양까지 와서 아무것도 건지지 못했다고 했을 때 요원들의 실망한 얼굴을 생각하면 지푸라기라도 잡는 심정이었다. 내 이름 앞에 붙어 있는 명탐정이라는 수식어가 폼이 아님을 제대로 증명하고 싶기도 했다. 물론 요원들은 이전에도 명탐정임을 인정해 줬지만, 처음 만난 자리에서 나를 그냥 J라고만 불렀던 의뢰인에게 당신이 내 이름을 잘못 알고 있었소. 나는 J씨가 아니고 명탐정 J요. 하고 말해 주고 싶었다.

야트막한 산 중턱에 자리 잡은 면앙정은 K가 블로그에 올린 내용 그대로 돌계단을 한참 올라간 후에 나타났다. 다른 정자와 별반 다르지 않게 시나 읊으면서 쉬기에 딱 좋아 보였다. 그 옛날 송순(宋純) 선생이 옥천산, 용천산에서 내리는 물이 정자 앞 넓은 들에 끊임없이 퍼져 있으니, 넓거든 길지나, 푸르거든 희지나 말거나, 쌍룡이 몸을 뒤트는 듯, 긴 비단을 가득하게 펼쳐 놓은 듯, 어디를 가려고 무슨 일이 바빠서 달려가는 듯, 따라가는 듯 밤낮으로 흐르는 듯하다며 문장을 뽐내며 절경을 노래했던 물이 이젠 옛 자리만 시냇물로 남겨 두고 가을이면 황금 물결이 넘실대는 논으로 변한 것이 좀 다를까. 절로 시 한 수가 나올 법한 분위기였다.

　　　　　　　　　　　✳

요원2는 못 잔 밤잠을 보충하려 잠을 자다가 점심이 지나서야 깼다. 달콤한 잠에서 깼는데 개운하기는커녕 찜찜하기만 했다. 늦은 점심을 자장면으로 간단하게 때우고 컴퓨터 앞에 앉았다. 자신이 미처 발견하지 못한 K의 행적이 있나 다시 한번 검토해 보기 위해서였다. 의뢰된 사건의 종료가 선언되기 전까지 요원2는 같은 자료를 몇 번이고 재확인하는 버릇이 있다.

작년엔가 의뢰된 사건의 자료를 검토하지 않고 넘겨주었다가 모두가 하루 동안 헛고생한 일이 있었다. 찾아야 할 사람이 신원 미상의 시체로 발견되어 영안실 냉동고에 있는데, 일 년 전 기록의 날짜 확인도 하지 않은 채 넘겨주는 바람에 이미 죽은 사람을 수소문하고 다녔다. 같은 지하도에서 잠을 자던 노숙자가 말해 주지 않았다면 그 사건은 해결하지 못했을 것이다. 아울러 명탐정이라는 내 수식어도 부끄러워질 뻔했다. 그 사건이 있은 후부터 요원2는 내가 사건 종료라고 선언하기 전까지는 같은 자료를 몇 번이고 확인하는 습관이 생겼다.

지난밤엔 K가 다른 사람 명의를 도용해서 블로그를 운영하는 바람에 찾아내는 데 시간이 오래 걸렸다. K는 마치 두더지 게임의 두더지처럼 내려치려고 하면 숨어 버리고, 또 다른 곳에서 나타나고 했다. 그런 K를 쫓느라 하룻밤을 다 소비한 요원2는 자신이 미처 면앙정과 소쇄원에 대해 자세한 조사를 하지 않았음을 생각해 냈다. 뭔가 뒤가 찜찜했던 이유를 알자 기분이 좋아져서 소리 없이 빙그레 웃었다.

"면앙정."

입으로 소리까지 내가면서 검색창에 면앙정이라고 쓰고 엔터를 쳤다. 포털 사이트의 자료들이 주르륵 정렬되었다. 검색된 자료 중 영양가 있는 자료만 추려 내는 것이 요원2가 하는 일의 핵심이었다. 요원2는 모니터에 뜬 화면을 아래로 내렸다. 블로그 검색

정보, 웹 검색정보, 카페 검색정보가 빠르게 위로 올라가면서 페이지가 아래로 내려갔다. 모니터의 페이지가 이미지 검색정보에 다다르는 순간 요원2의 미간이 심하게 일그러졌다. K의 블로그에서 본 사진과 같은 사진이 여러 장 있었다. 아까의 찜찜함이 다시 살아나면서 불길함마저 들었다. 재빠르게 사진을 다운로드받아 메타정보를 확인했다.

"뭐, 속았다."

요원2는 자신도 모르게 말을 내뱉었다.

✳

식영정에서 워낙 감동을 받아서였을까 면앙정은 그다지 매력적이지 못했다. 요원들에게 미안한 마음을 가지지 않고 일에만 열중할 수 있을 만큼. K의 블로그에 있는 사진과 풍경을 하나하나 대조해 보면서 최대한 K와 같은 감정을 가지고 생각하고 행동하려고 노력했다. 위에서 내려다본 돌계단의 표식들과 정자를 좌우에서 호위하고 있는 키 큰 나무들, 그리고 "전남 기념물 제6호"라고 음각된 비석의 문구 하나까지도 K의 눈으로 보았다.

"정면 세 칸, 측면 두 칸, 목조 팔작지붕."

K의 블로그에 소개된 면앙정의 세세한 모습을 소리 내 읽으면서 손으로 짚어 가던 중 그만 지붕에서 내 몸의 모든 반응이 딱 멈추고 말았다. 지붕 뒤로 보여야 할 커다란 소나무가 보이지 않았

다. K의 설명대로라면 면앙정을 보듬으면서 겨울엔 바람을 막아 주고 여름에 그늘을 만들어 준다는 면앙정의 수호신이 보이지 않았다. 뒤로 돌아가 보니 나무가 있었을 곳으로 추정되는 자리엔 베어진 지 시간이 꽤 지난 듯한 밑동만 덩그렇게 남아 있었다. 무심한 사람이라면 의자 삼아 잠깐 앉았다 가도 좋을 만큼의 크기와 높이로 잘려 있었다. 이상했고 불길했다.

✳

　요원1은 택배사 관계들로부터 외면당하고 구박받으면서 필요한 정보를 하나도 얻지 못했다. 하는 수 없이 요원1의 주특기인 잠복을 하는 수밖에 없었다. 이틀 연속 이어지는 잠복 강행군에 지칠대로 지쳐서 막 졸음과 싸우고 있을 때였다. 요란한 소리와 함께 "고객 만족 3년 연속 1위"라는 문구가 선명하게 그려진 택배 차량 한 대가 원룸 앞에 섰다. 요원1은 잠이 싹 달아났다. 차 문을 열고 택배 차량 쪽으로 걸어가는데, 택배 기사는 차에서 내리자마자 한달음에 달려 원룸 안으로 들어갔다. 요원1은 닭 쫓던 개 지붕 쳐다본다는 말을 실감했다. 멍하게 택배 기사가 들어간 1층 현관만 바라보고 있는데 채 1분도 지나지 않아 택배 기사가 무엇에 쫓기는 사람처럼 달려 나왔다. 요원1은 택배 기사를 불러 세웠다.

✳

택배 기사는 전날의 배송 물량도 미처 다 소화하지 못해서 바빴다. 거기에다가 아침부터 어제 받아야 할 물건을 받지 못했다고 독촉하는 고객이 둘이나 있었기 때문에 정해진 코스대로 배송하지 못하고 우왕좌왕했다. 바쁘다고 전화한 한 명은 여자였는데 지금 당장 그 물건을 써야 한다며 지랄 발광을 하길래 부리나케 배달을 갔더니 잠옷에 잠이 덜 깬 얼굴로 물건을 받았다. 택배 기사는 욕이 목구멍까지 넘어왔지만 참았다. 아침부터 고객과 인상 찌푸려 봤자 자신만 고달프다는 것을 잘 알기 때문이었다. 고객이 본사로 전화를 걸어 불라불라 떠들면 본사는 영업소에 전화를 걸어 닦달할 것이고 영업소 소장은 배송 중인 택배 기사를 불러들여 고객을 찾아가서 정중하게 사과하라는 말을 할 것이었다. 바쁘다고 전화한 다른 한 명은 아예 집에 있지도 않았다. 초인종을 눌러도 대답이 없기에 전화를 했더니 지금 여행 중이니 담 넘어서 장독대 빈 항아리 속에 넣어 두라고 했다. 담을 넘는데 개가 심하게 짖었다. 다행히 장독대는 개와는 멀게 떨어져 있었다. 항아리가 10개 정도는 되어 보였다. 택배 기사는 그 많은 항아리를 열어 보느니 차라리 개에 물렸으면 좋겠다는 생각을 했다. 재수 좋게 다섯 번째 항아리를 열자 빈 항아리였다. 항아리 입구에서 물건을 떨어트려 안으로 넣었다. 텅하는 소리가 항아리 안에서 한참 동안 울렸다. 물건이 파손되었을지 모르지만, 신경 쓰지 않기로 했다. 고객의 불친절에 대한 소심한 복수였다. 들어갈 때는 담을 넘었지만 나올 때는 당당하게 대문으로 나가야겠다고 생각했다. 개는 계속해서 짖어 댔다. 대문 옆에 있는 빗자루를 들고 집이 떠나가라 짖는 개를 힘껏 내리쳤다. 깨갱. 개는 자지러지는 소리를 하더니 집 안으로 쏙 들어가 버렸다. 집 안에 들어가서도 개는 계속 짖었다. 화가 덜 풀린 택배 기사는 개가 나오길 기다렸다. 한참을 기다려도 개는 나오지 않았다. 빗자루를 개 집안으로 집어넣고 마구 쑤셨다. 개는 더 이상 짖지 않았다. 조용해진 마당을 나오는데 대문 앞에 설치된 CCTV가 보였다. 아차 싶어 개집을 돌아봤더니 개가 고개만 내밀고 메롱 하고 있는 것 같았다. 택배 기사는 저녁에 다시 들려서 CCTV를 부숴 버려야겠다고 생각했다. 지금 당장 부수면 자신이 오해받을 게 뻔하기 때문이었다.

※

"302호요. 거기 택배 오죠?"

택배 기사는 대답 대신 요원1을 이상하게 쳐다봤다.

"거기 택배 안 와요?"

요원1은 다급하게 또 물었다. 택배 기사는 CCTV를 박살 내러 가야 하기 때문에 바쁘다고 했다. 무슨 말인지 이해하지 못해 어리둥절한 요원1에게 택배 기사는 CCTV를 부숴 주면 알려 주겠다고 했다. 요원1은 반드시 오늘 저녁에 그것을 박살 내겠다고 했다.

"택배 오면 소화전에 넣어 두는데요."

요원1은 CCTV 약속은 내팽개친 채 고맙다는 인사도 하지 않고 뛰어갔다. 되레 요원1의 뒤통수에 택배 기사가 고맙다고 했다. 요원1은 금방 다시 돌아 나왔다. 택배 차는 막 떠나려고 했다. 운전석 문을 두드리며 쫓아간 요원1은 숨을 헐떡이며 비밀번호 좀 알려 달라고 했다. 택배 기사는 개도 처리해 달라고 했다. 요원1은 알았으니 제발 1층 현관문 비밀번호 좀 알려 달라고 했다. 2층과 3층의 중간 층계참에 소화전이 있었다. 잔뜩 기대에 차서 소화전을 열었는데 안에는 아무것도 없었다. 요원1은 계속 이상한 말만 하던 택배 기사가 떠올랐다. 택배 차가 떠난 방향을 향해 팔뚝질을 여러 번 했다.

✳

요원2에게 전화를 걸었다.

"뭐, 속았어요."

신호가 가자마자 전화를 받은 요원2는 다급하게 말했다. 불길하고 이상한 예감이 요원2에게도 통했던 것 같았다. 요원2는 풀죽은 목소리로 내가 말할 틈을 주지 않고 말하기 시작했다. 마치 실수를 만회하려는 듯. K의 블로그에 올라와 있는 여행기는 모두 가짜라고 했다. 사진을 다운로드받아 메타정보를 확인해 보니 카메라의 종류와 날짜, 시간, 같은 장소에서의 노출 정도가 모두 제각각이었다고 했다. 그것은 다른 사람의 사진을 모아서 짜깁기한 것을 의미한다고도 했다. 풀이 죽은 목소리였지만 짜깁기라는 단어에서는 확신에 찬 톤으로 말했다. K는 고단수였다. 면앙정 계단을 급하게 뛰어 내려오면서 요원1을 사무실로 호출했다. 이렇게 하다가는 그저 K의 주위만 빙빙 돌다가 지칠 것 같았다. 머리를 쓰는 놈에겐 앞질러 가는 머리를 써야 한다고 일러 주었던 스승님이 생각났다. 순간 울컥했다. K에게 조롱당한 것 같은 기분과 스승님 생각에. 급하게 차를 몰았다. 사무실까지의 거리가 300킬로미터. 최대한 빨리 도착해서 서로의 머리를 모아야 한다는 생각뿐이었다. 그때까지 요원들이 의뢰의 핵심이 될만한 티끌 같은 것이라도 찾아냈으면 하는 바람뿐이었다. 이렇게 멀리까지 보내 놓고 K는 대체 어디에서 무엇을 하고 있을까. 머릿속에선 생각들이 서로 엉켜서 제대로 정리되지 않고, 점점 의문만 증폭되어 갔다.

면앙정을 떠난 지 3시간가량 지나서 사무실에 도착했다. 내가 들어서자마자 요원들은 벌떡 일어나서 나를 맞았다. 이번 의뢰가 이렇게 꼬인 것이 마치 자기들 때문이라는 듯 요원들은 잔뜩 긴장한 모습이었다. 인사를 받으면서 더 확인된 건 없냐고 허공에 시선을 두고 물었다. 긴장한 그들의 모습을 보면서 말할 자신이 없었다. 일을 망친 것은 그들도 나도 아니었지만, 그들을 보고 말한다는 건 그들에게 책임을 돌리는 일 같았다. 명색이 명탐정인데 책임을 다른 사람에게 돌리는 건 알량하지만 그나마 남아 있는 자존심이 허락하지 않았다. 명탐정으로서 할 일은 아니라고 생각했다. 요원1이 먼저 쭈뼛거리더니 더 알아낸 게 없다는 말을 했다.

연 무 의 여 름

내가 인상을 쓰려 하자 요원1은 소화전이라는 말만 짧게 하더니 기어들어 가는 목소리로 그것도 텅 비어서라며 말끝을 흐렸다. 요원1의 말이 끝나고 어색한 정적이 흘렀다. 그 정적이 참기 어려워 헛기침을 두어 번 했다. 그러자 요원2가 뭔가 뭐 알아낸 게 있긴 한데 긴가민가해서 하면서 K의 것으로 보이는 아이디가 또 하나 있다고 했다. 정확히 말하면 다른 사람 명의로 개설된 K의 블로그. 맛집과 커피 전문점을 소개하는 블로그인데 그것도 사진이 다 짜깁기된 것이라 신빙성은 떨어진다고 했다. K는 커피 전문점을 소개하면서 항상 끝에 "커피는 다방 커피가 제일 맛있고 그다음이 자판기 커피다."라는 문장을 쓴다는 것이었다. 요원2 특유의 '뭐'라는 추임새를 두 번이나 넣어 가면서 그 문장은 어디에서도 발견되지 않는 K만의 고유 문장 같다고 사견을 조그맣게 밝혔다.

'약속날짜가 내일인데……'

시계를 보았다. 약속된 시간까지는 12시간 정도밖에 남지 않았다. K의 커피 블로그를 쫓아 맛집 기행을 하기엔 남은 시간이 촉박했다. 여행 블로그처럼 엉뚱한 곳만 헤매다가 시간을 다 보낼 것이 걱정되기도 했다. 하지만 차를 타고 오는 내내 티끌만 한 단서라도 기대했던 것을 생각하면 엄청난 수확이라 할 수도 있었다. 처음 나를 보자마자 명탐정이라는 말을 쏙 빼고 "혹시 J 씨?"라고 했던 의뢰인의 말이 머릿속에서 떠나질 않았다. 어쩌면 앞으로 '명탐정 J 씨'라는 말보다 '혹시 J 씨'라는 말이 더 익숙해질까 봐 덜컥 겁이 났다.

"문을 뜯고 들어가 보죠."

쉽게 결정을 내리지 못하고 생각에 빠져 있을 때 요원1이 돌파구라도 찾은 사람처럼 당차게 말했다. 말을 하고서야 그 이후의 일들에 대해서 생각을 했는지 고개를 푹 숙이고 나와 요원2를 번갈아 보았다. 문을 뜯고 들어가서 그 안에 K가 살아 있거나 혹은 죽은 채라도 있다면 아주 다행스러운 일이겠지만 그렇지 못하고 아무것도 없이 그저 빈집이라면 상황은 크게 달라진다. 문을 뜯고 하는 소란에 303호의 젊은 여자가 경찰에 신고할 것이고 소개팅이 계획처럼 되지 않은 젊은 경찰관과 농사일을 도우러 갔다가 술자리에서 장인과 대판 싸우고 하루 만에 돌아온 사수로 보이는 조금 나이가 지긋한 경찰관은 근무 교대를 기다리고 있다가 짜증이 가득 섞인 표정으로 출동할 것이다. 건장한 세 명의 남자가 아무 연고도 없는 집의 문을 뜯고 침입을 했으니 교대 시간 다 돼서 건수 하나 올리겠다 싶어 우릴 물고 늘어질 게 뻔했다. 거기에 둘 중 하나라도 이틀 전에 같은 자리에 있던 나를 기억한다면, "어? 그 사람이네." 하면서 괜히 아는 체를 할지도 모른다. 아는 사람이 더 무섭다는 말처럼 그들은 우리를 더 무섭고 집요하게 수사할 것이다. 그렇게 된다면 일은 걷잡을 수 없이 커진다. 탐정은 아직 합법화되어 있는 일이 아니기 때문에 경찰에게 발각되면 공무집행방해라는 대표적인 죄목에 갖가지 괘씸죄가 엮어져서 10년 이상은 감방에서 푹 썩어야 했다. 경찰은 일을 잘하는 탐정을 싫어했다. 그냥 싫어한 것도 아니고 아주 싫어했다. 더군다나 나는 그냥 탐정도 아니고 명탐정이니 수사의 강도는 눈으로 보지 않아도 뻔했다. 생각만 해도 끔찍했다.

요원2는 이번 일은 여기서 마무리하자고 했다. 포기라는 말을 애써 쓰지는 않았지만 포기하자는 의미가 강했다. 요원2의 말투로 하자면 "이번 일은 뭐 여기서 포기하죠." 정도가 될 것이다. 요원2는 포기라는 단어를 거의 쓰지 않았다. 포기할 줄도 몰랐다. 이름을 두 번이나 개명한 여자 연예인의 과거 행적을 찾을 때도 네티즌 수사대가 공식적으로 포기했다는 선언을 했지만 요원2는 몇 달을 집요하게 물고 늘어져 찾아낸 일이 있었다. 여자 연예인의 소속사가 그 사실을 알고 어르고 협박해서 흐지부지되긴 했지만, 그때부터 요원2는 네티즌 수사대의 존경을 한몸에 받게 됐다. 지금도 그 일화를 두고 네티즌 수사대 내에서는 전설처럼 전해진다고 했다. 그런 요원2가 그만했으면 좋겠다는 말을 했으니. 하루 정도 인터넷을 뒤졌는데 명의 도용으로 사용하는 아이디가 2개나 나왔다는 것에 요원2는 앞으로 갈 길이 암담했다. 인터넷 명의 도용이라는 것이 다단계와 같아서 한 사람이 2개를 쓰고, 그 2개가 4개가 되고 하면 걷잡을 수 없이 많은 거짓 정보를 만들고, 그것을 옹호하고 때론 노이즈 마케팅처럼 정보에 흠집을 내는 일이 다반사였다. 네티즌들의 여론을 만드는 것이 바로 그 명의 도용으로 생겨난 수많은 다단계의 다이아몬드 계급들이었다. 네티즌 수사대라도 감히 건드릴 수 없는 영역이었다. 그들은 인터넷이라는 가상 공간에서 절대자였다. 요원2는 K를 그 절대자 그룹으로 인정하는 것 같았다. 자세히 보니 하룻밤 사이에 요원2의 눈이 푹 들어가 있었다. 잠을 제대로 못 잤을 테니 그럴 만도 했다. 요원1은 고개를 좌우로 까딱거리며 목에서 두두둑 소리를 여러 번 내고는 아이고야 하는 비명을 질렀다. 잠복하느라 몸도 제대로 못 펴고 있었을 테니 몸이 오죽 쑤셨을까. 나는 아무 말도 하지 않았다. 그냥 포기하기엔 탐정으로서 내 행적에 오점을 남기는 일이었기 때문이다. 지금까지 한 번도 약속날짜를 어기거나 해결하지 못한 사건이 없었는데. 나는 아무 말도 하지 않았다. 아니, 하지 못했다. 요원들의 의견에 대한 암묵적 동의였다.

급할수록 돌아가고, 넘어졌을 때 쉬어 간다고 이번엔 좀 쉬어 가자며 요원들을 집으로 돌려보냈다. 포기한다거나 의뢰가 종료되었다는 말은 하지 않았지만, 그들도 나도 인정하고 있는 사실은 분명히 포기였다. 이번 일은 그냥 허탕친 것이었다. 요원들이 집으로 돌아가고 난 텅 빈 사무실에 앉아서 많은 생각을 했다. 탐정이 되기 전 깍두기 형님들에게 길들여지던 일부터 스승님을 만나 탐정이라는 것을 알게 되면서 지금까지의 일들. 그렇게 생각이 꼬리를 물고 이어지다 보니 예전 일들을 떠올리게 되었고 문득 내가 포기한 사건이 이번이 처음이 아님을 알게 되었다. 수용소에서 모진 노역이라는 특별대우를 받다가 3개월 만에 사라진 스승님을 찾다가 포기한 일이 떠올랐다.

✳

경찰에 의해 공식적으로 사망처리 된 스승님의 자료는 세상 어디에도 남아 있질 않았다. 자주 가던 병원의 진료 카드 같은 것들도 사망처리와 함께 사라졌다. 스승님이 끌려가기 전에 6개월 할부로 샀던 안락 안마 의자의 할부금 청구서도 사망처리와 함께 배달되지 않았다. 경찰이 미처 폐기하지 못한 자료를 찾기 위해 몇 달을 매달렸지만 헛수고였다. 함께 노역하던 사람들이나 그들을 감시하던 감시원들조차 스승님을 기억하는 사람은 하나도 없었다. 마치 거국적인 음모와 같았다. 스승님을 기억하는 이는 온 나라를 통틀어 나 하나뿐이라고 느껴졌다. 그 기분이 아마 요원2의 기분과 비슷할 것이다. 너무 거대한 상대를 만났을 때의 공포 내지는 위축감. 스승님의 실종이거나 사망에 대한 사건은 그런 여러 가지 복잡함으로 인해 포기되었었다. 내가 스스로에게 의뢰하고 사건을 맡았던 일이었고, 최초이자 마지막으로 포기했었던 사건이었다.

몇 년 후, 정권이 바뀌고 그런 유의 수용소가 폐기되면서 일반에 공개되었을 때 지난 정권을 심판하는 방송 화면에서 또렷하게 음각된 스승님의 이름 "X"를 보았다. 다른 사람들은 수감자들이 벽에 낙서한 것이거나, 싸움하다가 벽이 긁힌 자국이라고 했지만 나는 한눈에 알아볼 수 있었다. 이 세상에 남아 있는 유일한 스승님의 흔적이었다. 방송국을 수소문해서 필름을 손에 넣었고, 스승님의 이름이 새겨진 수용소 감방의 벽체도 그대로 떼어 왔다. 그것만으로 시신 없는 장례를 치렀다. 일반인들에게는 '어린이 문화 회관'이라고 알려진 '탐정회관'에서 탐정장으로 은밀하고 성대하게 진행되었다. 그 후 새로 바뀐 정권은 "자수하여 광명 찾자."는 표어를 내걸며 탐정들을 회유했고 자수하여 광명 찾겠다고 떠난 탐정들은 광명을 찾지 못했다. 정권은 표면적으로 화해의 손짓을 했지만, 탐정과의 전쟁 시절보다 더욱 집요하고 교묘하게 탐정들을 억압했다. 탐정들은 더욱 은밀히 숨어들었다. 바빠진 탐정 업무와 숨어지는 일상에 지쳐 스승님을 기억해 내는 횟수가 점점 줄어들 때쯤, 개방된 수용소를 촬영했던 방송국 기자가 나를 찾아왔다. 기자는 작은 메모지 한 장을 건네더니 재빨리 손을 뺐다. 탐정의 직감이랄까. 얼핏 본 기자의 오른손 검지가 없었다. 기자는 수용소를 취재한 이후, 개방과 개혁을 목표로 했던 정권에서 너무 개방적이고 개혁적이라는 이유로 해고되었다. 개방과 개혁이 통제되지 않는다는 게 그들의 이유였다. 기자는 곧바로 이민을 신청하고 외국에서 특종을 취재해 팔아먹는 특종전문기자가 되었다. 우리가 익히 알고 있는 안나푸르나의 설인, 남아프리카 공화국에 사는 늑대인간 등이 그의 작품이었다. 아프가니스탄에서 강대국에 의해 마약밀매가 이루어진다는 첩보를 입수한 기자는 몰래 잠입해 취재하다가 그들에게 발각되었다.

목숨을 잃을 상황에서 스승님을 만났다. 스승님은 조직의 수장이었다. 결국, 기자는 한국인이라는 이유로 목숨 대신 손가락 하나만 빼앗기고 풀려나는 특혜를 받을 수 있었다. 가까스로 목숨을 구한 기자는 특종을 포기하고 휴먼다큐를 찍기로 했다. 중앙아

연 우 의 여 름

시아의 고려인, 중국의 조선족 등 잃어버린 역사와 민족을 부각해 감성을 자극하는 다큐를 찍었다. 기자의 영상은 우리나라로 팔려 왔고 인기리에 방영되었다. 그러던 어느 날 기자에게 초청장이 도착했다. 초청장의 발신인란에는 "아프가니스탄의 검지"라고만 되어 있었다. 기자는 끔찍했던 생각에 초청장을 구겨 버렸다가 다시 펴들었다. 모국어로 쓰인 초청장을 본 기자는 눈물을 글썽글썽했다. 기자직에서 해직된 이후로 기자는 더는 한국에 입국할 수 없는 처지였다. 정부에서 입국금지를 해놨기 때문이었다. 기자는 초청장이 보내진 주소로 갔다. 한적한 곳의 병원이었다. 병실 침상에 누워 있는 스승님은 예전에 조직의 수장이었던 모습을 찾아볼 수 없었다. 목소리에 힘이 없었고 살도 많이 빠져서 나이보다 더 늙어 보였다. 기자는 취재 내내 스승님의 이야기를 듣기만 했다. 스승님은 모처럼 모국어로 말을 했더니 기분이 좋다며 힘없이 웃었다. 기자도 함께 웃어 주었다. 취재를 마치고 막 병실을 나오려는데 스승님이 기자의 오른손을 꼭 잡았다. 기자는 섬뜩했던 옛 기억에 움찔했다. 스승님은 "내가 X요. 수용소 영상은 정말 잘 보았소."라고 말하며 메모지를 건네주었다. 기자는 검지가 잘린 오른손으로 메모지를 받아 들었다가 자기도 모르게 왼손에 옮겨 쥐었다. 메모지는 두 장이었다.

"0.1394409110.6"

기자가 전해 준 메모는 스승님의 것이 확실했다. 스승님과 나만 알고 있는 암호문. 필체 또한 스승님의 필체가 분명했다. 9를 쓸 때 윗부분은 동그라미로 쓰는 습관이라든지 0을 쓸 때 알파벳 O와 헷갈리기 쉬우니 0을 쓰고는 뒤에 마침표를 찍으라고 했던 방법까지. 눈물이 왈칵 쏟아질 것 같았지만 참았다. 우는 것은 나중에 해도 될 일. 먼저 스승님이 내게 하려던 말을 해독하는 것이 급했다. 숫자의 제일 처음의 0은 발신인을 뜻하는 숫자였다. 0은 스승님의 고유번호. 그리고 마지막은 수신인을 뜻하는 숫자였다. 6은 스승님이 내게 준 숫자였다. 나머지 숫자는 처음 숫자와 마지막 숫자를 조합해서 암호사전의 글자를 찾는 방식이었다. 1과 0을 더하고, 0과 9를 더하고, 그렇게 나온 숫자를 또다시 더해서 암호사전의 쪽수와 그에 해당하는 단어를 찾아 조합하는 방식이었다.

'강대국, 탈옥, 마약밀매, 테러와의 전쟁, 부상, 폐기, 좌우명'

숫자로 찾아낸 단어는 일곱 개의 단어였다. 스승님은 수용소에 감금되어 사형대에 오르기 직전 강대국에 의해서 빼돌려졌고, 정권에서는 쉬쉬하면서 실종에서 사망으로 처리되었다. 강대국에서는 테러와의 전쟁을 선포한 상태였다. 테러범들의 두목을 잡기 위해 유능한 탐정이 필요했고 적합한 인물이 스승님이었다. 그래서 스승님을 빼내서 자신들의 일에 끌어들였다. 스승님과 강대국의 조직은 마약밀매단으로 위장하여 적진에 숨어들었고, 테러범들의 근거지를 찾아냈다. 물론 테러범들은 그 후 소탕되었다. 그 일이 끝나고 스승님과 함께 일했던 조직원들이 하나씩 제거되기 시작했다. 유식한 말로 하면 토사구팽(兎死狗烹)이었다. 스승님은 조직원의 일부를 데리고 도망쳤다. 함께 도망자가 되었던 다른 조직원들은 무사히 숨어들었고 마지막까지 그들의 뒤를 지키며 도망치던 스승님은 심한 부상을 입어 병원에 입원을 하게 되었다.

✳

"지피지기면 백전백승!"

사훈처럼 사무실 중앙에 액자로 걸려 있는 문구를 올려다보았다. 그것은 스승님의 좌우명이기도 했지만, 내 좌우명이기도 했다. 스승님이 기자를 통해 건네준 메모의 마지막 단어의 뜻을 이제야 알 것 같았다. 스승님은 항상 적을 알지 못하면 뛰어들지 말라고 했다. 나는 K를 얼마나 알고 있었는가. 스스로 물었지만 아무 대답도 할 수가 없었다. 처음부터 명탐정이라 불러 주지 않은 의뢰인에 대한 오기로 주민등록번호와 이름만 가지고 시작했던 것이 문제였다. 그동안 너무 오만했던 내가 부끄러워졌다. 어쩌면 K는 나의 모든 것을 다 알고 있을지도 모른다는 생각이 들었다. 만약 이번 의뢰가 나를 시험하기 위해서 K가 만든 함정이었다면. 생각이 거기까지 미치자 내가 너무 비참해졌다. 명탐정이라는 명성만 지키려고 아등바등했던 지난날들이 주마등처럼 스쳐 지나갔다. 그 와중에 묵묵히 따라와 준 요원들이 고맙게만 생각됐다. 이번에는 요원들의 말을 듣는 게 맞는 것 같았다. 포기라는 말을 쓰기 부끄럽고 자존심 상해 스승님이 마지막으로 남긴 메모에 쓰인 문구처럼 폐기라는 단어를 쓰기로 했다.

'K 실종사건 폐기'

이제 의뢰인을 만나서 멋지게, 명탐정답게, 과연 명탐정이구나 하는 소리를 들을 정도로 멋지게 폐기 사실을 알리는 궁리를 할 차례였다. 아침이 되기까지 남은 시간이 꽤 되었으므로 일단 조금 자둬도 될 것 같았다. 마음이 한결 편해졌다. 모처럼 큰 소리로 코를 드르렁드르렁 골면서 잘 수 있을 것 같았다.

약속된 사흘 중 이틀이 지났다.

다음날 원룸 건물의 지하 다방에서 의뢰인을 만났다. 요원들에게는 세상에서 제일 맛있는 커피를 마시러 가자며 불러냈다. 원룸 앞 주차장에 차를 대고 내리자 요원1이 익숙하다는 듯 여기저기 둘러보다가 K의 방 창문을 한참 올려다보았다. 그러는 사이 나는 트렁크에서 빠루를 하나 꺼내 요원1의 손에 들려 주었다. 처음엔 어리둥절해하던 요원1은 빠루를 받아 들고 무슨 뜻인 줄 알겠다는 듯 미소를 지었다. 뒤에서 지켜보던 요원2도 미소를 지었다. 다방을 들어서자 껌을 요란하게 씹던 레지는 요원1의 손에 들린 빠루를 보자 몸을 움츠렸다. 잠시 후 좋은 결과를 기대하고 나타난 의뢰인이 밝은 얼굴로 들어왔다. 다른 사건은 아무리 길어도 이틀이면 되는데 이 사건은 3일은 필요하다고 했으니 3일이면 분명히 해결했을 거라고 믿었던 것이다. 겁을 먹은 레지는 사람 수 만큼의 커피를 내주고는 얼른 사라졌다. 지난번처럼 시키지도 않은 자신의 커피를 가지고 와서 나로 하여금 돈을 내게 하는 식의 상술은 보이지 않았다. 의뢰인은 커피를 놓고 가는 레지의 뒷모습을 한참 지켜보더니 K의 소식을 소리 죽여 물었다.

"어디에서도 행방을 찾을 수 없었습니다."

의뢰인의 실망하는 눈빛이 그대로 드러났다. 의뢰인의 눈치를 살폈다. 의뢰인은 가타부타 말도 없이 가만히 나를 응시할 뿐 예상했던 다음 반응은 나오지 않았다. 의뢰인의 반응을 이끌어 내려면 사실을 좀 더 부풀려 말해야 할 것 같았다.

"며칠 동안 원룸 내외부를 철저하게 감시했는데, 전기계량기 돌아가는 속도가 심상치 않아 보입니다."

나는 '심상치'라는 단어에 힘을 주어 말했다. 그런 뒤 요원2를 전기 분석 전문가라고 소개했다.

"전기계량기 돌아가는 속도와 사용량을 분석해서 추정해 본 결과 냉장고 이외에 컴퓨터 2대 정도가 쉴 새 없이 전기를 잡아먹는 것으로 추측됩니다."

요원2는 전문가답게 거만한 목소리로 상황을 설명했다. 의뢰인은 여전히 아무 반응도 보이지 않았다. 난감했다. 어떤 반응이라도 보여줘야 대응을 할 텐데. 의뢰인이 야속하기까지 했다. 그렇다고 여기서 "나의 패배를 인정합니다." 하면서 순순히 물러서기엔 너무 많은 문제들이 있었다. 가장 큰 것이 나의 명성과 경제적인 문제였다.

"마지막 방법이 하나 있는데. 문 땁시다."

막가자는 식의 말에 요원들이 놀라는 눈빛을 보냈지만 못 본 척했다. 실은 의뢰인의 입에서 나와야 할 말이었다. 그런 대사가 내 입에서 나왔으니 요원들은 많이 놀랐을 것이다. 의뢰인은 실망하는 눈빛을 내비치지 않으려고 눈을 아래로 내리깔고 테이블만 보고 있었다.

"그런데 문을 따는 건 당신이 해야 합니다. 우린 신분이 탄로 날 위험이 있으니."

쐐기를 박듯 더 큰 목소리로 말했다. 놀란 의뢰인이 고개를 들어 쳐다봤다. 실망한 눈빛이 가득했다. 그것까지는 예상한 일이었다. 거기서 그치지 않고 의뢰인을 더 몰아붙였다.

"여기 장비가 있습니다."

요원1의 손에 들린 빠루를 가리켰다. 굳이 장비라고 포장할 필요도 없었다. 누가 봐도 한눈에 빠루임을 알 수 있었다. 요원1은 빠루를 들어 보이며 빙긋 웃었다. 당황한 기색이 역력한 의뢰인은 시선을 어디에도 두지 못하고 다방 안을 계속 두리번거렸다. 빠루의 사용법까지는 설명하지 않아도 되었는데, 의뢰인을 더 몰아붙이기 위해서 문틈으로 빠루를 집어넣고 힘껏 누르면 된다고 몸짓까지 써가며 자세히 설명해 주었다. 의뢰인은 안절부절못하고 앉아 있었다. 이야기를 시작했던 초반과 달리 자신의 심정을 숨기려고 하지도 않았다.

"아이 씨발 주차장에 웬 차가 이렇게 많아!"

다방문을 쾅 소리 나게 닫더니, 신경질적으로 소리를 지르며

연 우 의 여 름

들어오는 남자에게 앉아 있던 네 사람의 시선이 향했다. 마시마로 문신이 있는 마담의 남편이었다. 나와 함께 생활할 때보다 몸집이 몇 배는 더 커졌어도 한눈에 알아볼 수 있었다.

✳

내가 스승님을 따라 깍두기 형님들의 세계를 떠난 이후, 마담의 남편은 착실하게 공적을 쌓았다. 재개발 바람이 불 때는 철거 현장에서 몇 날 며칠을 살았고, 봄이 되어 기업 노조들의 임금투쟁이 시작되면 오토바이 헬멧에 몽둥이를 든 채 산업 전선을 지켰다. 대학생들의 시위현장, 농민들의 집회현장, 미군부대 철수를 요구하는 농성장 등 때와 장소를 가리지 않고 자신에게 맡겨진 일에 충실했다. 그러던 중 격려차 현장을 찾아온 큰형님이 시위대가 던진 물병에 맞는 일이 벌어졌다. 마담의 남편은 자신이 하늘같이 떠받드는 큰형님이 변을 당하자 화를 참지 못하고 물병을 던진 사내를 마구잡이로 팼다. 그 사소한 사건 하나로 큰형님의 눈에 든 마담의 남편은 큰형님을 보필하는 일생일대의 영광을 누리게 되었다. 자질구레한 현장에 가지 않는 것은 물론이고 일명 가족회의라고 하는 깍두기 형님들의 회합장소에서 보초 서는 일을 하게 되었다. 현장에서만 굴러먹던 마담의 남편에게 큰형님의 가까이서 경호한다는 영광을 빼면 일상이 무료하기만 했다. 그날도 가족회의가 있던 날이었다. 무료해진 마담의 남편은 근처 다방에 커피라도 마시고 오겠다고 자리를 비웠고 그사이 경찰이 들이닥쳐 모두 검거되었다. 큰형님이 잡혀간 게 자신의 잘못이라 생각한 마담의 남편은 그 길로 경찰서를 찾아가 닥치는 대로 패고, 때려 부쉈다. 경찰서엔 비상이 걸렸고, 그 일이 외부로 알려지길 꺼린 경찰서장은 마담의 남편과 합의를 보기로 했다. 마담의 남편이 죄를 다 뒤집어쓰는 대신 큰형님을 풀어 주고 모든 일을 무덤까지 가지고 가기로 합의했다. 감옥에 다녀온 마담의 남편은 그 이후부터 승승장구였다. 큰형님은 마담의 남편에게 구역을 하나 떼어 주었다. 소위 중간보스가 되었다. 그때 자신이 관리하던 룸살롱에서 마담을 만났고, 빚을 청산해 주는 순애보를 만들었다. 지난밤엔 자신이 관리하던 룸살롱에 경찰이 들이닥쳐 미성년자 고용이라는 명목으로 직원 몇을 잡아갔다. 아침에야 그 사실을 알게 된 마담의 남편은 경찰서를 찾아갔다. 경찰서 주차장에 빈자리가 없어 주차장만 서너 바퀴를 돌던 마담의 남편은 화가 나서 경찰서 정문에 차를 세우고 경비를 서는 의경에게 키를 던져 주었다.

"씨발, 짭새깐에 뭔 차가 이렇게 많아!"

일을 마치고 나온 마담의 남편은 꽉 찬 주차장에서 차를 빼느라 또 한참 애를 먹었다. 화가 머리끝까지 난 마담의 남편은 주차되어 있는 차를 마구 긁고 차를 뺐다. 사방에서 도난 경보기 울리는 소리가 요란했다. 소리를 듣고 뛰어나온 젊은 경찰관에게 명함을 주면서 바빠서 갈 테니까 알아서 처리하라고 했다. 오는 길에 차가 긁혔다는 전화를 열 통도 넘게 받았고, 마담의 남편은 모두 보험처리 하겠다고 신경질적으로 말했다.

✳

"김 양아!"

남편이 왔는데 반가운 기색도 보이지 않던 마담은 레지를 불렀다. 마담의 남편이 화려하게 등장하는 바람에 말이 끊겨 무슨 말을 덧붙여야 하나 잠시 주춤거리다가 "우리가 왜 직접 문을 따고 들어가지 못하냐 하면" 하고 말을 꺼내는데 또 마담의 목소리가 들렸다. 하마터면 "제수씨 거 좀 조용히 합시다." 하는 말이 나올 뻔했다.

"302호 그 또라이 커피 배달이다. 담배도 하나 사오래. 마일드 세븐으로."

"아휴, 그 또라이 새끼. 꼴에 양담배는 피우고 지랄이야."

요원들과 의뢰인과 나의 눈빛이 테이블 위 중간쯤에서 강하게 마주쳤다. 그 와중에 요원2와 나는 커피는 다방 커피가 제일 맛있고 그다음이 자판기 커피다. 눈빛으로 동시에 말했다. 요원2는 중간 어딘가에 '뭐'를 넣어서 말했을 것이다. 레지를 불렀다. 레지는 마담의 남편이 와서인지 조금 전의 겁먹었던 표정은 간데없고 생글생글 웃으며 요염하게 씹던 껌을 손으로 꺼내 돌돌 말면서 다가왔다.

"302호 사람 살아?"

"그 사람 봤어?"

누가 먼저랄 것도 없이 나와 의뢰인이 동시에 물었다. 누구 말에 대답을 해야 할지 몰라 나와 의뢰인을 번갈아 보더니 질문한 각자를 보면서 대답했다.

"사람 살고요. 못 봤어요."

레지를 대동하고 다방을 나왔다. 사내 넷이 우르르 몰려다니는 것을 본 마담의 남편이 뭔가 이상했는지 우리를 불렀다. 나는 아는 체를 해야 하나 말아야 하나 잠깐 망설였다. 레지는 먼저 걸어가고 있었다. 먼저 레지를 불러 세운 후, 마담의 남편에게 갔다. 아는 체를 하려니 정작 이름이 생각나질 않았다. 난감했다. 다행스럽게도 마담의 남편이 먼저 검지로 나를 가리키더니 "어."하고 멈춰 있었다. 다행히도 나를 알아봤다. 반갑다. 요즘 뭐 하고 지내냐? 여기 니 가게야? 언제 한번 밥이나 먹자. 자주 놀러 와. 너 오면 돈 안 받을게. 상대의 이름을 한 번도 부르지 않고 보통의 남자들이 하는 것처럼 대답이 뻔한 질문만 하다가 지키지 못할 약속만 하고 헤어졌다. 다행히 마담의 남편도 내 이름을 기억해 내진 못했다.

"야 그런 건 이제 좀,"

뒤돌아 나오는데 요원1의 손에 들린 빠루를 보았는지 마담의 남편이 뒤에서 소리쳤다. 나는 뒤도 돌아보지 않고 손을 들어 인사했다. 마담의 남편과 내가 아는 사이라는 게 의아했는지 레지는 연방 놀라는 눈치였다. 3층으로 올라가는 내내 레지는 내게 붙으면 자신도 마담처럼 순애보의 주인공이 될 수 있을 것으로 착각했던지 옆에서 계속 치근댔다. 요원1이 빠루를 입술에 가져다 대며 조용히 하라고 인상을 쓰자 그제야 말을 멈추었다.

커피를 문 앞에 가져다 놓고 문을 세 번씩, 세 번 두드리고 내려온다고 했다. 이를테면 똑똑똑 똑똑똑 똑똑똑. 그러면 커피를 마시고 돈과 함께 잔을 내놓고 전화를 한다고 했다. 레지를 앞세워 넷은 발소리를 숨기고 3층으로 갔다. 의뢰인은 신발을 벗고 발소리를 줄여야 하지 않느냐고 했지만 아무도 귀 기울여 듣지 않았다. 어디서 본 건 꽤 있는 모양이었다. 탐정에게 일을 의뢰하려면 어느 정도는 알아봤을 테니, 탐정 영화나 만화, 소설이라도 좀 보았을 것이다. 거기서 과장되고 우스꽝스러운 탐정들이 하는 짓을 현장에서도 그대로 하는 것으로 알았던 모양이었다. 실전에선 그런 건 중요하지 않았다. 일을 해결하느냐 못하느냐의 문제가 가치를 지불하느냐 못하느냐의 차이를 결정하는 것이지 과정은 중요치 않았다. 레지를 3층 입구에 세워두고 굳게 닫힌 K의 방문 양쪽 벽에 두 사람씩 바짝 붙어 서서 레지에게 신호를 했다. 신호와 함께 레지가 발소리를 요란하게 내면서 걸어와 302호 앞에 커피를 내려놓았다.

"똑똑똑 똑똑똑 똑똑똑."

레지는 눈을 새침하게 뜨더니 숨죽이고 벽에 붙어 있는 우리에게 보란 듯이 태연하게 문을 두드렸다. 그러곤 담배를 그 옆에 툭 던져 놓았다.

"담배 심부름 같은 건 좀 시키지 마세요."

약속되지 않은 대사였다. 레지의 애드리브였지만 전혀 어색하지 않았다. 또 한 번 보란 듯이 우리를 보고 씩 웃던 레지는 내가 내려가도 좋다고 손짓을 하자 따각따각 구두 소리를 거칠게 내면서 내려갔다. 한참이 지나도 문이 열리지 않았다. 좀이 쑤셨다. 숨소리까지 내지 않으려고 작게 숨을 쉬었다. 혹 이러다 기침이라도 나오면 어쩌나 하는 생각을 하는데 띠리릭 디지털 도어록 열리는 소리와 함께 문틈으로 손이 나왔다. 더듬더듬 커피잔을 찾더니 잔을 들고 들어가려고 했다. 멍하게 보고 있던 넷은 누가 먼저랄 것도 없이 동시에 열린 문틈으로 몸을 날렸다.

"우당탕 쨍그랑."

커피잔이 나뒹굴고 누군가 "앗 뜨거!" 하는 소리를 질렀다. 나는 아니었다.

K의 방안은 그야말로 가관이었다. 난지도를 미니어처로 해놓은 것처럼 갖가지 물건이 고유의 냄새를 고스란히 내뿜고 있었다. 요원1은 참지 못하고 구역질을 하며 나갔다가 한참 후에 들어왔다. 요원2와 나는 창문을 열고 머리를 밖으로 내밀고 있었다. 친구인 의뢰인도 참기 어려웠던지 코를 막고 인상을 찌푸렸다. K의 얼굴은 인간의 모습이라고 하기엔 좀 무리다 싶을 정도였다. 사진에서처럼 여성들에게 매력적으로 보일 듯한 배고픈 수도승의 눈빛

이라던가 실연당한 남자가 일요일 아침에 할 일이 없을 때 창밖을 바라보며 멍 때리는 눈빛은 아니더라도 최소한 인간의 몰골로 보일 만한 부위가 없었다. 동굴처럼 끝이 보이지 않을 정도로 퀭하게 들어간 눈. 피가 흐를 것 같지 않은 새하얀 피부. 경계를 알 수 없을 정도로 수염과 범벅이 된 머리카락. 의자에 너무 오랫동안 앉아만 있어서였는지 상체와 비슷한 크기로 커져 버린 엉덩이. 마치 눈사람 같았다. 몸의 움직임은 둔한 데 비해 눈동자의 움직임이 매우 빨랐다. 들어온 네 사람의 일거수일투족을 한 번에 캐치하는 듯했다. 요원2는 절대자라 여겼던 K의 모습에 실망했는지 심하게 인상을 쓰며 투덜댔다. 냄새가 뭐 이래. 사람이 뭐 저래.

갑자기 들이닥친 불청객들에 의해 벌어진 상황이 진정되는 데 10분여가 소요됐다. K는 우리를 보고 누구냐고 물었다. 의뢰인을 보고는 왜 왔느냐며 귀찮은 듯 말했다. 의뢰인은 우리가 누구고 자신이 왜 왔는지를 차근차근 설명했다. 상황을 설명하느라 K의 아버지가 위독하다는 말을 제일 마지막에 했다. K는 별다른 반응 없이 무표정하게 컴퓨터 앞에 앉더니 키보드를 두들겼다. 손놀림이 엄청나게 빨랐다. 보고 있던 요원2가 입을 딱 벌리면서 놀랐다. 요원2가 원하던 다이아몬드 계급의 모습이 그런 것이었다.

"……아버지 위독."

의뢰인의 마지막 말에 K의 눈동자가 커지더니 손이 더 빨라지기 시작했다. 모니터의 스크롤 바를 스르륵 내렸다. 정렬된 검색 결과를 언제 다 훑었는지 다음 페이지로 넘겼다. K를 제외한 다른 불청객들은 그저 감탄하듯 숨죽이고 지켜볼 뿐이었다. K는 여러 페이지를 넘기더니 '아버지가 위독하셔서'라는 제목이 달린 정보에 마우스를 클릭했다. 화면엔 병실에 누워 있는 환자의 모습이 나타났다. 앞으로 K의 아버지가 될, K도 알지 못하는 위독한 아버지였다. 순간 의뢰인이 어디서 났는지 K의 눈에 안대를 씌웠다. K는 스펀지에 물이 스며들 듯 고요하게 의자에서 미끄러져 바닥에 널브러졌다. 요원2는 절대자의 유품을 챙기기라도 하려는 듯 마우스를 움켜쥐더니 흐뭇한 미소를 지었다.

"아이씨, 냄새. 진짜!"

요원1은 잠복하느라 고생했던 옥상을 올려다보며 소리를 질렀다. 나는 요원1을 보고 웃었고, 요원2를 보며 인상을 썼다.

폐기 되었던 사건은 해결된 사건으로 분류되었고, 나는 해결하지 못한 사건이 없는 명탐정으로 분류되었다.

더 낡기 전에 이야기들의 집을 지어 줄 수 있게 되어 기쁘다.

문장을 쓰면서 주어를 찾는 일이 가장 많았다. 그다음이 목적어
였고, 그다음 서술어였다. 가장 기본적인 문장을 완성하기 위해 쓰
고 지우기를 수도 없이 반복했다.

작가의 말을 쓰고 있는 지금, 나는 주어를 제대로 찾은 것일까?
내가 하려고 하는 무수히 많은 이야기의 목적어는 제대로 서술되었
을까? 미덥지 않은 의문만 쌓인다.

돌이켜보면 살면서 가장 많이 했던 생각은 목적어였다. 목적어에 빠져 주어가 생략되는 일이 다반사였다. 어쩌면 주어를 찾는 일은 생각조차 하지 않았을지도 모른다. 불혹의 저녁을 지나오니 삶의 곳곳에 남아 있는 미완의 문장들이 보이기 시작했다.

이제, 주어가 빠진 곳곳에 주어를 채워 넣는 일을 시작해야겠다. 벌써 지천명이다.

2 0 2 3 년 여 름 이 연 우

연우의
여름

초판 1쇄 발행 2023. 7. 5.

지은이 이연우
펴낸이 김병호
펴낸곳 주식회사 바른북스

편집진행 김재영
디자인 양헌경

등록 2019년 4월 3일 제2019-000040호
주소 서울시 성동구 연무장5길 9-16, 301호 (성수동2가, 블루스톤타워)
대표전화 070-7857-9719 | **경영지원** 02-3409-9719 | **팩스** 070-7610-9820

•바른북스는 여러분의 다양한 아이디어와 원고 투고를 설레는 마음으로 기다리고 있습니다.

이메일 barunbooks21@naver.com | **원고투고** barunbooks21@naver.com
홈페이지 www.barunbooks.com | **공식 블로그** blog.naver.com/barunbooks7
공식 포스트 post.naver.com/barunbooks7 | **페이스북** facebook.com/barunbooks7

ⓒ 이연우, 2023
ISBN 979-11-93127-44-5 03810